SOMMAIRE

NUMÉRO 100 – MARS-AVRIL 1992

RÉDACTION
28, rue Sevin-Vincent, 92210 Saint-Cloud
18, rue de Savoie, 75006 Paris – Tél. (1) 43.29.91.89
Directeur de la rédaction : PIERRE LAVILLE
Assistant : CHARLES RÜCKH

Mise en pages : S. GARNIER et J. MARCHAIS
Photogravure du PAYS D'OC
Impression, façonnage : BUSSIÈRE SAINT-AMAND

ADMINISTRATION : *ACTES SUD*
Le Méjan, 13200 Arles – Tél. 90.49.86.91
Directeur de la publication : JEAN-PAUL CAPITANI
Fondateur : MARCEL MARÉCHAL

Abonnements : TÉLÉTRANS,
99, rue d'Amsterdam, 75008 Paris – Tél. (1) 42.80.68.55

Crédit photographique
BERNAND, STILLS, F. DARRAS, BIRGIT, BELLAMY, C. GANET, J.-M. CAPLANNE, F. LEDOUX, KLEINEFENN/MOATI
PHOTO LOT

ACTEURS-AUTEURS
est publié avec les concours de L'ASSOCIATION POUR LE SOUTIEN DU THÉÂTRE PRIVÉ, de LA VILLE DE PARIS et de L'OFFICE RÉGIONAL DE LA CULTURE PROVENCE-ALPES-CÔTE D'AZUR

Commission paritaire 64319
ISSN 0991-949-x
ISBN 2-86869-839-5

ÉDITORIAL

« L'imagination n'a pas de forme »
(Peter Brook)

CENTIÈME, ET DERNIÈRE

Voici le centième numéro d'*Acteurs*. Une centième au théâtre est un événement important. C'est un événement devenu rare (l'esprit de l'époque, les contraintes économiques, l'abondance de l'offre ont raccourci la durée de vie des spectacles). C'est un événement déterminant : il marque une étape.

Un numéro cent est l'occasion de se poser des questions sur l'opportunité à continuer le parcours éditorial, sur l'envie que l'on éprouve de faire évoluer la formule, sur, enfin, les résultats d'une publication entreprise il y a plus de dix ans.

Le dialogue le plus confiant et le plus clair a été constamment tenu avec nos partenaires d'*Actes Sud*, Hubert et Françoise Nyssen, et Jean-Paul Capitani. Qu'ils me permettent de leur dire ici ma fraternelle amitié et toute ma gratitude.

La qualité de notre collaboration avec l'équipe d'*Actes Sud*, le beau style du label de la maison d'édition, la forme et l'esthétique originales, et, par ailleurs, le confort matériel et moral qui nous a été assuré, tout cela a été, depuis quatre ans, un magnifique « capital » qui nous a permis d'exister et de prospérer.

D'un commun accord, par contre, nous avons admis une évidence : maison d'édition de livres, *Actes Sud* est insuffisamment équipé pour éditer une revue, dont la finalité serait de retrouver une présence en kiosque. L'objet revue est différent de l'objet livre, et sa diffusion varie assez considérablement.

Force a été d'admettre, de part et d'autre, que la situation actuelle, si elle pouvait perdurer, ne pouvait sans doute pas s'ouvrir et se développer. La « croissance », étant donné l'augmentation des frais généraux, ne pouvait que signifier, au mieux, une consolidation des résultats acquis.

A cette évidence d'une « croissance stable », s'ajoutent un impossible élargissement de la diffusion et même l'impossibilité d'assurer une bonne présence dans les points de vente en librairie. C'est ainsi que nous avons reçu des plaintes fréquentes d'un public demandeur d'une revue parfois introuvable ou mal diffusée. Force était de constater que, selon le principe bien connu de « qui n'avance pas recule », le temps était venu d'un réexamen de notre avenir immédiat.

Aussi avons-nous décidé, par analyses communes, que le numéro cent était l'occasion d'interrompre la formule actuelle, et la collaboration avec une maison non équipée pour la promotion de la revue.

Ce numéro cent sera donc le dernier de la série *Actes Sud*, telle que vous la connaissez depuis le numéro de mars 1988, il y a exactement quatre ans.

Des contacts sont pris et des projets mis à l'étude avec de nouveaux partenaires éditoriaux, afin qu'une autre formule mensuelle et largement diffusée soit présentée au plus tard au début de la prochaine saison.

Nous ne nous « séparons » pas d'*Actes Sud*. D'une part, *Actes Sud* est aujourd'hui la première maison française d'édition de pièces de théâtre – hommage soit rendu, à l'occasion, à la collection *Papiers*, créée par Christian Dupeyron. D'autre part, de vrais et profonds liens d'amitié se sont noués entre nous et « les Nyssen ».

Des collaborations ponctuelles, que nous souhaitons régulières, sont d'ores et déjà envisagées.

Les abonnés et lecteurs d'*Acteurs* seront bientôt prévenus de ce que sera la publication suivante, directement par voie de presse.

POUR DEMAIN

La nouvelle formule d'*Acteurs* est en cours d'élaboration avec une grande maison d'édition. Elle sera différente d'aspect, de format (pour kiosque) et de matière (des couleurs, un meilleur support photo).

Elle tentera de serrer de plus près l'actualité, le rythme mensuel de parution devant nous aider dans ce sens.

Par contre, il ne saurait être question de modifier les principes de base que j'ai fixé dès le premier jour et qui n'ont pas varié. Je les rappelle ici :

Acteurs, quelle que soit la formule, n'est pas une revue critique – nous ne voulons pas nous placer en concurrence avec la critique journalistique ; nous ne voulons pas, non plus, être tentés de livrer une surenchère, à la mode du temps, hélas, et, comme certains journaux, et non des moindres, dériver vers l'anathème et le règlement de comptes.

Acteurs est conçu pour apporter l'information la plus variée possible, dans tous les genres et dans tous les secteurs du théâtre. L'extrême abondance des spectacles créés chaque année (plus de mille à Paris et en région parisienne par saison) rend de plus en plus nécessaire ce regroupement des signes et des informations. A ce besoin, s'ajoute le déséquilibre créé par les « journaux » des entreprises du secteur public : chaque entreprise subventionnée produit aujourd'hui un journal ou même une revue célébrant ses créations-maison ; dans cette entreprise de glorification, chacun de nos metteurs en scène tente de se faire plus docte et plus savant que son voisin, ce qui a pour effet de faire dévier l'information (qui donc n'a plus rien d'objectif) et de disqualifier tous ceux qui n'ont pas l'avantage de disposer d'une entreprise subventionnée, ou tous ceux qui travaillent en free lance, et tous ceux enfin du secteur privé où ces pratiques n'ont pas (encore) cours.

Acteurs publie une pièce de théâtre contemporain (et non classique) dans chaque numéro. Beaucoup a été fait aujourd'hui pour l'édition théâtrale, par *Papiers* ou *L'Arche*, et, bien entendu, par la vaillante *Avant-Scène.*Beaucoup de pièces anciennes ou classiques occupant l'espace éditorial, nous ne sommes pas toujours assez nombreux à publier les pièces des auteurs contemporains. Or l'édition est le moyen le plus sûr, parce que durable, de faire connaître une pièce nouvelle, et de conforter l'auteur.

Acteurs, enfin et surtout, est une mémoire du théâtre vivant. Inévitablement, l'acte théâtral est éphémère, au gré et au rythme du temps qui passe. C'est là son originalité la plus marquée et sa grandeur. Ce serait le dénaturer que de vouloir contrarier la spontanéité et le provisoire de l'acte théâtral en figeant son sens et sa forme. Sur ce point, la prolifération de livres théoriques, ou théorisant, sur le théâtre et les pratiques théâtrales, n'est pas nécessairement la preuve de plus d'intelligence ou de bonne santé.

Vouloir contribuer à une mémoire du théâtre, c'est soutenir et rassembler la plus vaste information : l'usager, plus tard, un jour, fera le tri. Nous savons bien qu'au théâtre rien ne passe plus vite et plus radicalement que la renommée et la réputation péremptoire des artistes et des esthétiques, et que ce qui est encensé aujourd'hui sera honni ou oublié demain. Constituons le recueil, accroissons les repères, photographions les composantes et les signes : la synthèse, nécessairement, se fera.

C'est la seule façon de traduire estime, respect et passion, qui sont à la base de tout engagement artistique. C'est tout simplement affaire de morale.

C'est que l'époque est très peu propice à l'émergence de grands exemples ou de grandes idées. L'émiettement, l'égalisation, l'incertitude, l'instabilité sont de règle. Plus que jamais, il faut rester humble (cette fierté du véritable artiste et de tout artisan). Tout se vaut, tout est célébré et aussitôt combattu, tout se perd. Il faut faire, à tâtons.

L'historien Jacques Le Goff écrit, à propos de nos sociétés : « Il y a des périodes de mutation dans lesquelles il vaut mieux ne pas avoir de grand projet ». Vision pessimiste. A moins de se persuader que c'est à partir de là et de ce désordre, que se préparent à naître, en sous-main, les éclaircissements inévitables et les nouvelles dialectiques pour demain.

Pierre Laville

C'EST ARRIVÉ HIER

AU JOUR LE JOUR
DU 1er JANVIER AU 15 FÉVRIER 1992

ÉVÉNEMENTS, NOMINATIONS

– 1er janvier – Nominations dans l'ordre de la Légion d'honneur. JEAN DESAILLY est promu officier.

– 10 janvier – PATRICE CHÉREAU reçoit le Prix Dominique de la mise en scène pour *Le temps et la chambre* à l'Odéon.

– 15 janvier – FRANCIS HUSTER interrompt, au bout de six mois, sa collaboration avec le Théâtre Antoine (il avait été annoncé qu'il en prenait la direction artistique pour une ou plusieurs saisons).

– 20 janvier – JEAN-LUC BIDEAU devient sociétaire de la Comédie-Française, ayant obtenu la nationalité française (il était Suisse). Il avait été proposé au sociétariat en décembre 1989 et n'avait pu depuis lors signer son contrat.

DISPARITIONS

– 1er janvier – JEAN-LOUIS ROLLAND, comédien, ancien élève du Conservatoire, faisant suite à la disparition de JEAN-MICHEL QUIBLIER, journaliste et critique dramatique, le 20 décembre dernier.

– 3 janvier – GINETTE LECLERC, 79 ans. Sa carrière s'est surtout accomplie au cinéma, mais elle a périodiquement fait du théâtre, des années trente aux années soixante-dix, de *Noix de coco* de Marcel Achard à *La putain respectueuse* de Sartre ou à des pièces policières au Charles-de-Rochefort.

– 5 janvier – NADINE CHRISTOPHE. Elle veilla pendant quarante ans sur les archives dramatiques de l'ORTF, puis de l'INA.

– 9 janvier – VINCENT VALLIER, 32 ans. Elève du Conservatoire, on le vit au théâtre dans *Elvire, Jouvet 40*. Romancier (sous le nom d'Yves Dangerfield) et scénariste, il commençait une belle carrière littéraire.

– 11 janvier – JEAN CLAUDIO, 64 ans. Il avait débuté, enfant, au théâtre (à l'âge de cinq ans) et poursuivi sa carrière devenu adulte. Il trouva son meilleur rôle dans *L'hurluberlu* de Jean Anouilh.

– 23 janvier – CHARLES MOULIN, 82 ans. Il se fit connaître au cinéma ; on l'aperçut au théâtre à plusieurs reprises, notamment aux côtés de Mary Grant.

– 9 février – LUCIENNE LEMARCHAND, 83 ans. Cette grande comédienne, d'origine belge, était un être humain exemplaire. « Elle faisait partie (écrit Colette Godard, dans *Le Monde*) des comédiens – Madeleine Ozeray, Tania Balachova, Jean Servais – qui, du jour au lendemain, sont devenus célèbres grâce à une pièce de Bruckner mise en scène par Raymond Rouleau, assez dure et audacieuse à l'époque, qui disait un désarroi social, moral, idéologique : *Le mal de la jeunesse*.
Femme de passion, Lucienne Lemarchand était d'une grande élégance morale. Elle a été une comédienne subtile, complexe. Une personnalité forte, qui savait jouer de son mystère, du secret de son sourire et de ses yeux étirés. Elle a joué avec les grands du Cartel, Dullin, Jouvet, Pitoëff. Pendant la guerre elle était allée en Algérie puis en Egypte, où elle avait créé une compagnie. A la libération, revenue en France, elle fit partie de la première troupe du TNP, avec Maria Casarès, et Gérard Philipe, dont elle fut la première partenaire dans *Le cid*. Elle y a interprété Marivaux, Molière (Frosine), Pirandello (*Henri IV*)…, dans les théâtres privés, créant du Marcel Achard aussi bien que *Le malentendu* d'Albert Camus. Elle avait rejoint la Décentralisation dans les années soixante, et plus particulièrement la troupe de Roger Planchon à Villeurbanne, avec qui elle joua Madame Pernelle de *Tartuffe*. Un des ses derniers rôles fut, au début des années soixante-dix, aux amandiers de Nanterre, dans *Fin de carnaval* de Josef Topol, mise en scène de Pierre Debauche.

LUCIENNE LEMARCHAND, AVEC JEAN VILAR, JOUE FROSINE, DANS *L'AVARE* AU TNP (1953)

ÉTAT DES LIEUX

LE THÉATRE ET LES POUVOIRS PUBLICS

Ministère de la Culture : les chantiers de Bernard Faivre d'Arcier

Depuis plus de deux ans à la tête de la direction du Théâtre et des Spectacles au ministère de la Culture, Bernard Faivre d'Arcier est en charge d'un secteur public du théâtre en pleine expansion, foisonnant, désordonné, soumis à pressions et interventions locales ou nationales, mutant et nanti. La tâche est considérable. La formation et l'expérience de Bernard Faivre d'Arcier, celle d'un haut fonctionnaire, le prédispose à la rigueur et à la synthèse. En fait, après une première année consacrée, pour l'essentiel, à redresser et repréciser la situation des établissements d'action culturelle (appelés désormais « scènes nationales ») dans le flou, sinon « dans le rouge », aux missions négligées, il a pris en main le dossier des compagnies et s'apprête à le restructurer.

D'une manière générale, l'action ainsi menée depuis 1989 produit des résultats remarquables. Pas forcément visible ou « médiatique », l'assainissement du secteur des entreprises théâtrales subventionnées est conduit de manière décisive.

Nous l'avons rencontré pour dresser un état des lieux.

ACTEURS. – *Quelle leçon globale tirer de votre présence à la direction du théâtre, depuis deux ans et trois mois ?*

BERNARD FAIVRE D'ARCIER – C'est un parcours difficile. Ça n'a pas été une mince affaire pour plusieurs raisons, les unes qui tiennent à la profession théâtrale elle-même, les autres à l'administration du théâtre à proprement parler. La charge est lourde car il y a beaucoup, beaucoup, de demandes et que les discussions portent sur l'argent, donc, pour moi, habitué à exister aussi au plan artistique, il y a une frustration. J'aimerais parler d'art à des gens qui ne veulent que parler argent ! J'ajoute que nous sommes très peu – une vingtaine de cadres au total (sur cinquante-sept permanents, chauffeur et huissier compris) – pour gérer une quantité de dossiers qui n'ont cessé d'augmenter de façon considérable. Il faut penser qu'il y a dix ans, la direction du Théâtre gérait CINQ FOIS MOINS de dossiers qu'aujourd'hui. D'où une charge de travail de bureau énorme, à laquelle s'ajoute une dépense de fatigue qui tient à des sorties quotidiennes (je me dois d'aller voir moi-même le plus grand nombre possible de spectacles, et fréquemment en Province !). C'est un travail très exigeant.

A. – *Est-ce que cela a modifié vos points de vues ou vos appréciations antérieures ?*

B.F.A. – J'ai évidemment découvert quantité de compagnies, de lieux, de styles et de problèmes que je ne connaissais pas précédemment. J'ai prêté une particulière attention à de jeunes metteurs en scène. Par contre, j'ai été plus « franco-français » et j'ai moins suivi l'actualité de l'étranger, ce que je faisais davantage auparavant. J'ai été mieux pénétré de ce qui fait la grande richesse du théâtre en France, avec ses différents secteurs, complémentaires, qui s'enrichissent les uns les autres : il faut de tout, des théâtres nationaux, des entreprises en décentralisation, des compagnies. C'est tellement plus riche qu'en Allemagne, par exemple. Je suis heureux de la très grande diversité que nous avons ici... Par contre, étant naturellement plus souvent en contact avec des metteurs en scène (qui sont la plupart du temps chefs d'entreprise) ou des administrateurs, j'éprouve un manque pour ce qui est des contacts avec les auteurs et avec les acteurs, que je vois moins. J'aimerais pouvoir corriger cela.

A. – *Comment évaluer l'état des différents secteurs, à commencer par les théâtres nationaux ?*

B.F.A. – On a beaucoup travaillé dessus, on a eu beaucoup à faire. D'abord, du fait de la disparition d'Antoine Vitez, qui a été l'événement central, pour le théâtre en général, mais aussi pour moi, qui le consultait chaque fois qu'il s'agissait de remettre les choses à leur place et de penser des perspectives à long terme ; j'ai perdu avec lui un ami mais aussi un conseiller précieux... Nous avons donc pris du temps pour lui trouver un successeur, avant de nommer Jacques Lassalle à la Comédie-Française. Nous avons aussi pris du temps pour un directeur au Théâtre National de Strasbourg. Par ailleurs, il est de fait que nous aurons à réfléchir sous peu au statut des théâtres nationaux. La structure d'établissement public n'est pas l'idéal. Il leur faudrait un statut plus souple. Ne serait-ce que parce que, ces dernières années, ils ont pris chacun une place particulière, avec chacun sa physionomie sur la carte parisienne et nationale. Et nous avons beaucoup fait pour donner à chacun son rôle, sa spécificité.

La Comédie-Française doit à la fois tenir son rôle traditionnel, et disposer d'une image forte. Elle attend, elle en a besoin, sa seconde salle, qu'elle aura début 1993, avec le Vieux Colombier dont les travaux sont en cours.

A côté, Chaillot a choisi la politique d'un grand théâtre populaire, avec les classiques revisités par Jérôme Savary, jusqu'aux comédies musicales... sans aucun rapport avec ce que faisait Vitez. Et tout a été mis en œuvre pour améliorer les conditions matérielles de travail à Chaillot, comme pour faciliter l'accès de ce théâtre au plus large public.

L'Odéon, vous le savez, est devenu le Théâtre de l'Europe à temps plein, et l'on peut dire que l'année 1992 sera le challenge d'un vrai théâtre de l'Europe, spécialement avec la programmation hispanique qui correspond exactement à ce que doit être une telle entreprise, après les tâtonnements des années précédentes et la nécessaire remotivation du personnel. C'est un gros navire et ce n'est pas une mince affaire.

Le Théâtre de la Colline a été conforté. Le mandat de Jorge Lavelli a été renouvelé. Son travail sur les auteurs du vingtième siècle est tout à fait probant. Lui aussi a su trouver une physionomie originale, et fidéliser un public nombreux.

Enfin, le Théâtre National de Strasbourg, qui a une situation particulière, étant le seul théâtre national établi en province et disposant d'une école nationale. Il a fait pour nous l'objet d'une réflexion approfondie. Quelle vocation lui trouver ? Nous pensons que celle-ci doit être à la fois patrimoniale et contemporaine. Telle est la mission qui revient à Jean-Marie Villégier, qui l'exercera avec sa personnalité propre dans l'ensemble du paysage national et européen. J'ajoute que le T.N.S. fera l'objet d'une rénovation architecturale importante, dont le besoin se faisait de plus en plus sentir.

Dans ce secteur des théâtres nationaux (sans doute, la Comédie-Française mise à part), la préoccupation qui demeure est la question de l'institution elle-même : comment lui trouver une plus grande souplesse de gestion et raviver le dynamisme d'entreprise.

Ainsi, nous poursuivrons la mise au point d'une nouvelle approche de la gestion du personnel : comment intéresser le plus possible tous ceux qui travaillent dans l'institution à l'esprit artistique de leur maison. Le jour où on y arrivera, ça ne fera pas la une des journaux mais nous aurons accompli là quelque chose de très important.

A. – *Quel bilan peut-on faire de la décentralisation dramatique ?*

B.F.A. – Tout d'abord, j'aimerais – c'est un souhait – augmenter le nombre des centres dramatiques. Il y en a 42, centres dramatiques pour la jeunesse et régionaux inclus. 25 en fait, sont des centres dramatiques nationaux stricto-sensus avec des moyens financiers importants, correspondant à leur cahier des charges. Par rapport à des pays voisins décentralisés, comme l'Allemagne, il reste encore à faire pour rééquilibrer la carte nationale de la décentralisation dramatique. Cela suppose, bien sûr, l'accord des collectivités locales, l'émergence d'un public, le travail préexistant d'équipes théâtrales sur place, et bien sûr, plus de moyens financiers : on ne décide pas comme ça, arbitrairement, de créer un centre dramatique ici ou là.

Les centres dramatiques doivent avant tout être des centres de création et de production théâtrale, dirigés dans la quasi-totalité des cas, par un metteur en scène. Nous devons assurer de bonnes conditions de travail à ces centres de production, comme par exemple de disposer, outre leur grande salle de spectacles, d'une petite salle, d'ateliers, d'une salle de répétition.

Il faut donc conforter ce secteur et que les pouvoir publics fassent de leur mieux, d'une part, pour aider les moins bien dotés à rattraper un retard en matière de budget, et d'autre part, achever de renouveler les directions de ces centres (nous l'avons fait d'ailleurs avec des gens plus jeunes, selon les projets artistiques qu'ils nous ont présentés). De vrais projets artistiques donc, et non des « mouvement préfectoraux » définis en fonction de pures considérations locales.

En troisième lieu, la question de la déontologie (qui se posait largement à mon arrivée) a été traitée, et je le crois, réglée, donnant lieu à l'élaboration de nouveaux contrats pour les directeurs, dont sont plus rigoureusement précisés les droits et les devoirs, en particulier au plan financier (n'oublions pas que les centres dramatiques sont gérés sous la forme de sociétés commerciales). Nous avons également mieux précisé leurs relations de collaboration avec les compagnies comme avec le théâtre privé.

Nous avons aussi rénové ou agrandi les salles, renouvelé les équipements, etc.

En bref, on peut considérer qu'aujourd'hui la situation de ces établissements est bonne. D'ailleurs la fréquentation du public le prouve : les statistiques de la dernière saison révèlent une hausse de 25 %, le nombre de spectateurs dans les centres dramatiques nationaux a dépassé les deux millions.

La question à suivre sera certainement l'attitude des collectivités locales, à qui nous demandons de participer davantage. Actuellement, cela se passe bien, quelle que soit la couleur politique de la municipalité. Le risque, si risque il y a, sera évidemment à ce niveau. C'est ce qu'il faudra surveiller. Ce sera à l'État de soutenir chaque fois, s'il y a conflit, l'artiste qu'il a nommé, s'il croit au bien-fondé de son attitude, et de proposer des solutions pour sauvegarder la continuité de l'entreprise. Certes, les collectivités locales ont de plus en plus de problèmes et d'exigences. Les deux cas litigieux en cours – le Théâtre du 8ème à Lyon et le Campagnol à Chatenay-Malabry – sont en voie de règlement.

Pour ce qui est du Théâtre du 8ème, la Ville de Lyon, c'est vrai, a choisi de privilégier d'autres activités artistiques, dont la danse, sur le théâtre, déjà à son avis largement représenté par des théâtres de l'agglomération lyonnaise, tels que le T.N.P. de Villeurbanne ou les Célestins à Lyon, etc. La Ville de Lyon a donc décidé de mettre fin, en décembre 1992, à la convention qui la liait à Alain Françon et de consacrer le Théâtre du 8ème à la danse. L'État est intevenu pour essayer de trouver dans Lyon une autre salle pour Françon, sans y parvenir. La qualité du travail de Françon n'est certainement pas en cause ni en question. Nous allons donc devoir trouver une solution « rhônalpine ». Au financement de la Ville de Lyon sera substitué celui de la région ; interviendront également les villes qui seront la base de la nouvelle institution, telles que Chambéry et Annecy, afin qu'un nouveau mandat soit proposé à Alain Françon à partir de janvier 1993.

Jean-Claude Penchenat avec le Campagnol, devenu centre dramatique, travaillait à Chatenay-Malabry avec un groupement, un syndicat de communes. Ce syndicat s'étant défait, la Ville de Chatenay-Malabry, de dimension trop modeste, a déclaré ne pas pouvoir en supporter, seule, la charge. Il a donc fallu trouver une autre solution pour Penchenat qui souhaitait poursuivre son travail en banlieue sud. La municipalité de Corbeil-Essonnes (qui avait un CAC/Scène Nationale) a souhaité l'accueillir. La scène nationale se transforme donc en centre dramatique – une souplesse que je revendique dans tous les cas –.

A. – *Enfin, le secteur, plus complexe, plus difficile des compagnies ?*

B.F.A. – Les compagnies, c'est un conglomérat de situations particulières. Ce sont des unités légères de création extrêmement nombreuses et prolifiques. Je crois qu'il y a en France chaque année 2 400 nouveaux spectacles. Cette variété est une richesse mais demande à être sans cesse rééquilibrée.

Nous avons dû faire un long, très long et très complexe, travail de fond pour examiner la situation de toutes ces compagnies, dont le nombre a été multiplié par SEPT en dix ans ! Imaginez que les plus grosses de ces compagnies, celles qu'on appelait autrefois « hors commission » et qui sont suivies directement par ma direction sont, en 1991, au nombre de 160.

Nous avons fait une enquête d'un an portant sur la réalité de vie de chaque compagnie et qui nous a conduit à distinguer trois types de situations :

a) Les compagnies dont la situation demandait un supplément d'examen ou un complément d'information, ont reçu une lettre d'octroi de subvention pour une année seulement.

b) Les compagnies avec convention de deux ans. Ce sont les compagnies n'ayant pas de lieu d'implantation, ni de financement local significatif ; c'est souvent le cas de metteurs en scène indépendants qui travaillent chez eux.

c) Les compagnies avec contrat de trois ans, éventuellement tripartite avec les collectivités locales. Ce sont celles qui ont généralement une implantation (lieu de travail et de représentation) et des financements locaux importants.

Le problème principal auquel nous nous heurtons est celui de leur répartition sur le territoire. Beaucoup de compagnies – près de 60 % – sont fixées à Paris ou dans la région parisienne et ont beaucoup de mal à communiquer avec un public car, n'ayant pas de lieu, ce dernier a du mal à les identifier ou à les suivre. Nous essayons donc de travailler sur la carte des lieux et de les encourager à s'établir en région.

Nous commençons en 1992 un mouvement de déconcentration des compagnies vers les directions régionales des affaires culturelles qui s'échelonnera sur plusieurs années. Ainsi les D.R.A.C. pourront mettre au service des compagnies leur connaissance et l'appréciation du terrain et rapprocher ainsi des partenaires que l'administration centrale, du fait de son éloignement, ne peut connaître.

L'année 1990 a été celle de l'enquête ; 1991 a été celle des conventions et des contrats ; 1992 est celle du début de la déconcentration. En 1993, notre réflexion portera sur l'ensemble des réseaux de diffusion, pour une meilleure circulation des spectacles.

A. – *Quels signes d'évolution ou de changement enregistrez-vous ?*

B.F.A. – Sans doute qu'il n'existe plus de système de carrière « pyramidale » – on commençait par diriger une compagnie, on passait ensuite à un centre dramatique, de plus en plus près de Paris, avant de prétendre à un théâtre national et à la Comédie-Française. Cela, c'est fini, et c'est très sain. Ceux que l'on admire le plus, par exemple Mnouchkine ou Brook ou Chéreau n'ont jamais – ou n'ont plus – participé à ce schéma. Le courant est à l'indépendance. On n'est plus dans le même rapport à l'institution. La preuve est faite qu'on peut travailler autrement.

La nouvelle génération, environ 70 metteurs en scènes ou nouvelles compagnies dessinent une « nouvelle carte du tendre », ils veulent inventer de nouvelles formes, et nous serons attentifs à leurs propositions. Un nouveau réseau alternatif se crée en France à côté du réseau traditionnel. Il y a de nouveaux centres d'accueil et de diffusion, comme les Bernardines à Marseille, le Maillon à Strasbourg, le Théâtre Garonne à Toulouse, ou la Cité Internationale rénovée, la Bastille et l'Athénée à Paris.

Nous sommes entrés dans une politique sélective.

Nous devrons encourager aussi tout ce qui assurera la promotion des productions. Il faut étendre et améliorer les offres au public. On ne doit pas jouer un spectacle un trop petit nombre de fois, il faut qu'il soit vu par le plus grand nombre possible de spectateurs. Et cela, ce ne sera pas seulement le fait d'un encouragement du ministère, il faut que chacun s'y mette et que les institutions s'ouvrent largement aux collaborations les plus diverses.

Certes, je veux développer une aide aux lieux. Il faut améliorer des entreprises et des équipements hors du circuit habituel des centres dramatiques et des scènes nationales. De préférence, là où travaillent de bons « programmateurs ». En province, mais aussi à Paris.

A. – *Avez-vous évolué dans votre analyse de*

l'avenir du théâtre Renaud-Barrault ?

B.F.A. – On en a fait un procès à la gloire du théâtre de création, alors même que la création n'y était plus représentée. La dernière création de Jean-Louis Barrault remonte à 1986. Donc, dans ce théâtre, le vrai moteur de l'activité s'était arrêté, et par ailleurs le montant des dettes était tel, qu'il était impossible de continuer dans l'état. Étant donné la personnalité magnifique de ceux qui donnent et continueront légitimement à donner leur nom à ce théâtre, on était bloqué. Je ne pouvais pas, étant donné la personnalité de Jean-Louis Barrault, proposer de nommer un homme de théâtre ayant le profil d'un chef de compagnie. Il fallait donc faire autre chose. On ne pouvait pas par ailleurs laisser ainsi aller ce théâtre à la dérive.

Nous avons donc réfléchi, évalué l'ampleur du travail à accomplir pour une relance de ce théâtre et régler le problème des dettes d'une manière ou d'une autre, puis ensuite restructurer le personnel de l'entreprise. Il y avait aussi un besoin de rénover les locaux. Nous sommes partis de l'histoire même de la Compagnie Renaud-Barrault et de son aspect Théâtre des Nations. Donc, nous avons pensé en faire un lieu de création et d'accueil en langue française d'abord, et aussi étrangère, pas uniquement limité à l'Europe, mais étendu au monde entier.

Pendant l'année 1992, évidemment, on sera coincé par les travaux les six premiers mois, mais tout sera fait pour relancer le théâtre Renaud-Barrault dès sa réouverture.Il aura alors les moyens d'être un théâtre de COPRODUCTION, ce qui lui permettra de rester un théâtre de création sous cette forme. C'est pourquoi nous y avons associé d'autres entreprises à même vocation, tels le Festival d'Automne et l'Académie Expérimentale des Théâtres. C'est incontestablement une période de transition que l'on ne pouvait en aucune façon éviter.

A. – *Comment évaluez-vous la situation du théâtre privé parisien ?*

B.F.A. – Bien que le ministère de la Culture attribue une subvention importante au théâtre privé par l'intermédiaire du Fonds de soutien, il ne m'appartient pas d'avoir une action volontariste en la matière. Le théâtre privé a choisi l'auto-organisation par le fonds de soutien, ce qui d'ailleurs fonctionne très bien ; il vit donc en toute indépendance. Je regrette parfois de manquer d'informations sur le théâtre privé : je ne sais pas quand et comment un théâtre change de propriétaire, ni si un théâtre privé entre dans le rouge.

Disons qu'au ministère, nous sommes toujours prêts à aider le théâtre privé à exister et à poursuivre ses activités.

A – *Faisant exception, le ministère a directement subventionné Niels Arestrup pour acheter le bail de la Renaissance. Si celui-ci revendait le bail, que se passerait-il ?*

B.F.A. – Je voudrais rappeler que dans le cadre de la dotation que le ministère a décidé d'affecter au théâtre privé pour la reprise des salles de spectacles par des professionnels, Niels Arestrup a été le premier à bénéficier de cette aide qui, je tiens à le préciser, a été versée par l'intermédiaire du fonds de soutien. Il est évident, comme tout autre bénéficiaire de cette aide, que Niels Arestrup, en cas de revente du bail, devrait reverser la somme qui lui a été allouée au fonds de soutien pour le théâtre privé.

A – *Quelle initiative nouvelle pourrait être signalée pour finir ?*

B.F.A. – Ce qui manque assurément en France, c'est l'existence d'un théâtre consacré aux arts de la marionnette. La direction du Théâtre et la Ville de Paris sont en train d'élaborer un projet en ce sens avec pour implantation le Théâtre Paris-Plaine. Conformément aux souhaits de Jack Lang, ce projet devrait voir le jour très prochainement.

Propos recueillis par
PIERRE LAVILLE

SUBVENTIONS 1991

1) THÉATRES NATIONAUX

	1990	1991
Comédie-Française	107 917 975	112 685 893
caisse de retraite	8 214 550	8 491 550
Chaillot	52 334 374	53 392 980
Odéon/Europe	45 097 939	45 770 050
La Colline	29 758 723	30 476 266
Strasbourg		28 951 261
Ecole du TNS		4 407 096

2) LES CENTRES DRAMATIQUES NATIONAUX

date de création	lieu d'implantation	premier directeur	nom actuel du C.D.N.	directeur	subventions ministérielles 1991	subventions locales 1991
1947	Saint Étienne	Jean Dasté	Comédie de Saint-Etienne	Daniel Benoin	9 610 000	2 400 000
1947	Toulouse	Maurice Sarrazin	Le Sorano Théâtre national Midi-Pyrénées	Jacques Rosner	8 334 000	6 500 000
1949	Rennes	Hubert Gignoux	Théâtre national de Bretagne (en 1986 : fusion C.D.N.-M.C.)	Emmanuel de Vericourt	15 400 000	12 090 000
1952	Aix-en-Provence puis Marseille	Gaston Baty	depuis 1982 : La Criée Théâtre national de Marseille	Marcel Maréchal	16 250 000	4 200 000
1960	Beaune puis Dijon	Jacques Fornier	Nouveau Théâtre de Bourgogne	Alain Mergnat	6 643 000	2 320 000
1960	Tourcoing puis Tourcoing et Lille	André Reybaz	(La Métaphore) (depuis 1982 : théâtre national de la Région Nord-Pas de Calais)	Daniel Mesguich André Guittier	10 732 000	10 700 000
1960	Grenoble	René Lepage et Bernard Floriet	Centre dramatique national des Alpes (C.D.N.A.)	Roger Caracache	6 577 000	1 083 000
1960	Reims	André Mairal	Comédie de Reims	Christian Schiaretti	8 115 000	6 618 000
1960	Angers	Jean Guichard	Nouveau Théâtre d'Angers	Claude Yersin	5 300 000	2 067 000
1963	Caen	Jo Trehard	Comédie de Caen	Michel Dubois	8 496 000	5 671 000
1963	Villeurbanne	Roger Planchon	depuis 1972 : T.N.P. depuis 1982 : théâtre national de région	Roger Planchon Robert Gilbert Georges Lavaudant	23 604 000	1 750 000

LE TNS ET LES CENTRES DRAMATIQUES NATIONAUX (suite)

date de création	lieu d'implantation	premier directeur	Nom actuel du C.D.N.	directeur	subventions ministérielles 1991	subventions locales 1991
1965	Paris	Jean Danet	Les Tréteaux de France	Jean Danet	7 985 000	1 475 000
1967	Lyon	Marcel Maréchal	Théâtre des nuages de neige Théâtre du 8ème	Alain Françon	8 525 000	1 500 000
1968	Carcassonne puis Béziers puis Montpellier	Jean Deschamps	C.D.N. du Languedoc-Roussillon Théâtre des Treize Vents	Jacques Nichet	8 696 000	5 900 000
1968	Nice	Gabriel Monnet	C.D.N. Nice-Côte d'Azur Nouveau Théâtre de Nice	Jacques Weber	7 000 000	10 575 000
1970	Besançon	André Mairal	C.D.N. de Franche-Comté	René Loyon	6 244 000	1 180 000
1971	Aubervilliers	Gabriel Garran	Pandora-Théâtre de la Commune	Brigitte Jaques	7 961 000	3 135 000
1971	Nanterre	Pierre Debauche Pierre Laville	Nanterre-Amandiers (en 1983 : fusion C.D.N.-M.C.)	Jean-Pierre Vincent	29 095 000	4 454 000
1972	Limoges	Georges Régnier et Jean-Pierre Laruy	C.D.N. du Limousin	Arlette Tephany et Pierre Meyrand	6 465 000	3 165 000
1979 1988	Nancy	Henri Degoutin Anne Delbee	CDNEJ devient CDN de Nancy et de Lorraine	Anne Delbee Charles Tordjman au 1.1.92	4 800 000	1 587 000
1982	Béthune	Jean-Louis Martin-Barbaz	Comédie de Béthune	Agathe Alexis Alain-Alexis Barsacq	5 184 000	4 073 000
1983	Saint-Denis	René Gonzalès	Théâtre Gérard Philipe	Jean-Claude Fall	6 537 000	6 245 000
1983	Gennevilliers	Bernard Sobel	Théâtre de Gennevilliers	Bernard Sobel	8 137 000	3 186 000
1983	Châtenay	Jean-Claude Penchenat	Théâtre du Campagnol- C.D.N. de la banlieue sud	Jean-Claude Penchenat	6 783 000	1 055 000
1986	Bordeaux	Jean-Louis Thamin	Théâtre du Port de la Lune C.D.N. de Bordeaux Aquitaine	Jean-Louis Thamin	4 500 000	5 420 000

3) CENTRES DRAMATIQUES NATIONAUX POUR L'ENFANCE ET LA JEUNESSE

date de création	lieu d'implantation	directeur	nom du C.D.N.	subventions ministérielles	subventions locales
1979	Caen	Yves Graffey Eric de Dadelsen au 1.1.92	Théâtre du Préau	2 744 000	1 240 000
1979	Lille	René Pillot Bernard Allombert au 1.1.92	Le Grand Bleu	2 443 000	3 065 000
1979	Lyon	Maurice Yendt	Théâtre des Jeunes Années	4 008 000	670 000
1979	Saint-Denis puis Montreuil	Daniel Bazilier	Théâtre des Jeunes Spectateurs	3 640 000	1 815 000
1979	Sartrouville	Claude Sevenier	Heyoka	2 001 000	275 000
1991	Strasbourg	André Pomarat	Théâtre Jeune Public	2 200 000	non déterminé

• Le T.N.S. est un établissement public, mais le T.N.P. reste un C.D.N. ainsi que le théâtre de la Salamandre et le Théâtre national de Marseille.
• Les Tréteaux de France n'ont que leur siège à Paris. Ils sont constamment en tournées.

4) ÉTABLISSEMENTS ASSIMILÉS AUX C.D.N.

date de création	lieu d'implantation	premier directeur	nom actuel du C.D.N.	directeur	subventions ministérielles 1991	subventions locales 1991
1988	Paris	Micheline et Lucien Attoun	Théâtre Ouvert	Micheline et Lucien Attoun	4 530 000	400 000
1988	Orléans	Loïc Volard et Jean-Claude Houdinière	C.A.D.O.	Loïc Volard et Jean-Claude Houdinière	4 329 000	3 165 000

5) CENTRES DRAMATIQUES RÉGIONAUX

date de création	lieu d'implantation	premier directeur	nom actuel du C.D.N.	directeur	subventions ministérielles 1991	subventions locales 1991
1985	Angers	Jean Guichard	Théâtre régional des Pays de Loire	Patrick Pelloquet	1 600 000	1 835 000
1985	Montluçon	Olivier Perrier J.P. Wenzel	Les Fédérés	O. Perrier J.P. Wenzel	3 525 000	1 160 000
1985	Poitiers	J.L. Hourdin R. Girones D. Garnier	Théâtre Poitou-Charentes	J.L. Hourdin R. Girones D. Garnier	3 102 000	1 957 000
1985	Rouen	Alain Bezu	Théâtre des Deux Rives	Alain Bezu	2 084 000	2 090 000
1987	Bourges puis Tours	Gilles Bouillon	CDR de Tours - Cie Gilles Bouillon	Gilles Bouillon	1 230 000	1 100 000
1987	Fort de France (Martinique)	Annick Justin-Joseph	Théâtre de la soif nouvelle	Elie Pennont	1 607 000	1 600 000
1987	Lorient	J. Le Scouarnec P. Froger	Quai Ouest Théâtre Quotidien de Lorient	J. Le Scouarnec P. Froger	1 645 000	1 550 000
1989	Thionville	Charles Tordjman	Théâtre populaire de Lorraine	Charles Tordjman Stéphanie Loik au 1.1.92	2 454 000	1 922 000
1991	Colmar	Pierre Barrat	Atelier du Rhin	Pierre Barrat	3 800 000	Non déterminé

6) QUELQUES COMPAGNIES

Paris

Philippe Adrien	1 910 000 MF
Aquarium	3 050 000
Bruno Bayen	1 000 000
Peter Brook	5 800 000
Jérôme Deschamps	1 300 000
André Engel	1 000 000
Robert Hossein	2 250 000
Joël Jouanneau	800 000
Jean Jourdheuil	1 700 000
(dont 700 000 exceptionnels)	
Ariane Mnouchkine	7 050 000
Alain Ollivier	700 000
Farid Paya (Théâtre du Lierre)	1 100 000
Claude Régy	1 400 000
Guy Retore	6 500 000
Christian Rist	1 000 000
José Valverde	1 000 000

Régions

Royal de Luxe	700 000
La Chamaille	900 000
Le Radeau	500 000
Bruno Boeglin	1 000 000
Gilles Chavassieux	2 200 000
Jean-Louis Martinelli	2 300 000
L'attroupement 2	1 000 000
Chantal Morel	800 000

7) LIEUX

Athénée	7 700 000
(dont 0,5 exceptionnel et 0,5 équipement)	
Tempête	3 700 000
Bastille	4 500 000
T.E.P.	6 500 000
Rond Point	10 000 000
Les Bernardines/Marseille	800 000
Théâtre Garonne/Toulouse	1 000 000
Comédie de Picardie/Amiens	800 000

8) FESTIVALS

Automne	5 100 000
Avignon	4 060 000
Francophonies de Limoges	770 000
Quartiers d'Eté	807 500
Eclats à Aurillac	460 000

N.B. Dans les subventions aux centres dramatiques nationaux, noter que pour le centre dramatique régional de Poitou-Charentes à Poitiers, une nomination sera annoncée prochainement (Denis Garnier, Jean-Louis Hourdin et Robert Gironès sont arrivés en fin de contrat au 31/12/91).

LA POLITIQUE DE LA VILLE DE PARIS

Françoise de Panafieu

Françoise de Panafieu est maire-adjoint de Paris, chargée des Affaires culturelles. C'est un plaisir de l'écouter dresser un tableau de son action en matière de théâtre : non pas seulement à cause du charme que la personne dégage, mais par une sorte d'épanouissement dans ses fonctions, car les bases de la politique municipale sont établies et donnent satisfaction ; nulle échéance d'importance, nul foyer à problèmes.

ACTEURS. – *Quelle perception d'ensemble avez-vous du théâtre à Paris aujourd'hui ?*

FRANÇOISE DE PANAFIEU. – Le théâtre n'est pas en mauvaise forme. Il y a cinq ou six ans, j'étais plus inquiète qu'aujourd'hui. Curieusement, l'apport des techniques nouvelles (de la télévision au disque laser) est beaucoup plus périlleux pour d'autres formes d'expression culturelle que pour le théâtre. Le théâtre est sans doute l'activité qui s'en sort le mieux. Il est moins touché que le concert ou le cinéma. A preuve ses taux de fréquentation et sa vitalité.

Par contre, parfois, et ce fut le cas au moment des fêtes, en fin d'année dernière, il y a un manque de coordination et de concertation dans la programmation des grands théâtres parisiens. La demande était la même par exemple sur de grands spectacles musicaux (*West side story, Peter Pan, Les misérables*) ; et il n'y avait pas assez de public pour ces trois grosses machines en même temps.

A. – *Voyez-vous une évolution des théâtres privés ?*

F. DE P. – Je regrette que les théâtres privés ne puissent plus prendre le risque d'afficher des spectacles avec un grand nombre d'acteurs, ou beaucoup de décors. Ces spectacles ne peuvent plus être en pris en charge que par les théâtres publics subventionnés.

Il est évident que les théâtres pâtissent directement d'un contexte économique difficile. Le prix des places est certainement déterminant. C'est pourquoi je privilégierai toujours les actions qui soutiennent la fréquentation du public. Ainsi l'opération « Paris sur scène », que nous lançons maintenant chaque année avec la participation de tous les théâtres. Le public répond à notre appel de manière magistrale. La Ville de Paris joue alors son rôle de fédérateur et fait du théâtre la grande fête parisienne.

Globalement, nous intervenons par une subvention principale au Fonds de soutien des théâtres privés.

Nous intervenons aussi par des subventions d'investissement ; nous aidons des théâtres à refaire leurs salles ou à rééquiper leurs cintres.

En outre, nous finançons un fonds spécial d'aide à la création, et des aides au projet. Nous aidons une quarantaine de compagnies, de façon régulière.

Nous n'envisageons pas de multiplier le type d'aide que nous consentons directement, par exemple à Jean Desailly et Simone Valère pour le théâtre de la Madeleine. Pas plus que d'imiter l'Etat quand il aide Niels Arestrup à acheter le bail de la Renaissance. Nous préférons passer par le Fonds de soutien, qui fonctionne parfaitement.

Il peut toujours y avoir un cas d'aide exceptionnelle ; il ne faut pas dire « fontaine, je ne boirai pas de ta source » ; mais nous ne pouvons pas envisager de créer délibérément plusieurs cas personnels privilégiés.

Nous ne voulons pas aider directement et traiter des cas individuels. Nous entendons toujours passer par l'organisme intermédiaire, le Fonds de soutien, qui donne toute satisfaction.

A. – *Qu'en est-il des théâtres municipaux, que vous aidez principalement ?*

F. DE P. – Je commencerai par le théâtre de la Ville, qui fonctionne parfaitement, grâce à un directeur compétent et entièrement responsable. Gérard Violette fait une programmation de grande qualité. Le public le suit largement (84 % de fréquentation). Les relations entre le théâtre et la tutelle sont parfaitement claires. Le théâtre de la Ville établit des rapports de co-production avec des théâtres publics de province. Le système de la création qui est pratiqué actuellement est à l'image des libres choix de Gérard Violette, tout autrement que ce que faisait Jean Mercure. On pourrait dire, c'est vrai, que la part du théâtre est un petit peu moins présente que la danse ou les variétés (où la réussite est exceptionnelle). C'est très bien ainsi, que le théâtre de la Ville de Gérard Violette soit différent que du temps de son prédécesseur.

Pour ce qui est des théâtres municipaux d'arrondissement, la situation actuelle ne sera pas modifiée. Mise à part l'affectation du théâtre de la Plaine (qui est difficile, et trop voisin du théâtre 14) aux Marionnettes dès le mois de juin, nous n'envisageons d'ouvrir aucun nouveau théâtre d'arrondissement.

Je n'ai pas à me prononcer sur leur programmation. S'il me fallait choisir le spectacle que j'ai préféré, je citerais la pièce de Dürringer au théâtre 13.

A. – *Pour ce qui est des théâtres dans lesquels est impliquée la Ville de Paris ?*

F. DE P. – Commençons par le théâtre Renaud-Barrault. C'est une concession de la Ville de Paris. La Direction des Affaires culturelles a été informée, mais nous n'avons pas été consultés sur son avenir. Je ne critique aucun des organismes qui prennent pied dans ce théâtre du Rond-Point nouvelle version (nous les subventionnons). Ce que, pour ma part, je déplore c'est qu'on n'ait pas proposé à un artiste un tel outil qui contient une grande salle et une petite salle de grande qualité dans le même endroit, superbement placé par ailleurs. C'est un outil exceptionnel. Je comprends que la situation n'est pas facile à gérer, qu'il y avait un énorme déficit, et que l'Etat se soit donné le temps d'une pause transitoire et d'une réflexion en choisissant la solution que nous savons. Mais je souhaite de toutes mes forces qu'on se ressaisisse et qu'on ne gâche pas pour l'avenir un outil de cette valeur-là. C'est le bijou parfait.

A. – *Et la Gaîté Lyrique ?*

F. DE P. – C'est notre problème numéro un ! Chacun sa croix ! Mais il est question que le lieu revienne de nouveau au théâtre. Je ne peux rien annoncer, mais nous étudions sérieusement un projet.

A. – *Quelle a été la novation marquante que vous avez provoquée l'année dernière ?*

F. DE P. – L'attribution au Fonds de soutien du théâtre privé, d'une dotation spéciale d'un million de francs pour des créations de pièces françaises nouvelles.

Propos recueillis par
PIERRE LAVILLE

Subventions aux théâtres parisiens en 1991

THÉÂTRES MUNICIPAUX

Théâtre de la Ville	43 160 000 F
Théâtre Paris 13	2 100 000 F
Théâtre Paris 14	2 480 000 F
Théâtre Paris Villette	2 400 000 F
Théâtre Mouffetard	2 300 000 F
Théâtre Paris Plaine	2 100 000 F
Théâtre Silvia Monfort	600 000 F
Total	**55 140 000 F**

AUTRES THÉÂTRES SUBVENTIONNÉS EN 1991

Théâtre des 50	600 000 F
Théâtre du Jardin	900 000 F
Espace-Acteurs	1 230 000 F
Théâtre 18	1 700 000 F
Théâtre Ouvert	500 000 F
Compagnie Renaud-Barrault	1 000 000 F
Lucernaire	300 000 F
Bastille	2 000 000 F
Madeleine	1 300 000 F
Confluences	400 000 F
Lierre-Théâtre	850 000 F
Comédie Italienne	140 000 F
Essaïon	360 000 F
Tourtour	80 000 F
Astral	40 000 F
Ranelagh	50 000 F
Athévains	200 000 F
Cinq Diamants	110 000 F
Théâtres de la Cité Universitaire	250 000 F
Poche Montparnasse	150 000 F
Ecole Nationale du Cirque	50 000 F
Marionnettes des Champs-Elysées	50 000 F
Sentier des Halles	40 000 F
Main d'Or/ Belle de Mai	300 000 F
Usine Ephémère	60 000 F
Théâtre du Marais	110 000 F
Total	**12 770 000 F**

AIDE AUX FESTIVALS EN 1991

Festival d'Automne	2 800 000 F
Festival de la Butte Montmartre	1 500 000 F
Festival 13 (comporte une partie importante de théâtre amateur)	800 000 F
Total	**5 100 000 F**

THÉÂTRE PRIVÉ

Jérôme Hullot : vers une évolution du fonds de soutien

Jérôme Hullot préside l'Association « pour le soutien du théâtre privé ». Il est aussi Président du syndicat des directeurs de théâtres privés et, depuis 1965, directeur du théâtre Montparnasse, aujourd'hui avec Myriam de Colombi, après avoir collaboré à la direction de ce même théâtre avec Lars Schmidt (il venait alors de l'équipe de Vilar au TNP et du théâtre des Nations). C'est dire que son expérience est la meilleure et la plus finie qui soit. Il a connu le théâtre privé parisien des années soixante, alors à son apogée, et vu se créer le Fonds de soutien il y a vingt-cinq ans sous la présidence de Denis Maurey. Nous lui avons demandé de dresser un état de la situation des théâtres privés, plus spécialement à travers la fonction de Directeur, et d'indiquer les termes d'une possible évolution de ces établissements et de l'organisme qui les « soutient ».

GRANDES LIGNES DE LA SAISON DU THÉATRE PRIVÉ

Je préfère envisager la question en ce début de l'année mille neuf cent quatre vingt douze, plutôt qu'en septembre dernier où rien n'était probant. Ce n'est pas exceptionnel ; nous avons connu d'autres saisons, longues ou difficiles à démarrer. Je crois que les six mois de crise que nous venons de vivre tiennent pour beaucoup aux difficultés de notre société ; les événements, depuis la guerre du Golfe, n'ont pas incité les gens à dépenser de l'argent ou à courir des risques.

Aujourd'hui, en début 92, il y a beaucoup d'excellents spectacles à l'affiche, suivis par un large public. Et dans ce panorama, les auteurs français tiennent une place prépondérante. Parmi les succès, celui de *L'antichambre* semble même prouver que ce soit aussi un succès d'auteur, et qu'après *Le souper* le public soit resté mobilisé pour aller voir une autre pièce de Brisville. Chose qu'on avait perdue de vue – autrefois, le public allait voir les pièces d'Anouilh, d'Achard, de Montherlant, de Sartre, de Roussin, non pas au vu des acteurs qui les jouaient, mais d'abord par fidélité à l'auteur. C'est donc un bon signe, que l'on constate avec plaisir.

On peut s'interroger aussi sur la durée de la carrière des spectacles. Je me demande si la tendance n'est pas à ce qu'un théâtre doive avoir à l'affiche deux spectacles par an. Ce qui a des conséquences importantes pour la gestion. Dans notre profession, où l'on perd davantage que l'on gagne, l'essentiel est d'amortir. Je crois que la tendance que nous avons connue, spécialement après guerre, qui consiste à tenir une pièce plusieurs années à l'affiche est une chose qui tend à disparaître. Certes, il y a le cas du *Souper* et surtout des *Palmes de Mr Schutz* qui ont connu plusieurs centièmes, sans user la pièce ni, peut-être, épuiser le succès.

NOUVEAU PORTRAIT DU DIRECTEUR DE THÉATRE

Aujourd'hui, on doit tracer du directeur de théâtre un portrait qui n'a plus rien, mais rien, à voir avec celui d'il y a vingt ou trente ans.

Mon activité aujourd'hui n'a rien à voir avec ce qu'elle était quand je suis arrivé dans la même maison, en 1965.

Un directeur de théâtre doit, maintenant :

– Conserver un patrimoine, généralement superbe, ou qui a été superbe. Il doit le maintenir dans un état convenable. Il y a encore trente ans, l'entretien d'un théâtre n'était pas, comme il l'est aujourd'hui, une préoccupation quotidienne, nous obligeant à des prouesses de gestion considérables. La législation actuelle nous protège sans nous aider, au prix de contraintes très lourdes.

Nous devenons des conservateurs de musée malgré nous.

Il y a des salles plus ou moins essentielles architecturalement ; certaines sont moins évidemment indestructibles que le Palais-Royal, l'Atelier ou les Bouffes, mais même, elles ont accumulé tant de souvenirs, tant « d'âme » qu'elles doivent être protégées au même titre que les bâtiments les plus célèbres.

– Conserver l'outil, veut dire conserver une équipe. Si les traditions artisanales du travail se perdent, le théâtre meurt. Aujourd'hui, il faut être reconnaissant aux techniciens qui travaillent dans les théâtres d'accepter d'y travailler, et de ne pas se laisser tenter par le cinéma ou l'audiovisuel où ils auraient des conditions financières et de travail autrement plus agréables. Chez nous, ils sont là le soir, il sont là les dimanches et fêtes, ils sacrifient leur vie de famille. Ils apprennent aux jeunes qui arrivent dans nos théâtres la tradition, comment travailler. Si demain on ne sait plus comment on répare un cintre, comment on fait une équipe d'envol, si on ne sait plus (ça a l'air idiot) comment on répare en deux minutes un strapontin, on en a fini avec la vie même, naturelle, du théâtre.

Cette équipe, il faut la maintenir chaque jour, toute l'année, c'est une charge énorme. Or, il y a des périodes dans l'année où l'on ferme et où l'on ne peut rien faire.

– Devenir un chef d'entreprise comme les autres. Nous devons nous pencher beaucoup plus que nos prédécesseurs sur la gestion même de la maison. Autrefois, un directeur avait un administrateur à qui il confiait le soin de régler les affaires courantes. Rien de commun avec ce qui nous assaille aujourd'hui : lois sur le travail, dont certaines sont ridicules (si on les appliquait rigoureusement on ne serait jamais tous sur le plateau en même temps ; et il y eut même récemment un règle du régime des retraites qui nous aurait empêchés d'engager un acteur de plus de soixante-cinq ans !) ou difficiles à supporter (nous sommes assaillis de charges de tous ordres).

– Evoluer artistiquement. Autrefois, un directeur avait tout le temps pour lire des textes, rencontrer des acteurs. Aujourd'hui, ce travail – le plus agréable, le meilleur – passe après tout le reste et toutes les charges.

– Etre aussi un producteur. Il faut être initié à beaucoup de disciplines. Il faut surveiller les relations publiques, les rapports avec le public.

Par ailleurs, l'Etat et la Ville qui nous imposent des obligations et multiplient nos charges, créent parallèlement à nous, des établissements subventionnés concurrents pratiquant des prix de places plus bas et présentant des spectacles compétitifs.

La fonction devient lourde à supporter.

Remarquons que nous sommes les seuls dans toute l'Europe à exister encore comme directeurs de théâtre, avec cette personnalité, cette liberté et cette responsabilité. Ni à Londres, ni en Allemagne, ni à Rome, il n'y a de directeurs au sens parisien du terme. Il ne faudrait pas que la Commission de Bruxelles en conclue que, n'existant pas ailleurs, on n'ait pas un jour (proche) à ne pas exister non plus en France ! Nous aurons à nous élever contre des généralisations technocratiques.

Tout en restant ce que nous sommes et sans rien perdre de notre individualité, on peut aussi pronostiquer que, dans les dix ans qui viennent, nous aurons à faire alliance les uns avec les autres. On assistera à des regroupements de salles, par affinités. Nous partagerons mieux des frais de gestion, ce sera plus souple et plus dynamique au plan artistique en pratiquant des échanges et en ayant des projets communs.

AU PLAN ARTISTIQUE, CE QUI A CHANGÉ...

Le principe de la vedette au théâtre a toujours existé. Seulement, la vedette pouvait être un auteur. Aujourd'hui, malheureusement on peut dire, la vedette cela n'a qu'un seul sens : c'est le comédien, rarissimement le metteur en scène. Et pour le comédien, sa célébrité reçoit plus qu'avant un effet multiplicateur de la part des médias.

Mais, dieu merci, une vedette de théâtre reste celui ou celle qui fait le mieux son métier sur scène.

LA PUBLICITÉ, UN VÉRITABLE CASSE-TÊTE

Tout ce qui concerne la publicité nécessaire aux spectacles est devenu un véritable casse-tête. Il faut partir du fait qu'en France il n'y a pas de large information du public concernant le théâtre. Les chaînes de télévision ne nous accordent qu'une attention très relative au simple plan de l'information ; ça, c'est réellement effrayant.

Ajoutons-y que si la critique existe dans les journaux (quoi que leur place et leur influence diminuent), à la télévision elle est plutôt malsaine car les critiques, on ne sait pas pourquoi, s'y transforment en bateleur et l'information et faussée ; on confond réflexion et réaction épidermique.

QUELLE SOLUTION TROUVER ?

On ne sait pas très bien. On en est à se dire qu'on va abandonner les budgets de publicité consacrés à la presse écrite. Et qu'avec cela, on va, en se regroupant, financer un magazine télévisé sur le théâtre – encore faudrait-il que les chaînes l'accueillent ! Rien ne le prouve, étant donné leur obsession pour les indices d'écoute.

S'y ajoute le problème des Colonnes Morris qui accueillent de plus en plus les affiches des nouveaux films, au lieu de se réserver aux affiches de théâtre. C'est aussi très grave. Nous traitons ce problème avec la Ville de Paris.

Sans oublier, enfin, le problèmes des petites salles, qui ont le plus grand mal à informer – c'est pourquoi nous avons créé, avec l'aide de la Ville de Paris, cette affiche-programme mentionnant tous les théâtres... C'est un sujet qui nous préoccupe beaucoup.

L'EXPANSION DU FONDS DE SOUTIEN

Le Fonds de Soutien a fêté ses vingt-cinq ans.

Il a fait ses preuves. Au point que plusieurs pays étrangers se penchent sur son exemple pour s'en inspirer. Il sert donc de modèle.

Les tutelles se plaisent à reconnaître que, géré par les intéressés eux-mêmes, ce Fonds a toujours admirablement fonctionné. Nous sommes le seul exemple d'organisme recevant des aides, LE SEUL, qui, depuis vingt-cinq ans, n'ait jamais demandé un centime en fin d'exercice. Il nous arrive de traverser des périodes difficiles (en ce moment, par exemple) mais nous trouvons nos propres solutions, nos propres économies.

Dans son état actuel, le Fonds de Soutien est alimenté par trois sources différentes : un « gros tiers » qui est l'aide de l'Etat (16 à 17 millions), un « moyen tiers » qui est celle de la Ville de Paris qui a promis d'arriver à parité avec l'Etat mais qui peine un peu derrière (14 à 15 millions), et un « presque tiers » qui est le produit du versement d'une taxe parafiscale à laquelle nos théâtres sont obligatoirement assujettis (qui est de 3,50 % de nos recettes), ce qui a aussi généré ou ravivé entre nous un sens de la solidarité exemplaire : les théâtres qui ont les plus gros succès paient pour ceux qui ont des échecs, et les grands pour les petits.

Actuellement, le Fonds privilégie l'exploitation des créations françaises : la garantie de déficit est de 40 % pour les créations de pièces françaises ; de 30 % pour une pièce étrangère, la reprise d'une pièce française ou pour un classique ; et 15 % pour un one man show.

LE FONDS DE SOUTIEN DEVRAIT REPENSER RADICALEMENT SON MODE DE FONCTIONNEMENT...

Les directeurs de théâtre ont à faire face à des frais considérables pour l'entretien de leurs bâtiments (je ne parle pas des spectacles). Là, on nous répond actuellement : c'est votre problème, débrouillez-vous ! C'est ce que nous faisons, avec le fonds d'aide à l'équipement que nous avons créé, financé par un prélèvement de 8 F par billet vendu ; la cotisation est libre, on est libre de s'y inscrire et d'en bénéficier ou pas, d'aller emprunter ou pas auprès de la Caisse des dépôts. Mais c'est à peine suffisant pour l'entretien courant.

On ne nous aide que pour les résultats d'exploitation. Quand une pièce ne marche pas.

Je pense qu'on devrait nous laisser responsables de nos choix artistiques et de leurs résultats. On devrait monter une pièce, trouver les moyens de la produire ; tant mieux si elle marche, tant pis si elle ne marche pas, tout le monde peut se tromper. Premier résultat : on ne va pas s'acharner à la garder à l'affiche ; si elle ne marche pas, mieux vaut l'arrêter tout de suite et ne pas la conserver artificiellement en vie.

En revanche, on dirait : le Fonds de soutien va prendre en considération les frais couvrant l'instrument, l'outil de travail. Ce qui nous permettrait d'avoir des frais de gestion moins élevés, de disposer donc d'un peu plus d'argent pour monter des spectacles. Cela permettrait de réguler le prix des places et d'en limiter la croissance, d'en finir avec cette surenchère des prix des places qui va en montant, en montant...

Tout ceci doit être affiné et précisé.

Cela suppose que les pouvoirs publics repensent en partie leur politique culturelle. Il y a une cinquantaine de théâtres privés à Paris, de superbes bâtiments, dont certains classés. Tous sont des foyers de création qui touchent directement à la vie de la ville. Si on laisse éteinte la façade d'un théâtre, c'est toute la vie du quartier qui est atteinte. Prenez les Batignolles quand la façade d'Hébertot est éteinte, pareil dans le cas du théâtre Antoine, ou la Rue Blanche quand le théâtre de Paris est fermé. Le simple fait de laisser un théâtre ouvert, c'est rendre largement à la communauté l'aide que nous recevons... Il faudrait penser davantage à nous. C'est bien de créer des théâtres d'arrondissement, mais il faudrait commencer par mieux nous aider. Qu'on ne nous laisse pas arriver à un point où les contraintes auront atteint un point de non retour ! Il faut aider nos bâtiments. Il faut reconsidérer la situation des théâtres au plan de l'équipement. Je crie casse-cou ! Il devient urgent d'entreprendre une réflexion commune.

Il va dans tous les cas se passer quelque chose puisque j'entends dire qu'au plan européen, avec l'Europe, on devra renoncer à la parafiscale. Ce sera donc le fonctionnement actuel du Fonds de Soutien qui devra être revu.

Cela entraînerait un chambardement du Fonds de Soutien et n'aurait de raison d'être que si on conserve avec soin et dynamisme le secteur de la création.

DÉFENDRE LA CRÉATION

Il y a au Fonds de Soutien toute une politique qui défend toute la création française.

Nous avons obtenu des aides complémentaires, notamment une dotation spéciale de l'Etat, mais aussi de la Ville de Paris, et puis les sociétés d'auteurs et l'ADAMI nous ont rejoint. Elles sont de deux sortes :

– Une aide à l'établissement, pour permettre l'accession à des postes de direction de théâtre des personnes qualifiées, qui ne disposeraient pas de la totalité des fonds demandés. On prête sans intérêt et pour cinq ans.

– Une aide à la création. Nous choisissons de l'utiliser un peu en amont, et beaucoup en aval. C'est très bien d'aider un écrivain à écrire une pièce, encore que de deux choses l'une, ou on a du talent et on écrit une pièce ou en n'en a pas, et ce n'est pas une bourse qui rendra la pièce à écrire meilleure.

Le principal est d'aider la pièce à naître et, surtout, à marcher (sans faire d'acharnement thérapeutique !). Prenez *Les palmes de Mr Schutz* ; les aides que le Fonds de Soutien consent normalement au bout de 50 ou 60 fois s'achevaient et le spectacle n'avait pas encore démarré ; nous avons alors décidé de puiser dans nos ressources et de lui attribuer une aide supplémentaire spéciale (en fait, trois spectacles en ont bénéficié cette année-là, ...*Mr Schutz, Tempo et Moi, Feuerbach*, que jouait Robert Hirsch au La Bruyère). Nous avons donné à chacun de ces spectacles une somme forfaitaire pour lui permettre d'attendre que le public se mobilise et de garder la tête hors de l'eau.

Cette aide ne concerne que les trois premières pièces d'un auteur, jouées pour la première fois dans notre secteur. Soit une pièce, soit l'adaptation d'une œuvre littéraire non théâtrale française.

Cette sorte d'aide, dans le cas où on modifierait le fonctionnement du Fonds de Soutien ne devrait, en aucun cas, être remise en cause.

REVOIR L'ORDONNANCE DE 45

Elle est obsolète et dépassée, mais elle contient aussi des dispositions très importantes, dont la protection des lieux et la reconnaissance de la fonction directoriale. On pense à la réviser. La question de l'harmonisation européenne est posée en filigrane.On pense à supprimer la licence (obligatoire pour devenir directeur de théâtre et entrepreneur de spectacles ou de tournées). Il y aurait à la place une carte professionnelle, qui ne sera pas obligatoire !

Donc, pour devenir directeur de théâtre, il n'y aura plus aucune nécessité ou obligation à respecter des usages sinon des règles qui ont fait leurs preuves, et permis à notre secteur d'être celui de la création de tous les auteurs importants depuis cinquante ans : Ionesco, Achard, Beckett, Roussin, Sartre, Camus, Anouilh, Audiberti... la liste est interminable. C'est NOUS qui les avons révélés.

On se demande par moments si, en haut lieu, il n'y a pas des gens que ça arrangerait de voir disparaître ce Secteur Privé ! Si encombrant, parce que toujours vivant et libre !

Propos recueillis par
PIERRE LAVILLLE

THÉÂTRES	JAUGES	DIRECTEURS
ANTOINE	875	Daniel Dares – Héléna Bossis
ARTISTIC ATHEVAINS	225	Dominique Bourde
ARTS HÉBERTOT	626	Félix Ascot
ATELIER	566	Pierre Franck
BOUFFES PARISIENS	690	Jean-Claude Brialy
COMÉDIE CAUMARTIN	380	Denise Petitdidier
COMÉDIE DES CHAMPS-ÉLYSÉES	681	Guy Descaux – Francis Lemonnier
STUDIO DES CHAMPS-ÉLYSÉES	225	Guy Descaux – Francis Lemonnier
THÉATRE DES CHAMPS-ÉLYSÉES	1911	Alain Durel
COMÉDIE DE PARIS	200	Gérard Maro
DAUNOU	450	Denise Petitdidier
ELDORADO	968	Jean-Claude Paulard
EDGAR	101	Alain Mallet
GRAND EDGAR	490	Alain Mallet
ESSAION DE PARIS	100	Alida Latessa
EDOUARD VII	720	Julien Vartet
ESPACE CARDIN	550	Pierre Cardin
FOLIES BERGERE	1700	Pierre Descaves
FONTAINE	620	Marie-Claire Valène
GAITÉ MONTPARNASSE	411	Nicole Charmant
GYMNASE	783	Jacques Bertin
LA BRUYERE	362	Stephan Meldegg
LA HUCHETTE	100	Jacques Legré
LA MADELEINE	750	Jean Dessailly
MAIN D'OR BELLE DE MAI	150/120	Jean-Christian Grinevald
MARIGNY	1020/311	Christiane Porquerel – Jean-Jacques Bricaire
MATHURINS	493/100	Gérard Caillaud
MICHEL	348	Germaine Camoletti
MICHODIERE	700	Jacques Crépineau
MOGADOR	1789	Fernand Lumbroso
MONTPARNASSE	715/150	Jérôme Hullot
NOUVEAUTÉS	582	Mme Moreau-Chantegris
ŒUVRE	389	Georges Herbert
PALAIS DES GLACES	630	Jimmy Levy
PALAIS ROYAL	802	Francis Lemonnier
PARIS	1097/300	Van Eeckhout
PARIS VILLETTE	291	Patrick Gufflet
POCHE MONTPARNASSE	137/100	Renée Delmas
PORTE SAINT-MARTIN	1050	Hélène Regnier
POTINIERE	350	Julien Vartet
RANELAGH	338	Madona Bouglione
RENAISSANCE	740	Niels Arestrup
SAINT GEORGES	498	France Delahalle – Marie-France Mignal
SPLENDID SAINT MARTIN	297	MM. Spillemaecker – Moynot
TETE D'OR	240	Jacqueline Bœuf
TRISTAN BERNARD	400	Edy Saiovici
VARIÉTÉS	926	Jean-Paul Belmondo

ÉVÉNEMENTS

PARIS

THÉÂTRES PRIVÉS

BOUFFES-PARISIENS/ TOURNÉES HERBERT-KARSENTY

GEORGE ET MARGARET

DE GÉRALD SAVORY

L'innocence du genre

Il est, en tout temps, un genre de théâtre qui surgit, un autre qui s'affirme, et un qui vit ses derniers jours. La reprise actuelle de *George et Margaret*, pièce anglaise adaptée par Marc-Gilbert Sauvajon et Jean Wall, et parfaitement mise en scène par René Clermont, appartient à cette dernière sorte.

La pièce est aimable, elle a des conventions drôlatiques ; elle fonctionne sur une image de la famille bourgeoise et des mœurs parfaitement surannée. C'est du théâtre de divertissemnt léger, presque "étourdi". Le décor est ce qu'il faut – un salon – et les lumières ce qu'elles ne peuvent qu'être : pleins feux (convention extrême : personne, chez soi, ne vivrait sous un pareil soleil !). Ce qui fait la sympathie et la très bonne tenue de la soirée, c'est que cette pièce, que nul aujourd'hui n'écrirait, est merveilleusement jouée, par tous les acteurs (les jeunes aussi, ce qui est rare). Auprès de Jacques François, à l'élégance burlesque, d'une innocence de cartoon, Danielle Darrieux, belle, lumineuse, costaud, sur trois notes (mais éclatantes), folâtre, va et vient, arrondit la bouche, écarquille les yeux, a des rires de gorge, des éclats, qui ravissent la salle. Depuis soixante ans (elle a débuté à 14 ans) Danielle Darrieux tient son rang avec un éclat admirable. On ne voit personne, après elle, pour jouer aussi impérialement ce répertoire-là. Aimez, ce que jamais on ne reverra.

JACQUES FRANÇOIS ET DANIÈLE DARRIEUX DANS *GEORGE ET MARGARET*

C. R.

THÉÂTRE MARIGNY

LE MISANTHROPE

DE MOLIÈRE

Francis Huster chez Molière

FRANCIS HUSTER ET ROBERT HIRSCH DANS *LE MISANTHROPE*

Francis Huster a joué Molière chez lui, rue de Richelieu, au cours des dix années qu'il a passées à la Comédie-Française. Il n'avait pas encore joué Alceste, c'est chose faite. Sans doute, le moment n'était-il pas venu ; Alceste est un rôle de la maturité. Avec ce grand « caractère », Francis Huster engage sa carrière sur une autre voie. Finis les jeunes héros, Rodrigue et Lorenzo, voici venus les grands personnages ambigus ; la route pour Hamlet est ouverte.

Francis Huster ne s'en cache pas : sa passion du théâtre, extraordinairement tendue, vivace, brûlante, le conduit à la troupe, et à la tradition théâtrale, au sens noble du mot (deux valeurs que la Comédie-Française finit par perdre de vue). Il est bien qu'il ait engagé près de lui Robert Hirsch (Oronte) grand sociétaire et admirable interprète de Molière, et Danièle Lebrun (Arsinoé) et aussi Robert Manuel (Dubois), qui se sont illustrés, quelques temps pour elle, longtemps pour lui, chez Molière.

Souhaitons que Francis Huster s'installe pour longtemps à Marigny. Après tout, la Comédie-Française s'était, récemment, installée dans ce théâtre, qui fut, nul ne l'oublie, le foyer de la Compagnie Renaud-Barrault. Toutes références belles, bonnes et justes.

P. L.

THÉÂTRE DE LA MICHODIÈRE

JE VEUX FAIRE DU CINÉMA

DE NEIL SIMON

Michel Blanc, timide contrarié

Michel blanc joue et met en scène *Je veux faire du cinéma.*

Avec ses yeux de chien battu, son nez en patate et son crâne prématurément poli, Michel Blanc a une chance immense . Il a toujours su utiliser son physique pour faire rire. Il a su récemment négocier un virage délicat vers les rôles dramatiques. Et il n'a pas la hantise des jeunes premiers ravissants qui, se voyant vieillir, voient aussi les rôles s'enfuir. Plus il mûrira, plus la palette de ses compositions ira en s'élargissant. N'est-ce pas une bénédiction ? La carrière de Michel Blanc est inséparable de celle de ses copains et copines du « Splendid ». Repartons donc vers le « il était une fois... » Il était une fois, en 1966, des lycéens et lycéennes très portés sur les blagues. Par ordre alphabétique ils et elles s'appelaient Josiane Balasko, Michel Blanc, Marie-Anne Chazel, Christian Clavier, Gérard Jugnot, Thierry Lhermitte, Bruno Moynot et Christian Spillemaecker. Comment ? Moynot et Spillemaecker ? Seraient-ce les pauvres malheureux qu'ont voit toujours sur les photos de groupe des futures célébrités et qu'on ne reconnait jamais parce qu'ils n'ont pas réussi ? Pas du tout, ils dirigent aujourd'hui les productions « Splendid Saint-Martin », et produisent avec Jacqueline Cormier *Je veux faire du cinéma,* après tous les spectacles des anciens du Splendid mais aussi *Un pneu c'est un pneu* de Dubillard, Musset et Feydeau avec Anémone, ainsi que Jango Edwards, Farid Chopel, Muriel Robin, Valérie Lemercier, Eric Métayer, n'en jetez plus !

Mai 68 n'étant pas loin, la création collective est à l'ordre du jour, et les petits génies en ébullition concoctent et jouent *Je vais craquer* au café-théâtre de l'Odéon. Poussés par une autre équipe de jeunes surdoués, le Café de la Gare où évoluent Patrick Dewaere, Miou-Miou et Coluche, ils aménagent rue d'Odessa le Splendid. Ils y écrivent et jouent *Ma tête est malade.* En 1976 le Splendid se transporte avec armes et bagages rue des Lombards pour créer *Le pot de terre contre le pot de vin.* L'année suivante, c'est le premier grand succès : *Amours, coquillages et crustacés* qui va devenir *Les bronzés.* Josiane Balasko fait bande à part pour rédiger toute seule *Bunny's bar,* ou *Les hommes préfèrent les grosses* qu'elle interprète avec Michel Blanc. Le groupe se reforme ensuite pour *Le Père Noël est une ordure* : triomphe, transfert à la Gaîté-Montparnasse pendant un an, et tournée de quarante villes. Entre-temps Michel Blanc a commencé à jouer des rôles importants au cinéma, et il ne retrouvera plus le Splendid qu'une fois pour *Nuit d'ivresse* de Josiane Balasko. Le succès au grand écran dans cinq films avec Patrice Leconte culmine dans *Marche à l'ombre* qu'il écrit, interprète et réalise en 1984. Désormais son personnage favori est bien établi dans l'esprit du public (et de la profession) : c'est un minable, soit catastrophique, soit rageur, qui provoque des drames cocasses par sa maladresse et son incompétence, qui en veut à la terre entière, se plaint et gémit. Mais plus il est misérable, plus il fait rire...

L'évolution vers les rôles dramatiques se fait d'abord à la télévision, Michel Blanc devenant un « médecin des hommes » (comprenez : médecin du Monde) en Afghanistan avec Alain Corneau, puis au cinéma où Patrice Leconte, qui lui aussi évolue vers le sérieux, le dirige dans *Monsieur Hire* d'après Simenon. Au théâtre aussi, mais seulement comme metteur en scène, il évolue vers un humour plus classique. Mais *L'excès contraire* de Françoise Sagan, qui ne manque pourtant pas de charme, ne rencontre pas l'approbation de la presse ni du public. Aujourd'hui il revient avec trois casquettes : adaptateur, metteur en scène, interprète. Il ne cherche pas à franciser *The King of Hollywood* où Neil Simon s'est rappelé ses expériences dans la « Ville des paillettes ». Les trois personnages – le scénariste quadragénaire, sa maîtresse, sa fille de dix-sept ans – parlent l'argot branché de 1992, on retrouve des tics à la mode comme « gérer ses émotions ». Mais Michel Blanc a gardé des plaisanteries typiquement juives new-yorkaises qu'on trouve aussi chez Woody Allen.

L'acteur sait toujours utiliser son physique. Il apparait au réveil, les yeux gonflés. Puis lance des regards noirs en retrouvant sa fille oubliée. Mine gênée, il danse d'un pied sur l'autre. Mais ses grands atouts restent la simplicité et le naturel. Quand le monstre de mauvaise foi qu'il incarne s'humanise, dans les moments d'émotion sa voix change et s'étrangle. Les intonations faubouriennes qui flottent parfois s'effacent quand il lit un poème d'Emily Dickinson qu'aime sa fille. Cette réserve – très payante aussi pour les effets comiques, puisque les répliques de Neil Simon sont écrites pour être dites pince-sans-rire – se reflète dans la mise en scène. Michel Blanc sait trouver le rythme soutenu qui convient à la comédie, mais comme il s'agit d'une comédie de mœurs et de sentiments, il ménage des plages de calme, de silence, de non-dit qui contribuent à amener un brin d'émotion. Les ruptures de ton efficaces sont aussi sa spécialité, comme celle qui survient au moment où il rappelle les deux jeunes femmes. Comme dans tous les spectacles, le moment des saluts est révélateur. Face aux applaudissements, un Michel Blanc nouveau apparaît. Sourcils froncés, sourire en tire-lire, il se mord les lèvres et plonge en avant. Ce n'est que lorsque tout est bien fini, qu'il tourne déjà le dos pour rentrer en coulisses, qu'il se décide et envoie, mine de rien, un large baiser. Le cliché sur les comiques serait-il vrai ? Se pourrait-il que Michel Blanc soit avant tout un grand timide contrarié ?

Bruno Villien

MICHEL BLANC ET JUDITH GODRÈCHE DANS *JE VEUX FAIRE DU CINÉMA*

THÉÂTRE DU PALAIS-ROYAL

SANS RANCUNE

DE SAM BOBRICK ET RON CLARK

Pierre Mondy met en scène l'adaptation de Jean Poiret avec Roland Giraud

Dans la maison de Pierre Mondy, qui donne sur un paisible jardin du seizième arrondissement, les murs noirs et blancs et les meubles design sont égayés par la copie d'un célèbre tableau qui se trouve à la Comédie-Française : Molière et les Comédiens-Italiens. Le saint patron protecteur de tous les comiques veille sur un grand spécialiste du rire. Qui rit : *Le Canard Enchaîné* vient d'écrire : « Le gang des pros a encore frappé, mais frappé juste ! »

« Je suis arrivé à un certain âge où il serait triste de se faire traiter d'amateur ! » La nouvelle pièce qu'il met en scène, *Sans rancune*, est américaine, du tandem qui a produit *Pauvre France !* et des scénarii pour Mel Brooks. C'est un héritage de Jean-Michel Rouzière, qui l'avait dans ses cartons. Mondy et Jean Poiret voulaient la monter, mais ne trouvant pas l'acteur idéal, passèrent à d'autres projets. En jouant ensemble *Rumeurs*, le nom de Roland Giraud est venu : « Roland a lu le mot à mot, et s'est décidé, ce qui a motivé Jean pour écrire son adaptation, c'est l'effet « boule de neige ». Jean est resté fidèle aux personnages et à l'anecdote, mais les dialogues et les comportements des personnages sont à lui. » Le héros de la comédie est un « nombril sur deux pattes » qui ne comprend pas qu'on puisse trouver son bonheur ailleurs qu'en lui. Le jour où il marie sa fille, sa femme lui annonce qu'elle le quitte pour un homme plus jeune que lui, un grec serveur dans un restaurant italien. Du coup il poursuit le couple infernal, mêlant sa fille et son meilleur ami à leur vie. A la suite d'une action répréhensible que le suspense interdit de révéler, une décision de justice lui impose de rester éloigné

JEAN POIRET ET PIERRE MONDY, EN RÉPÉTITIONS

de sa femme pendant un an. Un an passe donc et il revient le soir de l'inauguration du restaurant repris par le jeune grec. « Dans la pièce américaine, Eddie Albert, qui a créé le rôle, était apaisé au lieu d'être constamment furieux, il s'était refait une santé grâce au tennis et aux sports, il était normal, ayant retrouvé son équilibre mental et physique. Et il amène à son ex-femme l'acte qui l'autorise à divorcer pour épouser l'homme qu'elle aime. La tonalité de ce dernier tableau change complètement grâce à Jean, qui a eu une trouvaille. Il imagine que pendant un an Roland a fréquenté un confesseur, un psychiatre et un gourou. C'est un homme touché par la grâce, qui a atteint une plénitude quasi-religieuse. Quant il remet sa lettre, il dit : « Je suis adepte de Dieu, de Bouddha et de Freud, les contingences matérielles ne m'intéressent plus. » Jean a coloré le tableau d'un personnage qui ne touche plus terre, très efficace dans son grand imperméable et son écharpe blanche. Sa femme lui dit : "Tu irradies !" – oui, mais de l'intérieur ! » Ce thème autour de « J'ai découvert que j'avais une âme » me semble plus efficace pour nous, public français, et même parisien pour le moment. Au lieu de tirer à la ligne avec une situation qui s'arrange, voilà une vraie rupture de ton. »

Le grand souci de Pierre Mondy metteur en scène de comédies, c'est le rythme. « Les comédies ne peuvent pas être jouées tièdes. Il faut de l'énergie, de la santé pour les jouer. Il y a une différence d'avec les vaudevilles où ce sont les situations, avec les quiproquos, les échanges d'identité, qui supportent l'action. Ici ce sont les rapports des personnages entre eux qui font évoluer l'action. Ce n'est pas non plus une « romantic comedy » comme *La fille sur la banquette arrière*, le rire est ici plus affirmé. » Pour Poiret et Mondy, qui l'ont souvent monté et interprété, le modèle, c'est Feydeau. Mondy n'a pas vu *La dame de chez Maxim's* dans la version Françon, mais pense que Feydeau reste efficace quelle que soit la façon dont on le met en scène. « La denrée la plus rare, la qualité la plus difficile à trouver chez un comédien, ce n'est pas qu'il soit obligatoirement comique, mais c'est la fantaisie, la faculté de se quitter lui-même pour se mettre dans la peau du personnage, pourvu bien sûr qu'il soit assez bien écrit. Rien ne me chiffonne plus que les acteurs qui essaient de "sauver" Feydeau en en rajoutant. Il m'est arrivé une fois de voir des éléments d'une troupe m'échapper pour "faire du comique". J'ai eu beaucoup de mal à les faire revenir en arrière. Un acteur coupe le cordon ombilical avec son metteur en scène dès les premières représentations. Il peut faire rire mais d'un rire qui n'est pas celui qu'on avait souhaité. »

La formule que Mondy utilise à propos de Feydeau – « un drame à l'envers » – s'applique aussi à *Sans rancune* : « La pièce démarre sur une mauvaise nouvelle, on ne fait pas de comédie avec des bons sentiments. La règle numéro un, c'est celle de mon vieux patron René Simon : « Une pièce bien distribuée est jouée à quatre-vingt pour cent. » Il arrive de choisir un interprète qui n'est pas comique en soi mais qui est tout à fait le personnage. Si cet acteur ne sait pas dans quoi il se trouve, impossible de le récupérer, il répète : "Je ne comprends pas !" Cela m'est arrivé avec une comédie d'Alan Ayckbourne, *Christmas,* qui montrait plusieurs couples un soir de réveillon. J'avais vu la pièce à Londres, et trouvé pour Paris un acteur au physique parfait. Mais il y a eu un manque à gagner. » Le contre-emploi pose des problèmes : « La phrase-bateau – "les pièces gaies doivent être jouées par des gens gais" – n'est peut-être pas si bateau que cela. Il faut être soi-même « client » des situations qu'on a à jouer. Quand une troupe s'amuse, elle amuse… si la pièce est bonne, évidemment ! Je ne peux pas mieux le prouver que par cet exemple. Entre l'avant-dernier et le dernier tableau que j'ai déjà raconté, on entend la voix du juge qui dit : "Georges Ménégaud, levez-vous, le tribunal... etc. » Nous avons demandé cette voix à Roger Carel. Eh bien, dans le noir, sur sa dernière réplique, ce foutu Carel qui est merveilleux réussit à faire rire tout en ayant dit son texte impeccablement comme un vrai juge ! Et chaque soir je ris en pensant : "Il n'est pas là, il n'y a que sa voix, il fait noir, et on rit !" Malheureusement Carel ne veut plus faire de théâtre pour le moment. Il est tellement occupé – entre mille choses il double Benny Hill. A chaque distribution que nous faisons Jean et moi, il y a un personnage pour lequel nous disons : "C'est Roger !" Mais à chaque fois c'est : "Non merci mes chéris !". En septembre je monte à la Porte Saint-Martin *Knock* avec Michel Serrault. Nous lui avons demandé de jouer le docteur Parpalaid, il répond sans répondre... »

Ses succès de metteur en scène font-ils de l'ombre à l'acteur ? « Je ne veux pas que ma casquette de metteur en scène me prive de jouer, j'adore jouer, par moment cela me démange. Mais je ne peux pas être à la fois au four et au moulin. Coline Serreau m'a proposé de jouer sa nouvelle pièce, mais à la rentrée au moment de *Knock*. En même temps aussi il y avait un projet que j'aimais beaucoup, la pièce de Neil Simon *Lost in Yonkers* adaptée par Jean-Loup Dabadie pour Jacqueline Cormier. Je garde un très bon souvenir de *Glengarry Glenn Ross*, j'aimerais retravailler avec Marcel Maréchal. Mais nous avons le même emploi, et la plupart des pièces qu'il monte, il les joue, c'est normal. Je serais ravi que Jorge Lavelli m'appelle pour travailler à la Colline, pourquoi pas ? Mon problème est tout simple : j'ai le sentiment que pour beaucoup de professionnels je suis devenu uniquement un metteur en scène de boulevard. J'en suis fier, au début du siècle le boulevard était l'endroit où il fallait être joué. Et je crois beaucoup aux familles : les gens travaillent entre eux, il y a des cases et des étiquettes. Mais grâce à Raymond Rouleau, j'ai joué *Les sorcières de Salem* et *Le prix* d'Arthur Miller, Anouilh m'a employé dans *Pauvre Bitos*. A la grande époque du direct à la télévision, Claude Santelli m'a fait jouer Porphyre dans *Crime et châtiment*, au cinéma René Allio m'a offert *Pierre et Paul*. Aujourd'hui il se trouve que j'ai enchaîné *Trois partout*, *Rumeurs* et *Sans rancune*.

Alors pour la profession je suis happé par le travail. Je ne suis pas nostalgique mais j'aime les planches, c'est quand même là que j'ai commencé. »

Venu d'Albi à Paris, le jeune Pierre regrettait de ne pas faire le Conservatoire, jusqu'au jour où son maître René Simon lui dit : « Fais tout, sauf le Conservatoire ! D'abord, tu ne seras pas pris. Et si tu es pris, tu n'y feras rien ! » Le jeune homme passe deux ans et demi chez Simon, en compagnie d'autres débutants nommés Geneviève Page, Claude Gensac, Cécile Aubry, Robert Hirsch, Jean-Claude Pascal, Philippe Lemaire, Philippe Nicaud... Et une certaine Jacqueline Maillan, qui croyait être une tragédienne. Mais dès sa première scène comique, les rires qui fusent l'avertissent sur sa vraie nature... Pierre Mondy et Jean Le Poulain montent les scènes que présentent leurs petits camarades. Avec son « sens champenois de la divination », le « Patron » leur dit : « Vous serez metteurs en scène ! », ils sont d'abord étonnés. En effet, alors qu'il a déjà quitté son cours, René Simon rappelle Pierre Mondy pour qu'il monte les scènes de l'audition de fin d'année des petits nouveaux : Gérard et Estella Blain, Marcel Bozzufi, Jean-Pierre Cassel, Serge Rousseau... Et voilà comment aujourd'hui Pierre Mondy peut changer de casquette en un clin d'œil, et même les porter toutes les deux à la fois.

BRUNO VILLIEN

ROLAND GIRAUD ET NICOLE CALFAN DANS *SANS RANCUNE*

THÉÂTRE DE POCHE MONTPARNASSE

SALLE 1 : *CLOTILDE ET MOI*

D'APRÈS OCTAVE MIRBEAU

SALLE 2 : *LE JOURNAL D'UNE PETITE FILLE*

D'H. VON HUG-HELLMUTH

Renouvellement des programmes au Poche-Montparnasse, ce haut lieu du théâtre, où Renée Delmas et Etienne Bierry, accompagnés régulièrement par leur fille Marion et leur fils Stéphane Bierry. Aujourd'hui, Marion Bierry adapte et met en scène des textes d'Octave Mirbeau, tandis qu'elle reprend son beau spectacle (mis en scène par Pierre Tabard) d'après Le journal d'une petite fille *qui fut l'un des succès de la saison théâtrale il y a trois ans.*

MARION BIERRY

Les aventures théâtrales sont comme les aventures amoureuses. Elles ont un commencement soudain et précis. Un beau jour, une action aussi ordinaire que de croiser une connaissance dans l'autobus ou d'extraire un livre parmi d'autres de l'étagère de son libraire, une toute petite action nous fait brusquement basculer dans un mystérieux engrenage créatif dont on ne sortira qu'une fois le spectacle conçu. Ce mécanisme n'est pas uniquement déclenché par notre volonté de fouineurs acharnés. Il semblerait qu'il existe conjointement à notre recherche une énergie mystérieuse qui amène les êtres à se rencontrer, les livres à vous tomber entre les mains.

Les aventures de théâtre ont une naissance romanesque, nourrie de sentiments exacerbés, de nécessités héroïques et dérisoires, et ce destin – puisque je ne trouve pas d'autre mot à cette énergie surhumaine – relie également entre elles toutes les aventures de théâtre de tous les temps. Un corps impalpable continue de circuler entre elles bien après leur furtive existence, nous léguant, à nous pauvres conscients, leurs souvenirs et leur âme. Ce lègue est entier, il contient les réussites et les échecs, le sublime et le médiocre.

Fin octobre j'allai chez un libraire du boulevard Montparnasse faire provision de lecture pour un heureux séjour en clinique. Je trouvai les *Contes cruels* d'Octave Mirbeau. Je connaissais de l'écrivain, du critique, ce que la moyenne des gens moyennement cultivés connaissent, et j'ignorais jusqu'à ce jour l'existence de ces contes. Exactement un an auparavant, en allant voir mon frère Stéphane jouer *Amadeus*, j'avais fait la connaissance de Patrice Alexandre et, de l'alchimie des rencontres entre personnes qui ont certaines choses à se dire, était née l'envie de les réaliser. Outre quelques emplettes, résultant de la géographie même du quartier, j'entrai dans cette librairie chargée d'un poids supplémentaire, un vieil « Œdipe » fort tenace dont j'imagine encore naïvement pouvoir me libérer en mettant en scène mon vénérable père. Après une première lecture des *Contes cruels* j'eus l'impression de sortir d'un voyage, un voyage en train à la destination inconnue, où l'on m'aurait bandé les yeux. Du fait de cet handicap ma tête restait remplie d'images bizarres, terrifiantes ou comiques. Comme sur le parcours d'un train fantôme se produisirent des chocs, des arythmies entre la provenance de ces images et le trajet chaotique du véhicule. Déjà à la première lecture le spectacle s'imposait. C'était comme un kaléidoscope de dialogues absurdes, de discours métaphysiques, de scènes de pur vaudeville. Je compris qu'une lecture plus approfondie m'eut peut-être indiqué le passage d'une histoire à l'autre. Ces contes sont pour la plupart inachevés, et dans l'un d'entre eux, *Les mémoires de mon ami*, Mirbeau nous dit : « J'avais accumulé en moi... assez de formes différentes, assez de pensées, de sentiments divers pour me construire une existence silencieuse au dehors, violente et grondante au dedans, en somme pleine de beautés plastiques et morales... cette existence je ne puis mieux la comparer qu'à un temple... je la peuplai de toutes sortes de choses et de toutes sortes de gens, faits de ce que j'avais saisi au passage, empruntés aussi à ce que j'avais lu dans les livres... et mon imagination achevait le reste... Evidemment cela était souvent incohérent et chimérique... »

De lectures en relectures, j'essayais d'écouter un autre bruit que celui du récit à proprement parlé, un rythme symbolique des situations, une voix, sinon symbolique, du moins emblématique des personnages. La plupart de ces contes sont dialogués, on y retrouve la matière première de ses romans et de son théâtre. Dans *L'agronomie* par exemple, le personnage de l'agronome continuera d'exister dans *Les affaires sont les affaires*. Plutôt que de mettre en scène un montage classique, une succession d'histoires somme toute très différentes, j'eus brusquement envie – et c'est là que la nécessité d'un spectacle s'imposa – de traduire mon impression première d'histoires, de personnages, de lieux toujours nouveaux et en même temps déjà vus. De l'inconvénient potentiel de l'inachèvement de ces contes, j'essayais au contraire de chercher le passage obligé d'un univers à l'autre. Par l'abondance de détails récurrents et cette sensation de mémoire sans arrêt en sursaut, je me trouvais devant un puzzle qu'il me fallait reconstituer. je ne souhaitais pas arriver à un destin réaliste, c'eut été pervertir ces *Contes cruels* que de vouloir les rendre intelligibles à l'entendement rationnel. Mirbeau nous amène par l'émotion, le rire, l'horreur à une appréhension du caché.

L'humain d'Octave Mirbeau, le témoin, l'acteur, la victime ou le narrateur des *Contes cruels*, même s'il revêt plusieurs identités se réveille dans la même nuit métaphysique que Bardamu et Joseph K. Déjà comme ces petits neveux à venir et solitaires, il avance dans un univers moderne souvent inhumain. La guerre n'as pas encore eu lieu, extraordinaire visionnaire dans : *Ils étaient tous fous*, ou dans *Maroquinerie* il en pressent l'inimaginable cauchemar. Cette vision d'un humain voyageur plutôt que sédentaire (là je suis partisane, j'avoue ne pas m'être servie des contes paysans) correspond je crois à une véritable observation d'humaniste, vigilant quant aux problèmes de son temps dans une société en rupture. Ce voyageur, de voyages de noces en voyages d'affaires, d'asiles psychiatriques à la villa d'un été, Œdipe moderne, franchit les mêmes étapes existentielles.

« L'homme se traîne pantelant, de tortures en suplices, du néant de la vie au néant de la mort ». Octave Mirbeau, *Le jardin des supplices.*

Dans les treize histoires qui composent le spectacle, le voyage revient souvent, il n'a pas forcément d'importance dramatique mais il est mon décor.

Un autre élément incontournable est certes la misogynie de Mirbeau. Léon Daudet, comme nous le signalent dans la préface au *Contes cruels*, Jean-François Nivet et Pierre Michel, l'appelait un gynécophobe, entendant ainsi que Mirbeau ne jugeait pas la femme mais qu'il en était effrayé. On peut dénoncer les fautes morales d'un écrivain en les affirmant, ne prenons que le racisme comme exemple, il n'est pas encore très admis de le faire quand cela touche à la vision raciste de la femme qu'est la misogynie. Pourquoi ? De toute façon le vice est plus dramatique que la vertu, les aberrations morales plus comiques que les bons sentiments. Et puis franchement je trouve cette Clotilde et cette Rosalie délicieuses. Je lui donne raison d'être ce qu'elle est (avec les hommes !), coquette jusqu'au tombeau, futile jusque dans l'essentiel, capricieuse jusqu'au délire, volontaire et impertinente. Enfin acceptons la carricature. Personne ne s'offense de la misanthropie de Mirbeau ou de Céline. Lorsque les hommes ont le mauvais rôle, lorsqu'ils sont abominables ils ont toujours droit au noble qualificatif d'humain. Lorsque l'humain se trouve être de sexe féminin le qualificatif saute. *Clotilde et moi* m'a fait rencontrer une actrice remarquable, et là je ne peux que paraphraser Mirbeau : « Il avait longtemps, longtemps cherché et il avait trouvé la plus belle, la meilleure, la plus intelligente, la plus poétique de toutes les femmes, elle s'appelait... Raphaëline Goupillieau, on l'envia beaucoup !... »

M. B.

THÉÂTRES SUBVENTIONNÉS

COMÉDIE FRANÇAISE

CALIGULA

D'ALBERT CAMUS

La chasse aux cafards

Caligula n'est pas simplement un tueur sanguinaire, *estime Youssef Chahine, metteur en scène invité.* Il fait dès le départ une erreur tragique et cette erreur est une décision : il n'en a rien à faire des cafards, ils occupent tous les poste-clefs, ils vieillissent accrochés à leurs petits privilèges, à leur petit pouvoir. Caligula décide de se débarrasser des cafards et cette décision se produit à la suite d'un choc, d'une souffrance, en l'occurence la mort de sa jeune sœur Drusilla avec laquelle il entretenait une relation incestueuse. Toute la dramaturgie de la pièce repose sur ce choc et sur la décision qui en découle.

Ce qui m'a intéressé dans Caligula c'est que comme lui, je suis outré par le manque de moralité dans ce monde. Il y a chez ce personnage un besoin profond d'honnêteté envers lui-même et ceux qui l'entourent. Le seul être qu'il respecte infiniment, c'est Scipion et quand il sait qu'il va mourir il choisit de mourir de la main de l'être qu'il aime le plus au monde. Mais même Scipion n'ose pas aller jusqu'au bout, n'ose pas l'accompagner au bout de l'absolu, au bout de l'absurde, d'un absurde qui serait beaucoup plus humain, beaucoup plus courageux.

Je souhaiterais que les gens sortent perturbés de *Caligula*, je voudrais qu'ils se demandent à qui la faute ? Qui est le tyran là-dedans ?

Les démissionnaires ? ... Les lâches ? n'est-ce pas eux qui créent le tyran ? C'est là pour moi que réside la modernité chez Camus. La pièce se passe dans un temps indéterminé : la Rome Antique, ou le xxe siècle car les férocités décrites, tout en étant sans doute exacerbées, restent encore possibles et bien représentatives des temps présents.

DISTRIBUTION

Le rôle de Scipion (créé en 1945 par Michel Bouquet) est joué par Lilah Dadi. La troupe des sociétaires et pensionnaires du Français est-elle si insuffisante qu'aucun n'ait été jugé digne de l'interpréter ? Ou bien, est-ce que le metteur en scène a aujourd'hui tous les droits pour engager qui il veut hors de la troupe (cf. déjà pour *On purge bébé*) ?

Autour de Lilah Dadi, les interprètes de Caligula sont Jean-Yves Dubois dans le rôle titre, Martine Chevallier, Nicolas Silberg, Yves Gasc, Michel Favory, Jean-François Rémi, Loïc Brabant, Ygor Tyczka, et – pourquoi pas (ou : et pourquoi ?) – la doyenne Catherine Samie dans le rôle du vieux patricien (elle fut déjà un aïeul mâle shakespearien).

A. CAMUS : JE CHERCHE EN VAIN LA PHILOSOPHIE DANS CES QUATRE ACTES

Caligula prince relativement aimable jusque-là, s'aperçoit à la mort de Drusilla, sa sœur et sa maîtresse, que le monde tel qu'il va n'est pas satisfaisant. Dès lors, obsédé d'impossible, empoisonné de mépris et d'horreur, il tente d'exercer, par le meurtre et la perversion systématique de toutes les valeurs, une liberté dont il découvrira pour finir qu'elle n'est pas la bonne. Il récuse l'amitié et l'amour, la simple solidarité humaine, le bien et le mal. Il prend au mot ceux qui l'entourent, il les force à la logique, il nivelle tout autour de lui par la force de son refus et par la rage de destruction où l'entraîne sa passion de vivre.

Mais si sa vérité est de se révolter contre le destin, son erreur est de nier les hommes. On ne peut tout détruire sans se détruire soi-même. C'est pourquoi Caligula dépeuple le monde autour de lui, et fidèle à sa logique, fait ce qu'il faut pour armer contre lui ceux qui finiront par le tuer. *Caligula* c'est l'histoire d'un suicide supérieur. C'est l'histoire de la plus humaine et de la plus tragique des erreurs. Infidèle à l'homme, par fidélité à lui-même, Caligula consent à mourir pour avoir compris qu'aucun être ne peut se sauver tout seul et qu'on ne peut être libre contre les autres hommes.

Il s'agit donc d'une tragédie de l'intelligence. D'où l'on a conclu tout naturellement que ce drame était intellectuel. Personnellement, je crois bien connaître les défauts de cette œuvre. Mais je cherche en vain la philosophie dans ces quatre actes. Ou, si elle existe, elle se trouve au niveau de cette affirmation du héros : « Les hommes meurent et ils ne sont pas heureux. »

Bien modeste idéologie, on le voit, et que j'ai l'impression de partager avec M. de La Palice et l'humanité entière. Non, mon ambition était autre. La passion de l'impossible est, pour le dramaturge, un objet d'études aussi valable que la cupidité ou l'adultère. La montrer dans sa fureur, en illustrer les ravages, en faire éclater l'échec, voilà quel était mon projet. Et c'est sur lui qu'il faut juger cette œuvre... (in *Préface à l'édition américaine du théâtre,* 1957).

UNE ŒUVRE SANS CESSE REMANIÉE

Pendant les quelques vingt années qui séparent les premières esquisses de l'édition définitive, *Caligula* ne connaîtra pas moins de six états successifs.

Bien que représenté pour la première fois en 1945, *Caligula* est une œuvre de jeunesse, contemporaine de *Noces.* Les premières esquisses de la pièce datent de 1937 – Camus a alors 23 ans – et consistent en un plan en quatre actes qui suit de très près le récit de Suétone dans *Vie de douze Césars,* livre II.

Une première version de la pièce est rédigée entre décembre 1938 et janvier 1939. Cette version, qui ne comporte que trois actes, est très différente de celle que nous connaissons. Le personnage d'Hélicon n'y apparaît pas, l'acte I diverge considérablement par rapport aux états ultérieurs et l'actuel troisième acte n'existe pas encore.

Une deuxième version est constituée par le manuscrit dactylographié adressé à Jean Paulhan dans le courant de l'année 1939. Cette version comporte quatre actes. Hélicon y fait son apparition, et Scipion n'y est plus mêlé à l'assassinat de Caligula. Pour Youssef Chahine, Caligula demande à Scipion d'être son meurtrier et celui-ci refuse. Afin de renforcer cette hypothèse, il a déplacé la deuxième partie de la scène entre Scipion et Caligula de l'acte II à la fin de l'acte IV, pour accentuer la confrontation des deux personnages.

La première édition de *Caligula* qui date de 1944 diffère beaucoup de la deuxième version. La fin, notamment, y a été profondément remaniée, sans doute par suite de l'expérience de la guerre : Camus y rajoute des répliques qui sonnent comme des échos aux *Lettres à un ami allemand.*

Pour l'édition de 1947, la pièce a encore subi de profondes modifications. Camus y rajoute les deux scènes entre Cherea et Scipion au début de l'acte IV et également la scène de l'acte III où Caligula refuse de prendre connaissance des informations du vieux patricien concernant le complot.

En vue des représentations au festival d'Angers, en 1957, Camus remanie une nouvelle fois la pièce. Le rôle de Caligula y est abrégé et celui d'Hélicon développé, sans doute en fonction de la distribution. Des retouches supplémentaires sont faites pour la reprise à Paris, en 1958 – les patriciens y sont davantage poussés vers la caricature – mais celles-ci ne sont pas conservées dans la dernière édition, qui paraît en 1958, deux ans avant la mort accidentelle de Camus.

Dans le même esprit, Youssef Chahine a été amené à retravailler les rôles des patriciens en redistribuant légèrement leurs textes pour essayer de donner à chacun une personnalité bien définie là ou Camus ne les envisage que comme un groupe (sans même leur donner de nom, premier, deuxième, troisième patricien).

LILAH DADI (SCIPION) ET JEAN-YVES DUBOIS (CALIGULA) À LA COMÉDIE-FRANÇAISE

PETIT ODÉON/THÉÂTRE DE L'EUROPE

RENDEZ-VOUS AVEC GENEVIÈVE PAGE

LES GRANDES FORÊTS

Paroles de poètes

Geneviève Page reçoit carte blanche au petit-odéon pour présenter quelques-uns de ses poètes préférés (elle entre en connivence profonde avec Anna de Noailles, Saint John Perse ou Michaux autant qu'avec Louise Labé) ainsi que pour citer quelques-uns des plus grands rôles qu'elle a joué au théâtre (Lechy Elbernon de *L'échange* et Prouhèze du *Soulier de satin* de Claudel) ou qu'elle aurait aimé jouer (Eriphile ou la Reine de *Ruy Blas*). Elle nous offre ainsi une heure exceptionnelle d'intelligence et de grâce, d'intuition inspirée, avec l'admirable voix que nous lui connaissons et l'art accompli de la grande actrice qu'elle n'a cessé d'être. En rupture avec un quotidien plat, cet instant de jeu poétique intense est ce qu'il y a de plus pur et de plus rare en ce moment à Paris.

PIERRE LAVILLE

« Longtemps je me suis couchée de bonne heure, mais comme mon berceau s'addossait à la bibliothèque, ça m'était bien égal. Je me souviens de la première phrase qui me jeta K.O. C'était : *Ils se promenèrent dans de grandes forêts* -ils-se-promenè-rent-dans-de-gran-des-for-rêts. Je me la répétai toute la nuit et les jours suivants, elle ne perdait aucun de ses pouvoirs. Je me constituai rapidement un stock : *deux vrais amis vivaient au Monomotapa, / dessines-moi un mouton / Icare est cheut ici, le jeune audacieux, qui, pour voler au ciel eut assez de courage / le calme clair de lune, triste et beau* ou, plus tard, *je vis, je meurs, je me brûle et me noye / j'ai chaud extrême en endurant froidure…* Je tournais la phrase deux ou trois fois, et, de cette enfance mal commode où je pataugeais, maladroite, trop grande avec des pieds partout, un cygne s'envolait vers des voyages lumineux. Parfois, un seul mot m'absentait. Le mot amant ; le mot honneur ; le mot défaillir, le mot Rubempré. Un cri horrible perçait la nuée : BONJEAN (c'était moi) AU TABLEAU. La classe s'esclaffait d'avance, j'avais un succès bœuf et un zéro pointé.

Seigneur, Seigneur, quels sont tes rêves… me disait tendrement l'archer aux yeux vairons. Je répondais sobrement, *ce pays nous ennuie, ô mort appareillons.* J'aimais la poésie et les sports violents. Et la poésie m'a aimée. Elle soignait mes plaies. Elle m'enracinait et conjurait tous les exils.

Ce n'est pas un spectacle, ce n'est pas un show, y a rien à voir, ce n'est pas non plus une actrice qui dit des vers à l'intérieur d'une organisation poétique soigneusement agencée, ni aucune de ces choses mitonnées en vue de.

Dans l'idéal, ce serait à la fin d'un dîner à la cuisine, tard, après avoir joué, on pousse sa chaise on reste assis on est bien et quelqu'un dit à l'autre dis-nous le Baudelaire qui finit par *avec une indicible et mâle volupté* et l'autre le dit. Au début, on le dit les yeux baissés, tout uniment, avec un petit sourire, mais on peut aussi laisser le cœur chanter, parce qu'il jubile.

Ces jours-ci ça devient utile une petite jubilation de temps à autre. C'est ce qui donne aux acteurs le courage de dire de la poésie, tout seul debout sur le théâtre.
Pour traverser, ensemble, quelque chose ; et nous promener dans les grandes forêts. »

GENEVIÈVE PAGE

Parmi les poètes choisis par Geneviève Page : Louise Labé, Baudelaire, Henri Michaux, Verlaine, La Fontaine, Ronsard, Cocteau, Hugo, Saint John Perse, Péguy, Mallarmé, Marceline Desbordes-Valmore, Jacques Bonjean, Apollinaire, Clément Marot, Albert Camus, Anna de Noailles, Jehan Rictus, Proust, Racine et Paul Claudel.

BOUFFES DU NORD

RUY BLAS

DE VICTOR HUGO

L'exigence de la jeunesse

LAMBERT WILSON (RUY BLAS) ET JEAN-CLAUDE DROUOT (DON SALLUSTE) DANS *RUY BLAS*

Georges Wilson met en scène Lambert Wilson dans Ruy Blas. Il avait déjà, en 1954, joué Don Guritan dans la même pièce au TNP sous la direction de Jean Vilar (Gérard Philipe jouait Ruy Blas).
Près de Lambert Wilson, acteur hugolien, généreux et vibrant par excellence, on est heureux d'applaudir Jean-Claude Drouot dans Don Salluste. Ce même rôle de Salluste qui semblait depuis toujours destiné à Georges Wilson, comme il le raconte :
« Je devais avoir dix-sept ans, lorsque, préparant le Conservatoire de Paris, je me présentais, tout tremblant, un dimanche en matinée, dans la loge de Maurice Escande à la Comédie-Française.
J'avais à la main une lettre de recommandation d'une dame de sa connaissance qui m'avait "remarqué" dans la petite troupe d'acteurs que j'animais alors dans une banlieue insoumise.
Le "grand sociétaire" était en costume de "Suréna". Il se maquillait devant sa glace. Il a jeté un coup d'œil sur la lettre, puis dans la glace, sur moi, et il a dit : "Don Salluste"... il aurait aussi bien pu dire "langouste" ou "escargot"... car je ne connaissais pas le théâtre de Victor Hugo... je suis sorti en remerciant. Puis je me suis renseigné. Il y avait donc au théâtre des personnages qui étaient si forts, si bien dessinés qu'ils étaient des archétypes ? Oui. Mais je le sus plus tard : seulement dans les chefs-d'œuvre.
A l'époque, je m'occupais surtout de musique et pour moi il y avait un monde entre la musique et la prose. Mais à la lecture du théâtre de Victor Hugo j'ai découvert avec étonnement que les deux disciplines, avec une énorme simplicité, pouvaient se fondre l'une dans l'autre. Le "corset" du vers, que je trouvais rébarbatif chez Corneille ou chez Racine, et parfois même chez Molière, devenait là une transposition naturelle populaire, évidente, une musique du cœur... un rythme intérieur profond et vrai.
Telle fut ma découverte de "Ruy Blas". Peu importe l'histoire... le sujet ? C'est le poète tout entier, avec sa folie de justice, son génie, déjà à trente-six ans.
Une pièce sur l'exigence de la jeunesse face à la société fragile et calculatrice. La générosité, le don de soi portés à leurs limites extrêmes. Une grande cérémonie de beauté et d'humanité ».

THÉÂTRES MUNICIPAUX

THÉÂTRE DE LA VILLE/LES FÉDÉRÉS

LE THÉÂTRE AMBULANT CHOPALOVITCH

DE LIOUDOMIR SIMOVITCH

Le Théâtre ambulant Chopalovitch est mis en scène par Jean-Paul Wenzel, dramaturgie d'Arlette Namiand avec Oliver Perrier, Bernard Bloch, Paul Allio, Monique Brun, Martine Bertrand et l'équipe des Fédérés.

JEAN-PAUL WENZEL : JOUER L'HISTOIRE

Le Théâtre ambulant Chopalovitch est l'histoire d'une troupe théâtrale qui, dans une ville occupée où les passions se mettent à nu, provoque une collusion entre les masques et les visages. Le déguisement et le mensonge le disputent à la validité du réel et du vrai. Ce n'est pas le théâtre dans le théâtre, mais le théâtre que tout homme provoque en lui-même et autour de lui, face aux situations anormales. Les transfigurations inattendues et multiples qui s'effectuent ainsi selon l'alchimie sprirituelle et poétique dont Lioubomir Simovitch a le secret.

Il y a des pièces providentielles. Des pièces qu'on ne cherche pas spécialement et que quelqu'un vous met dans la main en disant « lis ça, c'est pour toi, c'est une histoire pour toi, c'est une écriture, des gens, des situations, un propos, une violence, une poétique, une esthétique pour toi ». Alors on lit, intrigué, et c'est le coup de foudre immédiat. On fait circuler la pièce dans l'équipe, auprès des acteurs, et le coup de foudre est contagieux.

C'est la matière précise, tranchante, aiguë, d'une réflexion sur le théâtre et la guerre, le théâtre dans la guerre, la guerre et le théâtre dans la tête des gens et dans leur vie, le théâtre dans la cité, la cité dans la tête, la guerre dans le théâtre.

On se dit qu'en tant qu'homme de théâtre et homme tout court, on avait envie de parler de ça depuis toujours... qu'on y a réussi parfois, par fragments. Que la pièce ici est une somme. Quelle a, en elle, une dimension universelle.

C'est l'histoire d'un village de Serbie sous l'occupation allemande, qui voit arriver un beau jour une troupe de théâtre. Les acteurs s'installent chez l'habitant, sortent de leurs malles costumes et accessoires et s'apprêtent à répéter *Les brigands* de Schiller pour une représentation le soir même. Mais le simple fait des acteurs au travail est insupportable aux yeux d'une population bâillonnée, vivant sous la terreur nazie, d'autant que ce jour-là, on arrête un jeune homme accusé du double meurtre de collabos. Bien entendu il risque d'être torturé et fusillé, et la population est à cran.

Dès lors le malentendu, l'incompréhension entre gens du village et acteurs est totale. Ceux qui ne peuvent pas échapper à la réalité supportent de plus en plus mal ceux qui ne font que la traverser. Ceux qui ont pour destin d'être infiniment les « jouets » de l'histoire se sentent insultés par ceux dont le métier est de la « jouer »...

Ce malentendu provoque des situations critiques mais aussi fait l'objet de scènes cocasses, comiques même, dans la plus pure tradition de la comédie, où les personnages naïfs, pathétiques, grotesques, torpillent constamment la tragédie.

Ce qui passionne dans cette pièce, outre sa grande diversité théâtrale, c'est l'absence de didactisme, de manichéisme. L'auteur ne donne de leçons ni à l'histoire des peuples ni à celle du Théâtre. Il tisse un réseau complexe d'interactions entre les être humains, leurs tiraillements, leurs difficultés d'appréhender la réalité, leurs instinct monstrueux et meurtriers, leur résistance aussi à toute forme d'humiliation, leurs facultés de rire et de rêve...

J'aime cette humanité contradictoire, maladroite, claudicante, qui porte en elle comme deux frères ennemis dans le même giron, le monde et sa représentation, chacun revendiquant pour lui seul le label de vérité.

Cette pièce s'inscrit pour moi dans une nécessité poétique, philosophique, éthique de relation avec le public populaire.

La théâtralité de cette pièce, précisément, s'exerce à différents niveaux, à travers les figures récurrentes de Shakespeare, Molière, Tchekhov, dans la mise en œuvre de la thématique des masques et des doubles, et dans la fable même puisqu'on assiste à la préparation d'un spectacle. A aucun moment, pourtant, ce n'est du théâtre dans le théâtre, les comédiens n'agiront pas sur cette scène dans leur fonction d'acteurs et la représentation sera annulée. A quel endroit Simovitch interroge-t-il le rapport de la fiction au réel ?

Le théâtre, ici, n'est qu'un prétexte à la mise en présence de deux communautés étrangères l'une à l'autre et qui ne sont pas faites pour s'entendre. Ç'aurait pu être un groupe de tziganes qui traverse un village, la pièce aurait été distribuée à peu près de la même façon. C'est le choc de communautés qui se croisent et s'effleurent, qui m'intéresse, avec ce que ça fait vibrer de part et d'autre en à peine vingt-quatre heures. Au bout du

LE THÉÂTRE AMBULANT CHOPALOVITCH

compte, rien n'aura fondamentalement changé… Le théâtre, quand il manifeste une trop grande conscience et volonté de bouleverser le monde, s'éloigne de sa finalité. Plus que donner des leçons, son rôle consiste peut-être simplement à faire vibrer ces petites interrogations, ces petits questionnements sur soi et sur le monde. Ces dernières paroles d'Elisabeth prennent alors tout leur sens : « Par les pays dévastés/Pleins de cris et de désarroi/Nous partons dans les brasiers/Avec une épée de bois » ; ou encore : « Survient le déluge, les bateaux coulent, les montagnes et les continents. Et nous, nous voulons nous sauver du déluge en nous hissant sur des chaises. » C'est dans ces gestes dérisoires que repose, sans doute, la raison d'être du théâtre et de la poésie en général.

Cette écriture tisse, en effet, différents registres du discours, elle mêle des effets de grand réalisme à un statut de la parole tout à fait autre, poétique. Une autre tension intéressante confère à cette pièce sa grande activité et sa théâtralité immédiate. Le tragique se situe au point de jonction du comique, voire même du grotesque. Il y a une grande naïveté dans la formulation par ces personnages du conflit qui les déchire, une grande naïveté comique à trancher : le théâtre ou la guerre, le théâtre ou la vie…

Les interrogations de Simovitch sont de vraies interrogations. « Où est la séparation de la vie avec le théâtre ? » C'est une question naïve, mais il la pose vraiment, avec légèreté et gravité – comme sont les êtres humains avec leurs petites failles et faiblesses, tout à la fois graves et grotesques. On rit avec Vassili déchiffrant dans la bouche de Philippe le vers d'*Electre*, « Le coup de ma main droite les a foudroyés ! », qui vaut à ce dernier d'être abattu comme coupable d'un meurtre au sein de la communauté villageoise. On rit ce cette méprise. Mais aussi, ces acteurs partent laissant derrière eux un mort, accompagnés d'une demi-morte, Sophie, à qui l'on a tondu les cheveux – et on pleure. Simovitch n'a pas peur de ces émotions simples, il ne craint pas de s'attaquer à la matière du théâtre, et c'est là toute sa force. Il est rare de rencontrer une si grande simplicité dans une extrême maîtrise de la composition et de la forme. Ni distanciation, ni projection dans les personnages. Tout notre travail consiste, alors, à sortir du réalisme en déterminant, avant toutes choses, l'espace de cette histoire. Lors de la création à Hérisson, nous l'avions adaptée aux conditions de représentation en plein air. Un cadre vide découvrait une petite maison très rapidement montée, à moitié brûlée, et laissait par ailleurs entrer la nature, le paysage réel dans lesquels nous jouions, la place publique, le poste de police, le bord de la rivière.

Reprenant aujourd'hui la pièce en intérieur, nous avons pour idée d'adopter un style de narration et des matériaux de théâtre ambulant, d'investir un lieu dans lequel traîneraient des guindes, des toiles, des bouts de châssis. Et c'est à partir de ce lieu déserté, chamboulé, pas construit – ou apparemment pas construit – que les acteurs des Fédérés, progressivement, se mettront à jouer. Petit à petit, chaque morceau de ce lieu inhabité fera place au récit. C'est dans cette forme brutale et ambulante que nous décollerons du réalisme pour théâtraliser.

RÉGION PARISIENNE

SAINT-DENIS/THÉÂTRE GÉRARD PHILIPE

CHEF-LIEU

D'ALAIN GAUTRÉ

État de risques

Jean-Claude Fall aime les paris dangereux. Quand il créa en 1982 le Théâtre de la Bastille, ce fut sans un sou, envers et contre tous. Il procéda à une remise en état plus que nécessaire pour offrir un véritable outil technique aux jeunes compagnies qu'il voulait accueillir, leur permettre de travailler et de présenter leurs spectacles dans des conditions normales. On l'oublie trop souvent, en particulier, les tutelles qui lui crièrent alors casse-cou. Pourtant, une année suffit à faire de la Bastille un des lieux de création les plus novateurs, les plus originaux. Le public vint tout de suite et ce lieu eut bientôt la reconnaissance qu'il méritait. Pourtant, non seulement on ne lui sait pas toujours gré d'avoir inventé le Théâtre de la Bastille, mais encore maintenant on reproche à Jean-Claude Fall l'amortissement des travaux de rénovation : « Il y a tout un mythe autour du “trou” que j'aurais laissé. La dette réelle que j'ai contractée, en huit ans de galère absolue et pendant lesquels j'ai réussi à faire se développer ce théâtre, est de l'ordre de 500 000 francs. Le reste (2 000 000 F) représente le solde du coût des travaux qui ont été payés par l'Etat avec beaucoup de mauvaise volonté et de mauvaise foi. C'est comme si on me reprochait de n'avoir pas financé avec je ne sais quel argent personnel les travaux du Théâtre de la Bastille ».

LE PARI DE SAINT-DENIS

Nommé depuis janvier 1989 directeur du Théâtre Gérard Philipe de Saint-Denis, Jean-Claude Fall reste fidèle à ses choix artistiques, c'est-à-dire à un “théâtre résolument contemporain et à des pratiques artistiques résolument novatrices”. Citons à titre d'exemples, pour ne parler que de cette saison, des auteurs comme Agota Kristof, Pasolini, Gregory Motton, Christophe Huysman... Des metteurs en scène comme Stanislas Nordey, Claude Régy, Thierry Bedard... « A Saint-Denis, je fais un travail qui me passionne, mais qui s'avère très difficile. Au début, je pensais retrouver très vite la dynamique qui avait fait de ce théâtre un des hauts lieux de la création parisienne. Si, en effet, l'identité artistique s'est reconstruite très vite, le public, lui, ne suit pas toujours. Dans les petites salles nous avons réussi à fidéliser un public important, mais pour remplir la grande salle qui fait entre 640 et 750 places dans ses jauges les plus fortes, quand on joue trente fois un spectacle, il faudrait 20 000 spectateurs. Sans doute est-il plus facile de remplir une salle avec de grands classiques et des stars. Pourtant, si vous discutez avec les gens, vous remarquez qu'ils sont beaucoup plus intéressés par une pièce qui développe un discours politique ou historique, avec un point de vue résolument contemporain. En vérité, je ne suis pas un économiste libéral et je n'ai pas à me placer dans la perspective de ce que le marché demande. Je suis un artiste qui se considère comme un aventurier, un pionnier. Et, je me demande : “Comment puis-je créer un public pour cette chose-là”. Pour moi, le problème le plus important, est celui de la légitimité de ce théâtre, de son ré-enracinement au sein de sa collectivité naturelle, c'est-à-dire Saint-Denis et le département. Quelque chose s'est cassé par suite des pratiques artistiques développées dans ce lieu pendant un certain nombre d'années et par suite des changements sociologiques qui peuvent se produire dans une ville en dix ou quinze ans. Il s'agit de retisser les liens entre la populations de Saint-Denis et le théâtre. C'est très compliqué. Nous faisons un très gros travail de relations publiques. Nous développons toutes sortes d'idées autour d'une politique de proximité avec les gens, d'activités de sensibilisation, d'éveil et de connaissance ».

CHEF-LIEU ET LE FRONT NATIONAL

Les paris sont aussi ceux du metteur en scène qui n'hésite pas à se confronter à des thèmes souvent épineux. Le 31 mars, Jean-Claude Fall crée *Chef-lieu*, une comédie féroce d'Alain Gautré sur la montée de l'extrême-droite en France. Depuis *Place de Breteuil*, toutes les pièces d'Alain Gautré, qui s'attache à dénoncer par le rire les travers, les ridicules ou les tares de notre société, témoignent de ce qui se passe dans la France profonde. *Chef-lieu* s'inscrit dans cette continuité logique.

Dans une ville de province, nous assistons à la préparation des élections municipales au sein d'un parti d'extrême-droite, le R.I.P.P. (Redressement Indépendant Patriote et Populaire). S'il a enquêté en 1988 dans les milieux d'extrême-droite (assistant à des meetings-débats, à des fêtes, à des dîners), lisant et analysant leur presse, leurs parutions, il ne s'agissait pas, pour Alain Gautré, de faire une pièce sociologique ou documentaire. Comme toujours avec lui, cela passe par la fable, une fable burlesque qui bascule peu à peu dans l'horreur. « Alain Gautré a bâti une sorte de fiction cauchemardesque qui se situe intégralement à l'intérieur du milieu dont il veut rendre compte et cette vision n'est absolument pas contredite par un autre discours. Il ne s'agit pas d'un débat idéologique entre les Méchants et les Gentils ». Pour Alain Gautré, il s'agissait de montrer combien le discours de l'extrême-droite tourne en rond : « Je trouve cette construction univoque très juste » approuve Jean-Claude Fall, « dans la mesure où je pense qu'il ne faut pas discuter avec les gens d'extrême-droite. Il faut les laisser parler, aller jusqu'au bout de leurs idées, le bout de leurs idées étant une catastrophe pour l'être humain. Ils se bannissent eux-mêmes de la société des hommes. C'est une pièce très drôle, mais qui nous fait rire de quelque chose de très noir. Et, le fait de rire à certains moments pose question par la suite. On s'interroge : "J'ai pu rire de ça ?" ». Pour Alain Gautré, le rire est la forme moderne du tragique. Il décontracte, il libère l'intellect et permet de mieux appréhender certaines réalités.

« LE PETIT NAZI »

La pièce comporte neuf personnages. Chacun représente une manière différente d'être d'extrême-droite. A côté des politiques, des hommes de pouvoir prêts à tout pour satisfaire leur ambition (Maréchal et le Dr Rousset), il y a Claire, la mystique, dont le comportement est très lié à l'affectif... Jean-François, le fasciste pur et dur, l'intellectuel qui s'appuie davantage que les autres sur une théorie, suicidaire qui a un vrai culte de la souffrance. « Il y a tous ceux qui sont attirés par ces partis par besoin d'utopie, qui espèrent y trouver une foi, une appartenance à une famille, à un groupe structuré. Au moment où le communisme et l'extrême-gauche, qui avaient eux aussi cette fonction, sont en perte de vitesse ou en train de disparaître, l'utopie que représente l'extrême-droite peut fasciner des jeunes gens comme, par exemple dans la pièce, Pascal. Il a envie de trouver une identité qui le dépasse. Alors, il va faire un acte d'allégeance terrible en allant tuer un Arabe, parce qu'il croit comprendre que c'est ce qu'il faut faire. Je pense aussi aux skins, aux hooligans des stades... Il y a ceux qui comme Perez ont envie de se trouver d'autres valeurs parce que leur propre vie est une calamité. Ils ont besoin de se dire que si leur propre vie va à ce point mal, ce n'est pas parce qu'ils l'ont mal gérée, ni mal pensée, mais que c'est la faute des autres. C'est une maladie, une pathologie que Wilhelm Reich, notamment, décrit dans *La psychologie de masse du fascisme*. On soigne sa "mal vie" en rejetant sur les autres toute la responsabilité de ses frustrations, en les haïssant et en les tuant ».

Là encore, Alain Gautré refuse de schématiser. Aussi ignobles que soient certains de ces personnages, tous ont une « humanité » et peuvent, à tel ou tel moment, susciter une vraie sympathie. Sentiment ambigu qui nous renvoie à nous-mêmes : « Il s'agissait de mettre le spectateur face à la réalité, afin qu'il perçoive aussi en lui la part d'intolérance, du rejet de l'autre qui est en chacun de nous, afin qu'il ne puisse pas s'en tirer à si bon compte ». *Chef-lieu* nous confronte à celui que Brecht dans *L'achat du cuivre* nomme « le petit nazi » : « un homme ordinaire, c'est-à-dire un homme... un atome du peuple-ennemi-du-peuple ».

LA PRISE DE PAROLE

Pour Jean-Claude Fall, le théâtre a toujours une action politique. « Toute activité qui consiste à prendre la parole en public est, par définition, politique. Quand on choisit de monter un classique avec telle ou telle grande star du cinéma, on tient aussi un discours politique. J'ai toujours pensé que le théâtre pouvait aider les gens à penser leur vie, à comprendre les enjeux de leur existence. Le théâtre se doit de rendre compte, au moment où cela se passe, de l'omni-présence des thèmes de l'extrême-droite en France. Je pense même que le théâtre est un des seuls lieux où l'on puisse en parler. Ni les hommes politiques, ni les journalistes ne sont crédibles lorsqu'ils parlent, par exemple, du Front National : tous y ont des intérêts, soit des intérêts partisans, soit des intérêts commerciaux et tout le monde le sait. On sait que si tel hebdo consacre sa Une à Jean-Marie Le Pen, c'est parce que Le Pen est un thème à la mode, que son image est porteuse au niveau de l'audimat. Je crois que les seuls qui puissent en parler de manière crédible, ce sont les gens qui, au contraire, se mettent en danger à parler de cela, c'est-à-dire l'intelligentsia, les intellectuels.

Par rapport à l'extrême-droite, la question reste posée : « Faut-il oui ou non en parler et comment ? » Pour Jean-Claude Fall, monter une pièce sur l'extrême-droite aujourd'hui, ce n'est pas vouloir faire de la provocation médiatique : « Je n'y vais pas avec légèreté. Je me suis beaucoup documenté. Et, tout autour du spectacle, je travaille avec les lycées, les écoles, les comités d'entreprise, avec le public en général. Ce que je reproche aux journalistes, c'est surtout la manière dont ils en parlent. Quand, à une émission-débat de grande écoute, Jean-Marie Le Pen dit en substance au journaliste qui l'interviewe : "Alors, Monsieur Duhamel, vous n'arrêtez pas de dire que notre influence va baisser, mais elle augmente ; vous voyez, vous vous trompez toujours", et que tous deux se marrent, je suis atterré. Le journaliste ne se rend pas compte que, rien que par son sourire, rien que par la plaisanterie qu'il fait avec Le Pen, il banalise sa relation avec lui. Il semble dire : "On est du même monde". Ce journaliste ne se rend pas compte de l'image qu'il renvoie de lui-même. Cela témoigne d'un degré d'irresponsabilité incroyable. Des journalistes qui interrogent un dirigeant de tel ou tel grand parti d'extrême-droite, qui ne connaissent ni le vocabulaire, ni les programmes de ce parti, qui n'ont jamais lu la presse de ces partis et ne savent pas quels sont leurs véritables enjeux, c'est chaque fois, la catastrophe. Je suis atterré lorsque je constate la légèreté avec laquelle la quasi-totalité des journalistes traitent la montée de l'extrême-droite en France. Cela a l'air d'une blague. Ils

CHEF-LIEU, EN RÉPÉTITIONS, AVEC EDITH SCOB, ALAIN MOTTET, LUCIEN MARCHAL, THIERRY BOSC, FRANÇOISE BETTE, LAURENT SCHILLING, BERNARD BALLET (AINSI QUE CLAIRE AVELINE ET FRANCK FAIRLO)

ne sont ni Juifs, ni Arabes, ni Noirs pour penser que c'est une blague ou alors, ils ne peuvent même pas imaginer une seconde se mettre à la place d'un Juif, d'un Arabe ou d'un Noir. Moi, j'y suis et me sens directement concerné. L'autre jour, à un groupe de réflexion sur le thème, "Faut-il dialoguer avec l'extrême-droite ?" un vieux monsieur juif disait : "J'ai l'impression d'être dans un cauchemar. Je vois, j'entends exactement les mêmes choses qu'il y a cinquante ans. Cela recommence et je ne vois rien qui soit fait pour arrêter ce train qui est en route". Bien sûr, "l'histoire ne se répète pas". Mais on peut comparer les fameux cinquante points sur l'immigration de Bruno Megret, ligne à ligne avec le programme National-Socialiste allemand et avec un certain nombre de thèses vichystes. Il y a des spécialistes qui le savent et qui le disent. Mais, ils sont trop peu entendus. C'est aux journalistes des chaînes de télévision et aux journaux à grand tirage de le faire. C'est leur travail et leur devoir ».

LA DISSIMULATION DES ENJEUX ET LES GLISSEMENTS SÉMANTIQUES

« Il y a une véritable stratégie de la dissimulation des enjeux au sein de l'extrême-droite. Ils disent : "Nous ne sommes pas racistes. Nous sommes pour le droit de revendiquer notre différence et de les chasser". Il y a une espèce de logique absurde qui ferait que le droit à la différence, serait le droit d'exclure l'autre. Le dévoiement des mots, les glissements sémantiques, c'est sur quoi travaillent les gens d'extrême-droite et ils y travaillent très sérieusement. Par exemple, ils sont en train de développer une stratégie pour vider de son sens la Déclaration des Droits de l'Homme en l'opposant à ce qui serait les droits de la nation, du sang et de la nature. Alors que cela ne s'oppose pas. Les Lois anti-racistes de 1972 et de 1990 interdisant l'apologie des crimes de guerre et l'apologie de la haine ou la discrimination raciale, si importantes dans notre histoire et dans notre droit, ils les qualifient de "liberticides" parce qu'elles porteraient atteinte à leur liberté de penser de façon raciste ou antisémite. Ils dévoient le concept de liberté au point qu'ils voudraient avoir la liberté de pouvoir être raciste, de pouvoir exclure ou tuer l'autre parce qu'il est d'une autre race. Cette logique de détournement du Droit vers quelque chose qui serait au-dessus du Droit et qui serait la liberté individuelle est un danger inouï. La liberté qu'aujourd'hui on met à toutes les sauces, qu'on isole de toute correction philosophique et éthique, la liberté, quand elle n'est pas conjuguée avec fraternité et égalité, c'est la loi de la jungle, la barbarie. Il y a un énorme travail à mener sur le plan de la sémantique et de l'utilisation du langage. C'est d'une façon très délibérée que les gens d'extrême-droite opèrent ces glissements de sens. Il existe de petits manuels dans lesquels il est dit, par exemple : "Il ne faut pas parler de travailleurs ni de classe ouvrière. Il faut parler des Français". En fait, il ne faut pas qu'on puisse penser "les travailleurs", comme pouvant inclure des travailleurs français et des travailleurs qui ne le seraient pas. Les travailleurs, ce sont les travailleurs français. Les autres étant, qui sait ? des sous-hommes... Il faut lire ces manuels, les décrypter,y réfléchir ».

Propos recueillis par CHANTAL BOIRON

Le texte de *Chef-lieu* est publié aux éditions *Actes Sud-Papiers*

DÉCENTRALISATION

LYON/THÉÂTRE DE LYON

L'ÉGLISE

DE LOUIS-FERDINAND CÉLINE

Glissement du réel

Directeur du Théâtre de Lyon depuis 1987, Jean-Louis Martinelli ne cesse d'interroger les formes et les écritures théâtrales porteuses des problématiques esthétiques, politiques et philosophiques qui agitent le monde d'aujourd'hui. Son parcours, jalonné par les créations entre autres d' œuvres d'Horvath, de Pasolini, de Brecht, de Peter Hacks, d'Enzo Cormann, d'Heiner Müller, de Jean Eustache et de Marguerite Duras, le conduit aujourd'hui à affronter *L'Eglise*, pièce grandiose et hétéroclite de Louis-Ferdinand Céline (1894-1961).

Occulté par son œuvre romanesque qui révolutionne pendant l'entre-deux guerres la littérature française par la liberté et la crudité de son style, le théâtre de Céline, en l'occurence *l'Eglise*, fut longtemps considéré comme une œuvre mineure, un accident de parcours, une curiosité littéraire. Rien n'est moins vrai.

L'Eglise, texte de jeunesse de Céline, est une pièce fondatrice de son œuvre comme *Titus Andronicus* l'était pour celle de Shakespeare. Ecrite en 1927 et créée à Lyon en 1933, antérieure de quelques années au *Voyage au bout de la nuit*, *L'Eglise*, qui est une sorte de réplique dramatique, contient déjà tous les grands thèmes céliniens : anti-militarisme, anti-colonialisme, satire de la médecine et des organisations politiques internationales, fascination exercée par la danse et les corps des danseuses, vision désespérée du monde où règne le consensus mou et où l'humanisme et ses valeurs n'ont plus cours ni avenir, refus de l'ordre et de toute idéologie, combat contre le sacré, enfin vision de la vie comme « un objet de dérision perpétuelle, absurdité énorme à laquelle l'homme ne parvient pas à s'adapter » et dont la seule vérité est la mort.

L'écriture de la pièce amorce le postulat célinien de restituer en littérature, à travers le langage écrit, l'émotion de la langue parlée, la vibration de la vie saisie dans sa vérité brute, immédiate, grossière, imparfaite. La trame dramatique, largement autobiographique, est une épopée de l'errance d'un médecin, Bardamu, (que l'on retrouve dans *Voyage au bout de la nuit*) qui, tel un Ulysse moderne, un rescapé d'une autre guerre de Troie : la guerre 1914-18, traverse une série d'épreuves, se confrontant chaque fois à un univers démesuré qui l'écrase et face auquel il perd tout repères : la nature étouffante de l'Afrique ; l'illusion grandiose du rêve américain avec ses buildings monumentaux et ses danseuses qui l'envoûtent telles les sirènes odysséennes ; le music-hall grotesque de la politique de la Société des Nations à Genève ; pour aboutir finalement à son Itaque, la banlieue minable au confins de Paris où il assistera son ami mourant.

« Oui ma pièce est gaie, c'est une sorte de revue aristophanesque » dit Céline à propos de *L'Eglise* qui en effet tient à la fois d'Aristophane et de Shakespeare. Le grotesque conjugué au pathétique y interdisant au spectateur de se réfugier dans une vision rationnelle du monde qui lui apporterait un confort.

En resserrant la partie centrale de la pièce : l'Amérique et la Société des Nations, Jean-Louis Martinelli renforce le point de vue de Bardamu narrateur – son voyage s'accomplit à la lumière de sa mémoire, son errance étant remplacée par une courte séquence-prologue : le cauchemar que fait Bardamu sur les horreurs de la guerre de 1914-18 qu'il a vécu – à la suite de cette expérience fondatrice de son sentiment du néant, de sa conscience de l'absurdité du monde, de ses conduites et de ses prises de position.

Jean-Louis Martinelli aborde l'œuvre sans à priori, sans clef de lecture, en essayant de rendre toute sa complexité, toute sa matière contradictoire et de mettre en jeu le mélange de rage et de compassion propre au tempérament et à l'esprit de Céline. « L'éclatement de la structure de la pièce – dit-il – correspond à l'éclatement du monde et des valeurs qui le mènent ». Dans ce voyage vers nulle part, vers la mort, Céline démolit toutes les certitudes, toutes les illusions , abat tous les espoirs et nous met en face à face avec la négativité du XXe siècle.

Le travail scénique de Jean-Louis Martinelli repose sur le glissement du réel, du concret, vers une féerie débraillée, vers l'imaginaire. Il s'agit non pas de représenter la réalité mais de rendre compte de l'hallucination qu'elle provoque. Pour traduire l'étrangeté de cet univers, le desarroi et l'impuissance du héros à l'affronter, Jean-Louis Martinelli recourt autant sur le plan du jeu que sur celui de la mise en scène et de la scénographie, au procédé du grossissement.

D'Afrique en Amérique puis à la Société des Nations, Bardamu, tel un Gulliver au pays des géants, se retrouve chaque fois dans un environnement monumental, dans un conte de fée monstrueux. Le parti pris de la vision scénique de Jean-Louis Martinelli étant d'aller vers un dépouillement, un univers dégradé, flasque, sale, glauque. Cet univers s'inscrit entre le rêve de Bardamu, son cauchemar de la guerre de 1914-18 génératrice de ses obsessions, et celui du mourant, l'ami Pistil, dans lequel, tels des fantasmes, font irruption les images des corps des danseuses. Le voyage de Bardamu se poursuit comme un rêve dont il est à la fois témoin et metteur en scène, d'où, dans le spectacle, le recours à l'esthétique onirique et aux ressorts du théâtre les plus affirmés.

L'acte III, épisode de la Société des Nations, qui est le nœud de l'œuvre, traité en termes de music-hall, de mascarade à laquelle la politique internationale et ses diplomates, fournissent la matière parodique apparaissant comme la mise en scène de Bardamu dans laquelle il interprète plusieurs personnages de la Société des Nations, est une représentation de son hallucination. Tout oscille dans le spectacle entre l'illusion et sa chute, entre l'évasion et l'étouffement : à l'univers africain étouffant et frustrant « des colons alcooliques privés de femme » répond l'Amérique de l'abondance et de l'espace aérien des danseuses, ce paradisiaque « rêve américain » chute cependant dans la désillusion des immigrés français rencontrés à New York par Bardamu. Dans l'intrigue amoureuse de Bardamu, métaphore de la philosophie de Céline, Elisabeth, la danseuse, figure de rédemption, incarne l'idéal fugitif, illusoire, Vera est un refuge sentimental et Jeannine, la boiteuse, par sa tendresse lucide, pathétique et dérisoire, reconfirme le principe célinien de la solitude et de la compassion.

Constat désespérant de l'absurde réalité du monde *L'Eglise* nous enlève toute foi, toute illusion, sauf celle du théâtre. D'un théâtre épique qui nous manquait tant ces dernières années et qui, faisant montre de l'état du monde, exhibe impitoyablement les fictions dans lesquelles nous tenons héroïquement des rôles pitoyables.

IRÈNE SADOWSKA-GUILLON

Créé en février 1992 au Théâtre du Huitième à Lyon L'Eglise sera repris au Théâtre des Amandiers à Nanterre.

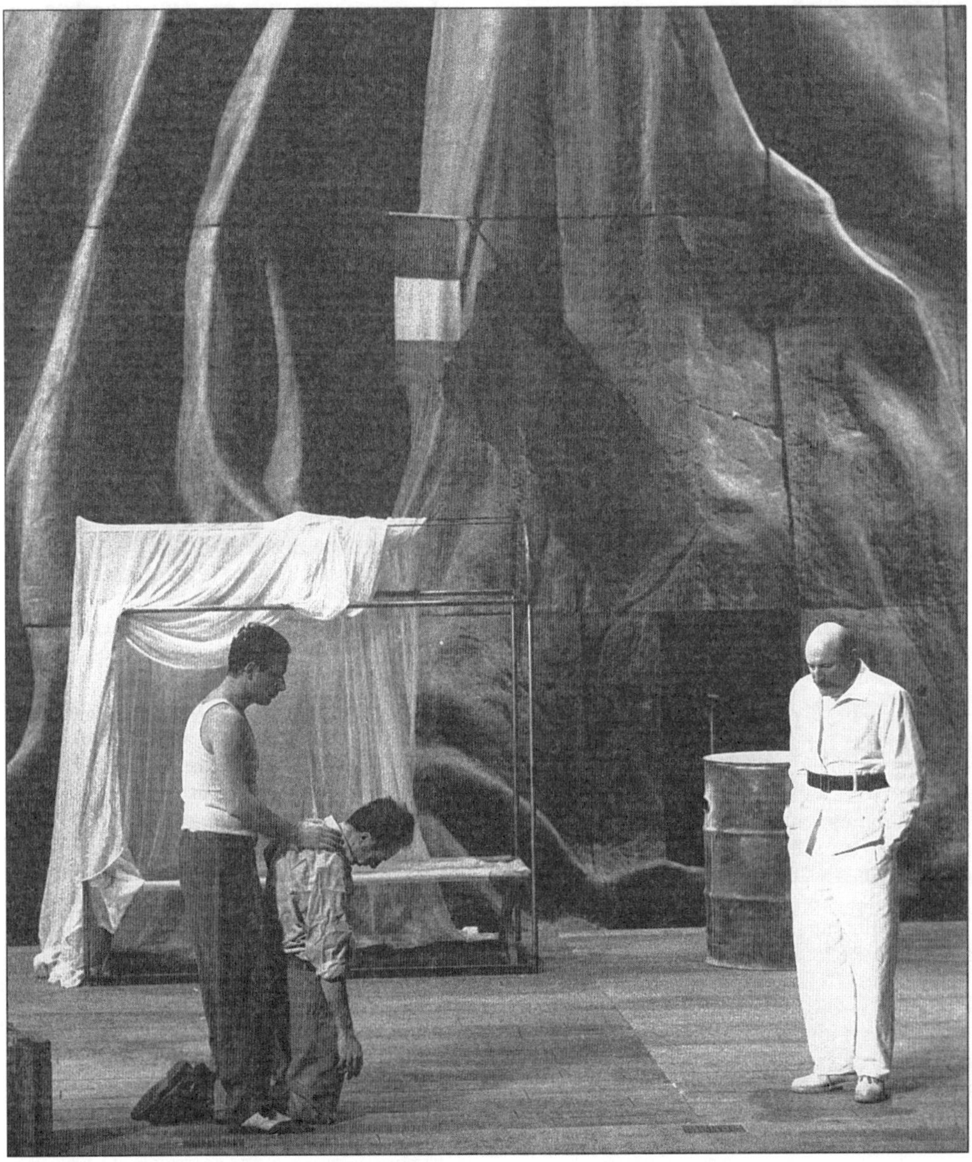

L'ÉGLISE DE CÉLINE

MONTPELLIER/THÉÂTRE DES QUATRE VENTS

LE SILENCE DE MOLIÈRE

DE GIOVANNI MACCHIA

Le destin de l'inceste

En glissant au milieu de son recueil d'articles critiques sur Molière, une œuvre de fiction où il donne la parole à celle qui s'est toujours tue, Madeleine Poquelin, fille de Molière et d'Armande Béjart, Giovanni Macchia, romancier, essaiste et critique de théâtre, entre dans l'œuvre de Molière par l'envers du théâtre, par l'espace de son silence, de son secret. Comme si le mystère Molière, son non-dit, sa blessure, était hors théâtre, échappant aux commentaires et aux exégèses de son œuvre et ne pouvait paradoxalement affleurer que par le biais de la fiction, de la parole inventée de l'esprit de Madeleine Poquelin, incarnée dans le corps et la voix d'une comédienne.

Le silence de Molière, situé en 1705, est une conversation imaginée entre un jeune aspirant à devenir auteur de théâtre et la fille unique de Molière, agée alors de quarante ans. Ce récit dialogué, à la lisière du théâtre, ayant une forme dramaturgique, comportant des instructions concernant la scène, les intonations, les points de suspensions pour souligner les hésitations et leur durée, la découverte progressive du sujet initialement gardé secret, met en jeu une parole sur l'envers et le refus du théâtre, sur le silence.

Jacques Nichet se confronte dans ce théâtre refoulé qu'est *Le silence de Molière*, à l'irreprésentable, à un hors-champ du théâtre. Le texte de Macchia met en jeu l'opacité et la transparence et multiplie l'irreprésentable dans son contenu événementiel : la question de l'inceste – que s'est-il passé vraiment – restant sans réponse ; dans sa facture : parole de *l'esprit* de Madeleine Poquelin, personnage non réalisé, à travers laquelle apparait le fantôme de l'œuvre de Molière.

La phrase de Madeleine Poquelin « Oh, le théâtre finalement c'est pas grand-chose » prononcée par ce personnage éminemment tragique marqué par le destin de l'inceste, qui à l'inverse de l'engagement de son père, refuse d'identifier sa vie au théâtre, et se réfugie dans le silence, dans l'ombre, résonne comme un défi. Comment en effet le théâtre va-t-il parler de l'envers du théâtre, de sa haine et poser la question du théâtre-destin ; de qu'est-ce que jouer ? qu'est-ce qu'être soi-même ? qu'est-ce qu'une représentation ?

Le pari de Jacques Nichet était de créer un théâtre non manifeste, mental, immobile, dépouillé, sous-terrain, qui, s'interdisant d'aller vers l'image et opérant la suspension du temps, de l'espace, de la fable, du spectacle au profit de l'écoute qui, par la seule présence et les inflexions de voix de la comédienne interrogée par un témoin, ferait sentir le drame caché du personnage.

Son aveu s'inscrit dans un espace que Jacques Gabel transcrit dans un décor évoquant un jardin d'estampes japonaises, dépouillé, blanc, silencieux. Lieu de retraite, de recueillement, d'immobilité, d'oubli, d'où, convoqué sur le théâtre par la question de l'intrus, témoin de l'aveu (Guillaume Levêque), surgira la voix de l'esprit de Madeleine Poquelin incarné par Dominique Valadié. Les deux personnages, dont le rapport s'apparente à la psychanalyse, n'évoluent pas dans le même espace-temps. Cette non concordance des époques étant restituée par les costumes : du début du XVIIIe, réinventés par aujourd'hui pour la fille de Molière, et moderne pour le jeune homme qui l'interroge. Le point de rencontre entre les deux personnages est le langage, le discours contemporain : personnage historique, la fille de Molière appartient en même temps à la fiction de Macchia qui l'aborde du point de vue d'aujourd'hui. Ce déplacement du langage dans le temps marque également la distance que l'esprit de Madeleine Poquelin a pris par rapport aux souvenirs douloureux de ce qu'elle a vécu autrefois.

Entre les deux personnages il n'y a pas d'échange, les questions et les réponses ne forment pas un dialogue. Nous assistons là à un monologue provoqué par une personne qui à la fois écoute, pose des questions, capte les confidences et assure la médiation entre la fille de Molière et le public. La facticité de la relation entre les deux personnages est donnée dans le jeu, face au public, qui brise le réalisme de la conversation.

Récompensée par le Prix Molière qui l'a consacrée meilleure actrice, Dominique Valadié prend parti ici de l'envers du théâtre et d'un personnage non-réalisé. Une rencontre prédestinée : jeune comédienne elle a joué au Conservatoire la scène de Louison du *Malade imaginaire* que Molière avait écrite pour sa fille. La voix de Dominique Valadié en porte la blessure secrète, sa silhouette en incarne à la fois la fragilité et la résistance. Véritable âme du spectacle elle sert le texte de Macchia dans un très grand souci de faire entendre toutes les variations du sens avec en même temps un détachement apparent, comme si elle prenait de la distance par rapport à ce qu'elle raconte. Sortie du silence par le détour du théâtre, la fille de Molière ne vivra que le temps du spectacle, pour retourner dans le silence.

IRÈNE SADOWSKA-GUILLON

Créé à Bruxelle en février 1992 *Le silence de Molière* sera joué à Montpellier et au Théâtre Paris Villette en mars 1992.

ANNIVERSAIRE

THÉÂTRE OUVERT :

21 ans de théâtre d'essai et de création

Théâtre Ouvert et Jardin d'hiver : deux noms qui se confondent pour deux activités qui se fondent, la recherche de textes de théâtre et l'expérimentation de ces textes sous formes de mise en espace ou de spectacle. Deux noms, deux activités, et deux personnes : Micheline et Lucien Attoun, qui ont le même goût d'injecter du sang neuf dans les artères souvent anciennes du théâtre français. Entre les représentations de *Djurdjura* de François Bourgeat, présenté en cours de répétitions de décembre à janvier, et celles de *Lisbeth est complètement pétée* d'Armando Llamas représenté en avril, ils font avec nous une série d'allers-retours dans le temps passé, le présent et leur demain. Théâtre Ouvert naquit en 1971, la salle du Jardin d'hiver cité Véron ouvrit dix ans plus tard : les souvenirs se ramassent à la pelle, et les projets aussi.

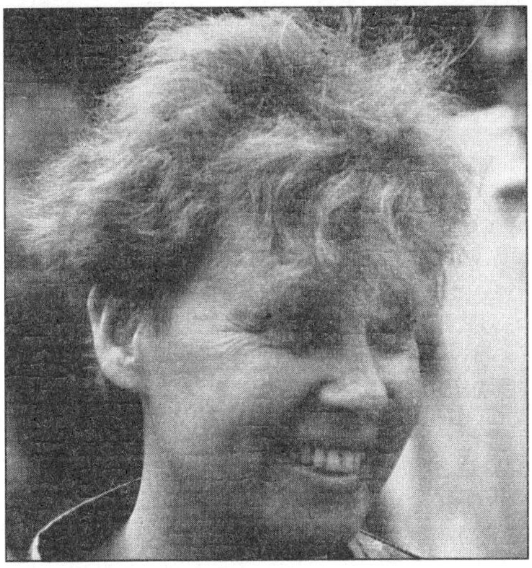

MICHELINE ATTOUN

LUCIEN ATTOUN

ACTEURS. – *Vingt-et-un ans après la création de Théâtre Ouvert, qu'est-ce qui a changé pour l'auteur et pour vous-mêmes ?*

MICHELINE ATTOUN. – D'abord le statut de l'auteur qui a radicalement évolué. En 1971, la tendance était au collectif, au théâtre total, au théâtre d'images, ou tout à la fois. On voulait même qu'il n'y ait pas d'auteur. Or il y avait un besoin contraire et Théâtre Ouvert est né à la demande de certains auteurs. D'une part d'un compagnonnage avec des gens comme Grumberg et Haïm qui souffraient de ne pas avoir de relations avec le milieu professionnel, d'autre part d'un dialogue avec Jean Vilar.

A présent, le paysage est différent. Aujourd'hui, tout le monde recherche la pièce de l'auteur contemporain. Les auteurs joués sont beaucoup plus nombreux qu'en 1971. Les pouvoirs publics ont mis en place des aides...

Pourtant, l'acte d'écrire reste toujours solitaire et, alors que la situation a changé, l'auteur demeure embarrassé quand il a fini sa pièce. Si nous avons inventé les tapuscrits (manuscrits édités à plusieurs centaines d'exemplaires et envoyés aux professionnels), c'est pour permettre la circulation des textes sous notre label, jusqu'à ce qu'ils soient montés. Le système conserve la même importance puisque, paradoxalement, alors que les aides, les commandes, les années sabbatiques s'accroissent, les relations de l'auteur avec la profession restent un problème. Il faut peut-être rappeler que *Combat de nègres et de chiens* de Koltès a été lu par Chéreau sous la forme d'un tapuscrit. C'est une pièce qui a connu quatre éditions : tapuscrit, Théâtre-Ouvert-Stock, collection des Amandiers et éditions de Minuit !

Quant à l'action de Théâtre Ouvert, elle a changé aussi. En 1971, notre définition était : théâtre d'essai et de création. Le départ était modeste : l'objectif était une mise en espace ponctuellement une fois par an dans un lieu réservé à la création contemporaine et à Théâtre Ouvert. On s'occupait de tout, on disait aux metteurs en scène, comme Jean-Pierre Vincent qui fit la première mise en espace avec *Le camp du drap d'or* de Rezvani : vous ne vous occupez de rien, on s'occupe de tout ce qui n'est pas votre travail. Cela n'a pas changé. Mais alors les créations se faisaient dans des lieux divers, quand c'était possible. Pour nous, l'essai, la mise en espace, sans la création, ça ne suffisait pas. L'ouverture du théâtre du Jardin d'hiver en 1981 a élargi les perspectives. Mais, finalement, d'une certaine façon, nous en sommes au même point : il y a, enfin, une relève chez les metteurs en scène, avec les Braunschweig et les Nordey. Comme aux autres, autrefois, nous leur demandons de faire un plongeon depuis les classiques ou les grands modernes jusqu'à la création.

LUCIEN ATTOUN. – Notre premier pari, c'était : il y en a marre des colloques où l'on se demande : y a-t-il ou non des textes ? les professionnels sont-ils disponibles ? J'ai imaginé la mise en espace de textes d'aujourd'hui et dit à Vilar : « Le problème, c'est le choix du metteur en scène ». Il a dit : « Oui ». J'ai ajouté : « Une seule personne peut choisir le metteur scène : ce ne peut être que moi ». Il a ri puis il a dit : « Oui ».

Il était nécessaire pour des metteurs en scène comme Vincent qui ne venaient pas à Avignon, pour des raisons qui ne me regardent pas, qu'ils y viennent à l'intérieur de notre expérience. Vincent, qui devait déclarer plus tard : « A cause des Attoun, on a été obligés de quitter nos chers classiques », était invité à monter *Dans la jungle des villes* l'année suivant la mise en espace chez nous. Maréchal, qui ferma le cycle, reçut la visite de Puaux qui lui dit : « C'est pris pour l'année prochaine. Mais, dans deux ans, la Cour d'honneur est à toi ». Ni Vincent, ni Vitez, ni Sobel, ni Gatti n'auraient été invités sans leur présence à Théâtre Ouvert. Ces praticiens que nous défendons, puisque Théâtre Ouvert défend le travail de plateau, et leurs successeurs, se mouillent, prennent des risques du côté de la création. Ils ne le faisaient pas avant.

Ce qui n'a pas changé, c'est de défendre une utopie. Comme l'horizon dans la formule révolutionnaire, l'utopie ne s'atteint jamais. Tout était indiqué dans la formulation de notre projet, quand nous l'avons reprise pour Michel Guy en 1974. Le projet n'est pas épuisé.

Les chiffres des « Chantiers de Théâtre Ouvert » au dernier festival d'Avignon, à la Chartreuse de Villeneuve, devraient nous satisfaire. Selon Daniel Girard, la fréquentation des Chantiers a été de 110 % ; sur ces 110 %, 80 % étaient des places payantes. Le CIRCA n'avait jamais autant fait de « bureau ». Cela montre que, malgré toute la concurrence, il y a, pour la recherche, le risque et l'espérance, un public disponible, à condition que la règle du jeu soit claire pour lui. La vraie question reste le public. L'essai que nous présentons n'est ni spectacle, ni lecture. Les lectures, elles deviennent dangereuses. Il y en a de plus en plus. C'est un sujet sur lequel les professionnels devront s'interroger.

M. A. – Il faut parler des choses qui n'ont pas été faites et montrent que le champ reste vaste. Nous voulions aussi rapprocher les écrivains du monde de l'audiovisuel. Nous rêvions d'organiser des rencontres, de créer une structure expérimentale. Ce deux mondes s'effraient mutuellement ! Nous en avons parlé avec Jean-Claude Carrière ; cela n'a pas abouti. Mais nous y re-travaillerons, nous sommes sûrs qu'un rapprochement est possible.

Nous n'avons pas l'exclusivité de découvrir des auteurs ; nous ne sommes pas les seuls. Mais ce qui nous caractérise, c'est notre désir d'incandescence, notre activisme qui pousse les gens à oser. D'ailleurs le mot oser était dans le titre de notre action à Avignon, en 1986 : *Oser aimer*, où nous avons présenté des auteurs comme Durif et Llamas qui étaient complètement inconnus (*Acteurs*, d'ailleurs, avait parié sur ces textes en les éditant). Nous titillons ! L'essai, qui est notre image de marque, est un espace de liberté où l'on peut s'affronter à des limites. On peut oser, tester, arriver à une forme aussi parfaite que celle d'un spectacle, mais différente. C'est ce qu'a fait Jean-Louis Martinelli avec *L'oiseau des vacances* de Jean Eustache aux Chantiers – qu'il reprend à Bobigny sous le titre *Sale histoire*, en coproduction avec nous, du 17 mars au 18 avril. Cette saison, deux chantiers sont devenus des créations à l'affiche : le Jean Eustache et les Iris Bleus montés par Lavaudant.

L. A. – Oui, déjà, en 1973, Vitez, qui avait mis en espace pour nous *Petit m égale grand M* de Xavier Pommeret, une pièce qui mettait en cause Georges Pompidou à travers le personnage de Georges Pampredou, nous disait : « Je ne crois pas que j'aurais osé le faire ; maintenant que j'ai osé le faire à Théâtre Ouvert, je vais le monter à Ivry. » Après sa première mise en espace, il nous avait dit : « Je vous remercie ; maintenant, je peux progresser. » L'an dernier, après son Chantier, Lavaudant disait : « Cette provocation m'a poussé à aller au-delà de ce que j'aurais fait ». Il emploie le mot de « révélateur », comme en photographie.

Notre travail, que nous faisons inévitablement avec des erreurs, se résume à deux mots : liberté et responsabilité. Il est copié, jusqu'à l'étranger ! Pour les Chantiers, la règle était : six jours de travail, tout le monde est payé de la même façon, indépendance – Micheline et moi ne voyons le travail que le soir même de la représentation publique. Ce travail repose en grande partie sur la générosité des comédiens et, si l'auteur a quelque chose à dire, il gagne des années. En vingt ans, nous avons participé à la reconnaissance des auteurs : il y en a beaucoup comme il y a beaucoup de metteurs en scène. La Direction du théâtre au ministère de la Culture a développé des mécanismes que nous avions imaginés. D'ailleurs, Robert Abirached est un auteur qui est passé par Théâtre Ouvert.

A. – *Quel sentiment avez-vous des nouvelles générations ?*

M. A. – Elles arrivent en un temps où le théâtre devient un art minoritaire. Il faut donc être plus pointu. Plus on est marginalisé, plus on doit se singulariser. C'est une chance historique. Dans cette relève, il y a plein de groupes qui commencent avec l'écriture collective. Je pense par exemple à *Sentimental Bourreau*, où travaille l'actrice Judith Henry. Cette équipe fait ce que faisait Gironès il y a vingt ans. Un jour, elle s'intéressera à l'écriture d'autres gens, car ils travaillent dans un désir éperdu de théâtre. En face de cette génération, nous avons une responsabilité très grande, celle de l'accompagner avec vigilance. Notre désir est de participer à cette renaissance, d'œuvrer dans un bouillonnement permanent.

A. – *On vient de voir paraître des tapuscrits bilingues.*

M. A. – Nous avons aussi le projet de nous ouvrir à l'étranger. L'Europe me fait un peu peur. Mais il faut exporter – et non pas parachuter : nous n'en avons pas les moyens ! Les Français ont envie d'exister en Allemagne, ce pays béni où les mêmes pièces sont jouées dans plusieurs villes et dans des mises en scène différentes. C'est une aspiration légitime. Pour cela, nous commençons, dans une nouvelle maquette, des tapuscrits bilingues. Le premier, qui vient de paraître, est *L'arbre de Jonas* d'Eugène Durif, en français et en allemand. En Italie, à notre instigation, des pièces de Arlette Namiand et Durif ont été mises en espace au cours d'une action menée à Rome.

L. A. – A Rome, nous avons aussi présenté une pièce de Grumberg, parce que notre politique, c'est la fidélité dans le compagnonnage en même temps qu'un nécessaire ressourcement. Il y avait beaucoup de monde. Le théâtre de Grumberg est traduit en italien, mais il n'est pas joué, ce qui devrait se produire rapidement. Quant aux pièces d'Arlette Namiand et de Durif, elles devraient également être montées en italien.

A. – *Nous n'avons pas parlé de votre saison, commencée notamment au premier trimestre avec* Les guerriers *de Minyana.*

L. A. – Oui, Minyana avait été présenté à Théâtre Ouvert en 1980. Nous l'avons retrouvé avec *Les guerriers*, comme nous renouons régulièrement avec les auteurs qui comptent. A l'occasion, nous avons travaillé avec Robert Cantarella pour la première fois.
Puis il y a eu en décembre et janvier la cellule de création autour de *Djurdura* de François Bourgeat. Bourgeat, c'est quelqu'un que Maréchal nous avait fait connaître à Avignon. Son texte, *La nuit du comédien*, par exemple, est un texte magnifique, mais qui le connaît ? A Théâtre Ouvert, il n'y a pas de comité de lecture, tout le monde lit. C'est quelqu'un de la régie qui a lu *Djurdjura* le premier ; il nous en a parlé. On en a fait deux lectures, l'une par Mesguich, l'autre par Jacopin. Puis Jacopin le met en scène avec 17 jeunes comédiens. Qui peut réunir 17 acteurs aujourd'hui ? On a tous pris nos risques, nous, la Criée, la Goutte... On peut dire qu'une telle aventure a commencé il y a une vingtaine d'années.

Ensuite, il y a la pièce d'Armando Llamas, *Lisbeth est complètement pétée*. C'est une mise en espace qui a abouti. Michel Didym, qui l'avait réalisée et fait la mise en scène, a débuté à Théâtre Ouvert comme acteur, dans un spectacle de Françon...
L'an prochain, nous ouvrirons nos portes à la toute nouvelle génération. Ce sont des gens qui ne veulent pas être récupérés. Ils veulent choisir eux-mêmes. Ils ne veulent pas qu'il y ait des places gratuites là où ils jouent ; tout le monde paye. Avec Sentimental Bourreau, on a topé. On verra. Ce sont des gens qui ne se laissent pas faire. Moi, j'aime ça.

M. A. – J'entends souvent dire : « A Théâtre Ouvert, il faut faire partie de la famille ». Ce n'est pas vrai. Une famille se constitue, mais nous découvrons sans cesse des gens. Nous ne sommes pas un ghetto, mais un marche-pied.

A. – *Va-t-on retrouver les Chantiers en Avignon cet été ?*

L. A. – A ma connaissance, Théâtre Ouvert ne va pas cet été à Avignon ! Alain Crombecque nous a parlé de 1993. Avec Vilar, notre présence était permanente. Un jour de 1979, Puaux y a mis fin, sans explication. Quand nous sommes revenus en 1985, notre invitation a toujours été ponctuelle. Chaque année, on nous a demandé : que proposez-vous ? Chaque fois, il a fallu inventer quelque chose.

Nous avons fait beaucoup de propositions, comme ces Chantiers qui s'interrogeaient sur les rapports de l'écrit et du plateau. Autrement dit, qu'est-ce qui est théâtralisable ? L'important, c'est l'urgence. Je pense qu'il n'y a pas de petites choses, mais des choses qui nécessitent un travail court dans une autre forme de temps. Le théâtre, c'est l'art de refaire. L'essai, c'est l'urgence et l'éphémère. Face à la mécanisation du spectacle, je suis aussi partisan d'une rencontre théâtrale où l'on regarde dans les yeux de l'acteur. Dans ces perspectives-là, nous avons un projet avec plusieurs metteurs en scène pour la saison prochaine ; tous seraient coordonnés, tout en restant autonomes.

M. A. – On rêve comme si on avait les moyens de cette politique. L'expérimental coûte extrêmement cher. On ne peut plus produire seul. Comment trouver des coproducteurs sur l'expérimental ? Nos limites sont celles de notre pseudo Centre dramatique national de création, qui est le CDN le plus pauvre de France. Les moyens n'ont jamais suivi depuis la création du centre, qui fut une reconnaissance formidable, due pour beaucoup au 3 400 personnes venues nous soutenir et signer une pétition au cours du marathon des auteurs en 1987. Nous ne pouvons donner des spectacles tout le temps et négliger les essais. J'éprouve une petite déchirure à confronter notre vocation à la réalité. Notre mission, personne ne nous l'a jamais demandée…

A. – *Il y a certainement des auteurs auxquels vous n'avez pu encore apporter votre contribution et dont nous pourrions parler.*

L. A. – En réalité, non. Ce serait notre mort que de nous résigner à dire : « on le fera si on peut ». Certes, pour des raisons de recherche de coproduction, des pièces que nous voulions monter n'ont pu l'être. Mais sous la forme de l'essai, des différentes formes d'essai – édition, mise en voix, mise en espace, cellule de création – nous avons toujours pu intervenir, réaliser une expérience. Il n'y a pas un auteur retenu que nous n'ayons monté. Nos prochains tapuscrits sont des pièces de Noëlle Renaude et de l'écrivain belge Paul Edmond. Seront-ils montés ? En tout cas, ils seront édités.

M. A. – Ma frustration, c'est de ne pas faire plus d'expérimental. C'est-à-dire donner des rendez-vous réguliers au public et faire plus d'agitation autour de l'écriture et des écrivains qui n'ont pas encore écrit leur œuvre majeure.

Propos recueillis
par GILLES COSTAZ

PARIS SUR SCÈNE

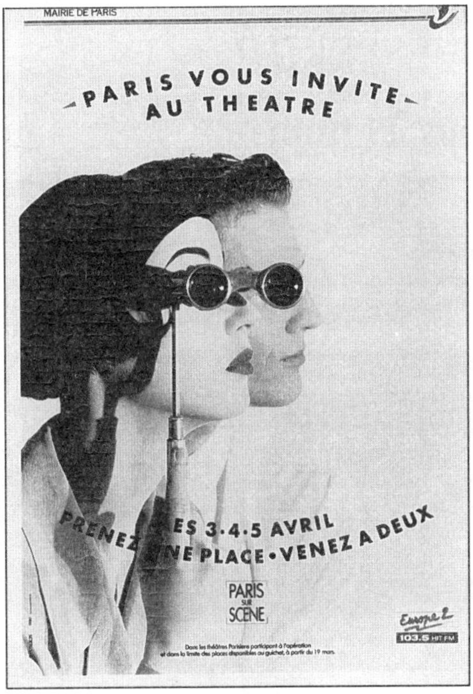

Affiche 1990

Affiche 1991

"Prenez une place,venez à deux !"

Le slogan désormais célèbre marque, depuis 1990, le rendez-vous de la Mairie de Paris avec le Théâtre.

Pour chaque place achetée, la Mairie de Paris offre une deuxième place, facilitant ainsi l'accès du public aux salles parisiennes, permettant aussi aux spectateurs fidèles de faire une véritable cure de théâtre et à d'autres, jeunes ou moins, de le découvrir.

Des résultats....

Le succès de 1990 fut confirmé en 1991 puisque 96 théâtres, tous secteurs confondus, offrant leurs quelques 103.873 places, en remplirent, grâce à Paris sur Scène 49.590 - soit 47,75 % - à un moment de l'année (mi-Mai) où les salles ont plutôt la tendance fâcheuse d'être désertées, réalisant ainsi une augmentation moyenne de près de 70 % du taux de fréquentation, par rapport à la semaine précédente.

3ème édition ! : La version 92

Les 21, 22 et 23 Avril prochains, Paris vivra à nouveau la grande fête du Théâtre. Tradition autant pour le public que pour les Théâtres de la capitale toujours plus nombreux et motivés pour participer à cette manifestation.

La location sera ouverte aux conditions habituelles, dès le 8 Avril 1992.

Les "plus" de "Paris sur Scène"

Pour aider les spectateurs à repérer les théâtres, Paris sur Scène réédite le Plan des Théâtres de Paris dont le succès, l'an dernier, a démontré qu'il était un véritable outil culturel. Il sera en libre disposition dès le 8 Avril dans les Mairies, les Théâtres participants et au Kiosque Théâtre.

Également

Mini-expositions dans les Théâtres sur leur histoire,
opérations " portes ouvertes" dans quelques salles,
stand de "Paris sur Scène" au Salon du Livre 1992.
Informations ciblées au 3615 CAPITALE et au Kiosque Théâtre...
Initiatives mettant l'accent sur le Théâtre...

*

Fête des Artistes le 6 avec les Molières et les 21,22 et 23, Fête du Public, invité à partager la magie du spectacle vivant et les joies incomparables du " direct "...

...En Avril à Paris, la scène sera reine....

DANIELLE MATHIEU
Commissaire Général

CATHERINE VESPERINI

Produire sur tous les fronts

Catherine Vesperini est une nouvelle venue dans le paysage théâtral français. Elle est et se veut productrice de théâtre. Telle est sa passion. Jeune, solaire, élégante, énergique, elle est claire dans ses jugements et dans ses choix. Elle inspire confiance et sympathie. Elle parle de son métier avec un sens remarquable de la réalité théâtrale et de ce que peut être son engagement dans tel ou tel genre de création. Ce qui la distingue des autres producteurs actuels, c'est qu'elle est prête à intervenir autant dans le secteur privé que dans le secteur public, en mesurant différemment la nature et la dimension des riques qu'elle prend.
Il est exceptionnel, en effet, d'avoir participé à la création de plusieurs spectacles de Benno Besson et de Mathias Langhoff, et d'être la productrice des Palmes de Mr Schutz.

ACTEURS. – *Comment devient-on producteur de théâtre ?*

CATHERINE VESPERINI. – Il n'y a pas de chemin particulier. On devient producteur de théâtre, parce qu'on a une passion pour le théâtre et qu'on n'est pas créateur, ni auteur, ni acteur, ni metteur en scène. Il faut par contre avoir le goût d'être là et de vouloir aider la création. Il peut m'arriver de choisir moi-même une pièce et de choisir qui va la jouer ou la mettre en scène. Ou bien de rejoindre tel ou tel créateur que j'estime et que je connais. Depuis toujours, j'aime le théâtre, le spectacle vivant – j'ai aussi la passion de la vie ! J'ai commencé par des études juridiques, puis j'ai enseigné le droit – droit civil, droit pénal et droit des affaires.. La vie, qui ne laisse rien au hasard, m'a prouvé que rien n'est inutile et que tout se rejoint. Pour moi, le droit et l'enseignement sont tout à fait proche du théâtre ! Depuis toujours aussi j'ai eu envie de vivre au théâtre, avec le théâtre. J'y ai toujours pensé.

A. – *Où vont vos préférences ?*

C. V. – Au théâtre, les premiers spectacles dont je me souviens et qui m'ont frappé ont été sans doute *Les caprices de Marianne* avec Gérard Philipe et Geneviève Page au TNP de Vilar et *Noir et blanc* de Brice Parrain, par Raymond Gérôme aux Mathurins. Plus tard, le spectacle qui m'a le plus marqué, c'est *Le partage de midi* dans la mise en scène de Vitez à la Comédie-Française, c'était parfait, absolument parfait, je l'ai vu plusieurs fois.
Et, aujourd'hui, je ne fais aucun ostracisme, j'aime toutes les formes et les sortes de théâtre, si c'est réussi, du secteur privé comme du secteur public.

A. – *Quelles ont été vos productions les plus marquantes ?*

C. V. – La première production à laquelle j'ai été associée, c'est *Mademoiselle Julie* de Strindberg, mise en scène de Mathias Langhoff, à l'Athénée. Un vrai succès. C'est la première production où mon nom apparaît (auparavant, j'avais aussi participé à d'autres spectacles, mais sans les signer !). Depuis lors, je m'attache à accompagner Benno Besson, avec qui j'ai commencé, et nous avons un type d'accord très dynamique – J'interviens en garantie de déficit – et ça se passe très bien. Emmanuel de Véricourt, qui dirige le théâtre national de Bretagne est un excellent partenaire. Je n'ai qu'à me féliciter de ma collaboration avec eux, depuis maintenant quatre ans. Notre prochaine production sera celle de la très belle pièce d'O'Neill, *Le désir sous les ormes*, dans la mise en scène de Mathias Langhoff. Je m'intéresse beaucoup à la production d'auteurs qui n'ont pas encore été joués. C'est ainsi que je suis intervenue pour *Les palmes de Mr Schutz* aux Mathurins. Le démarrage a été très difficile, mais j'y croyais, j'y croyais absolument, et finalement nous l'avons emporté. Ce fut un succès magnifique, dont la tournée se poursuit pour la troisième année consécutive. Par solidarité avec Fenwick, j'ai produit *Calamity Jane*, j'y croyais moins, mais je l'ai fait, j'estime que je le devais ! Toujours avec la volonté d'aider les premières œuvres, je viens de produire au théâtre de la Bastille la première pièce de Manuela Morgaine. C'est un risque que je prends, qui est calculé, que je supporte avec l'idée que je perdrai de l'argent. Mais ce n'est pas du mécennat, ça m'agace quand on me dit que c'est du mécennat. Ce genre d'entreprise me rapporte beaucoup, il y a le plaisir, il y a l'estime, il n'y a pas que l'argent !

A. – *Et vos projets ?*

C. V. – J'aimerais participer à la création de la prochaine pièce de Coline Serreau, au prochain spectacle de Philippe Adrien, à la création d'une pièce inédite de Tennessee Williams que mettra en scène Patrice Kerbrat, vire à un Feydeau. J'espère pouvoir les mener à bien. Il y a, aussi, parfois, des projets qu'on ne peut mener à bien. J'ai beaucoup lutté pour monter *Le chemin de Damas* de Strindberg, dans une mise en scène de Pier-Luigi Pizzi, avec Didier Sandre, Ludmila Mikaël, Emmanuelle Riva. Nous avions un théâtre, qui s'est dégagé brusquement et nous avons dû renoncer. Dommage. J'y tenais beaucoup. J'espère pouvoir bientôt reprendre ce projet. Et puis, naturellement, peu à peu l'envie m'est venue de diriger un théâtre. Alors même que la production itinérante est aisée. Mais j'espère qu'un jour, je pourrai être à la tête d'un théâtre;

Propos recueillis par CHARLES RÜCKH

RÉGIS SANTON au THÉÂTRE SILVIA MONFORT

Re-découvrons le répertoire du XXe siècle

Le 7 janvier s'ouvrait à Paris un nouveau théâtre : le théâtre Silvia Monfort, élevé 106 rue Brancion à l'emplacement du chapiteau qui fut de 1979 à 1988 la structure provisoire confiée à Silvia Monfort.. Régis Santon a été nommé à la direction de ce lieu qu'on appelle déjà « le Monfort » et qu'il a inauguré avec *La valse des toréadors* de Jean Anouilh. Les spectacles suivants de cette première saison sont *Le soir des rois* de Shakespeare par la Limousine et *L'heure du thé chez les Pendlebury* d'Alain Didier-Weill mis en scène par Pierre Chabert.

RÉGIS SANTON. – J'ai connu Silvia Monfort en 1974. Je dirigeais l'Essaïon, que j'avais créé (et dont j'avais inventé le nom, en ajoutant un suffixe à essai sur le mode de *poëlon* !) et je venais de monter *Phèdre*, qu'elle est venue voir. On a décidé de monter *Les chansons de Bilitis* de Pierre Louÿs. On a commencé à répéter mais ça ne s'est pas bien passé, je n'avais pas la disponibilité nécessaire. Nous nous sommes disputés et nous ne nous sommes pas vus pendant deux ans. En 1977, l'Essaïon a fait faillite. Nous avons joué à la Commune *On ne badine pas avec l'amour* ; Silvia est venue me voir et m'a dit : « pourquoi ne feriez-vous pas une mise en scène à la Gaîté-Lyrique ? C'était cela, Silvia : de la théâtralité et tellement de générosité ! Elle m'a amené *La guerre civile* de Montherlant. Ce fut un joli succès. Nous avions répété parmi les bruits des éléphants du cirque Gruss barissant et frappant les murs ! Tout le monde a vu dans la pièce des allusions au conflit entre Chirac et Giscard. A la générale, Silvia avait invité le clan RPR et des membres de la famille de Giscard. Tout le monde était assis sur des cubes, sauf Mme Pompidou sur une chaise. Ce fut elle qui, à la fin, donnait le signal des rappels ! La pièce était montée de façon iconoclaste. Le fils adoptif de Montherlant n'apprécia pas, mais Sipriot et Matzneff furent enthousiastes.

Donc Silvia fut une des trois personnes qui m'ont le plus aidé dans la vie. Nous avons voulu avoir d'autres projets ensemble, mais ça n'a jamais marché. Quand j'ai pris la direction de Paris-Plaine, elle est venue voir *Le foyer* puis, malade, elle n'a pas pu venir voir *Macbeth*, qu'au départ, je voulais faire avec elle. Elle s'est décommandée trois fois. Je me souviens de sa voix métamorphosée par la maladie ; c'était en novembre 1990. Je ne l'ai pas revue…

Après la mort de Silvia, je n'ai évidemment pas imaginé faire acte de candidature. Il y en a eu beaucoup… La ville de Paris s'interrogeait depuis longtemps sur la façon dont pourraient vivre deux structures côte à côte, comme Paris-Plaine et le futur théâtre Silvia Monfort. A l'occasion de sa conférence de presse sur l'opération « Deux fauteuils pour le prix d'un », Jacques Chirac m'a proposé le théâtre en public. C'était le 27 avril, trois semaines arpès la mort de Silvia. Sa proposition était d'étudier comment pouvait être fait au théâtre Silvia Monfort, avec plus de vitalité, ce qui se faisait à Paris-Plaine ; il pensait à du théâtre

pour enfants à Paris-Plaine. J'ai défini un projet pour cette salle qui, avec son plateau de 15 mètres sur 15, ses 415 places, est la deuxième salle municipale après le Théâtre de la Ville.
Je veux faire du théâtre public ; c'est une obsession. Mon premier choc, ce fut le TNP de Vilar. Puis il y eut Planchon. Ces gens-là remplissaient des salles. Ne pas faire du théâtre public me rendrait malade. Je travaille autour de deux axes : grands classiques, auteurs du xxe siècle. Je voudrais participer à une re-découverte du répertoire du xxe siècle. Pour l'instant, du côté des créations, je n'ai pas fait de rencontre avec un auteur comme j'en avais eu au temps de l'Essaïon avec Haïm ou Varoujean. Cela ne veut pas dire que je ne cherche pas. Pour le moment, j'accueille Pierre Chabert avec la pièce d'Alain Didier-Weill. Nous ferons des coproductions, accueillerons des centres dramatiques, de grandes compagnies de province et de petites compagnies indépendantes. Je veux travailler avec des gens comme Françoise Petit, François Rancillac, Gilles Guillot... Il y aura aussi de la musique, des variétés (l'accoustique de la salle est excellente), peut-être de la danse. Mais c'est avant tout un théâtre dramatique avec trois ou quatre productions théâtrales par an.

Propos recueillis par Gilles Costaz

PHILIPPE DELAIGUE à VALENCE

Un explorateur en région

S'il y a une expression dont Philippe Delaigue a bien horreur, c'est : « jouer dans la cour des grands ». Pourtant, le voilà maintenant au début d'un nouveau parcours, « intronisé » en quelque sorte par son installation à Valence, dans la Drôme.

Il a trente ans, mais toujours un regard d'enfance. Il le pose sur son métier et sur le monde, avec une fausse naïveté et de vraies indignations. Peut-être est-ce parce qu'il a eu un parcours atypique, très tôt consacré au théâtre, mais jamais les deux pieds sur le même plateau. Allergique à l'enseignement, il a quitté le lycée à seize ans, il s'est fait virer du conservatoire de Lyon pour « mauvais esprit », n'a pas terminé son cycle d'études à l'école du Théâtre national de Strasbourg et quitté la Comédie de Saint-Etienne après un an comme comédien. C'était trop long, il était trop pressé ; de se colleter avec Euripide à vingt-et-un ans (*Médée*), de s'affronter à la création (*Le chariot des grâces* de Patrick Gorasny), de fonder, en 1982, sa propre compagnie : « Travaux 12 », comme sa première pièce, *La retraite d'Eugène*. Histoire de montrer que le théâtre, même s'il peut avoir valeur d'exploit, c'est d'abord le travail bien fait, dans la rigueur : ce qu'il appelle son côté protestant...

LE POIDS DES MOTS

« Si on n'est plus capable de se changer les uns les autres en se parlant, il n'y a plus qu'à crever ». Philippe Delaigue, qui n'est pas un homme à parler sans faire, a ainsi pendant deux ans, dirigé un cycle de lectures publiques à l'Auditorium Maurice Ravel de Lyon. Pour lui, le théâtre est affaire de textes. Et d'Euripide à... lui-même, en passant par Maeterlinck, Milosz, Cormann, Pérec, Lu-Xun ou... la Bible, c'est le poids des mots qui l'attire. Et la rectictude du discours. Et sa contemporanéité.

« Marre des jolis spectacles qui ne nous concernent pas, ou si peu » écrit-il en exergue de *La retraite d'Eugène*. Dans le parcours de Delaigue, pas de classique ou si peu (un Goldoni en commande pour le Théâtre des Célestins à Lyon, *Le marquis de Montefosco*). « Il faut que les textes trouvent un écho dans notre monde actuel. Quand on va voir *Tartuffe* aujourd'hui, on est devant une pièce qui a été subversive, mais c'est ridicule de dire qu'elle l'est encore ». Philippe Delaigue a surtout exploré le répertoire du xxe siècle, sans découvrir pour l'instant dans son travail d'autre cohérence que celle des rencontres avec des auteurs et des envies de les monter. Rencontres littéraires avec le texte monumental de Karl Kraus, *Les derniers jours de l'humanité*. Compagnonnage avec Enzo Cormann, avec lequel il a adapté Kraus et dont il a monté *Exils* et *Sang et eau*.

Ses quatorze productions, qui ont fait remarquer « Travaux 12 » comme une des jeunes compagnies les plus prometteuses dans un vivier rhônalpin plutôt riche, permettent-elles de dresser un portrait de metteur en scène ? Des deux personnages d'*Exils* à la trentaine des *Derniers jours de l'humanité*, de l'univers onirique de Maeterlinck à celui, réaliste et picaresque de Goldoni, l'originalité nait surtout de l'intelligence et de la maîtrise du travail scénique, l'art de mettre la parole en avant, jusque dans ses ambiguïtés, plus que d'une recherche esthétique systématique : « marre des jolis spectacles... ».

LA PAROLE EN TANT QU'ARTISTE

En 1990, Philippe Delaigue a « basculé » du côté de l'écriture. « Dans un parcours artistique, on tient un discours sur les textes des autres. Je conçois cela comme un moment d'apprentissage : on est très impétueux, au début, on veut prendre beaucoup de place à côté du texte. Et puis le temps passe, et c'est comme si on avait de moins en moins envie de tenir un discours, – C'est-à-dire faire de la mise en scène –, et de plus en plus de prendre la parole en tant qu'artiste, totalement et en en assurant toutes les conséquences ». Après avoir songé à un travail sur les cyniques grecs, Philippe Delaigue a choisi finalement de détourner la légende d'Hercule. *La retraite d'Eugène* transforme le demi-dieu en « héros » en charentaise et établit de drôles de rapports entre le mythe antique et notre actualité brûlante. Un texte inégal, comme beaucoup de premiers textes, avec des facilités, une gourmandise des mots encore maladroite, mais aussi des emportements sincères, de la tendresse et de la rage. Déjà, pour répondre à une commande de la troupe lyonnaise, les Cigognes, le jeune auteur a écrit sa deuxième pièce, *L'échelle de Jacob*. Il y imagine un face-à-face, évidemment impossible, entre Lenz et Büchner : « Büchner débarque chez Lenz qui a été un mythe, mais qui est devenu vieux, qui a abandonné en route une bonne partie de ses chimères, de ses combats, et qui est incapable d'assurer la paternité que Büchner lui réclame. Ce thème permet de parler d'aujourd'hui, de l'engagement, de la désillusion, au fond de ce que ma génération précédente laisse à des gens plus jeunes comme moi ».

LE REGARD DE PLANCHON

Cette paternité, la retrouverait-il chez Roger Planchon et sa génération théâtrale ? C'est en partie pour répondre à cette interrogation, que Philippe Delaigue s'est volontairement coulé dans le rôle, modeste et souvent ingrat, de l'assistant pour les deux pièces, *Le vieil hiver* et *Fragile forêt*, écrites et créées la saison dernière par le directeur du Théâtre national de Villeurbanne. « Je me demandais comment quelqu'un qui a le double de mon âge pouvait encore avoir l'enthousiasme, la force de faire du théâtre. J'ai appris beaucoup grâce au regard que Planchon pose sur le théâtre, à sa puissance de travail, sa façon de gérer les gens, la « machine » T.N.P. C'est quelqu'un qui vit entièrement dans l'écriture, et se pose toujours les problèmes par rapport à elle. Il ne travaille pas avec le fortuit, le désinvolte. Tout est pensé, réfléchi, articulé, la place laissée au hasard est mince ».

L'admiration semble sincère, hommage d'un jeune auteur-metteur en scène à un aîné qui a, avant lui, choisi un jour la voie de l'écriture pour exprimer au mieux « son » théâtre.

Delaigue pourrait-il trouver chez Planchon d'autres sources d'inspiration ? Sans doute dans la manière de concevoir une « politique culturelle ». Après dix ans de bourlingue, sans autre lieu que des théâtres ou des salles de rencontre, la compagnie « Travaux 12 » s'installe dans la ville de Valence, chef-lieu du département de la Drôme. Une cité de passage, et d'échanges, dont l'agglomération atteint 100 000 habitants. « Pendant dix ans, nous avons eu l'opportunité de faire un travail de fond, d'explorer le théâtre, en toute liberté, sans souci de contrôle, de gestion, sans contrainte de remplir une salle. Cela nous a permis d'expérimenter des pistes, de perfectionner notre outil. Maintenant j'ai envie d'ancrer cette pratique dans une réalité concrète, dans un rapport avec le public ».

Les responsables culturels du chef-lieu et du département (dans la Drôme, ce sont les mêmes, ce qui simplifie les choses) cherchaient à installer une nouvelle équipe de création théâtrale. Delaigue et « Travaux 12 » ont accepté, mais en posant leurs conditions. « Là ou on parlait de "résidence", j'ai répondu : "implantation" ». Sur les nouveaux modes de relations établies entre les compagnies et les troupes, le jeune homme ne mâche pas, en effet, ses mots : « La notion de résidence est une imbécilité totale, une escroquerie. Les responsables de cette appellation, et du vide qu'elle représente, sont les directeurs des centres culturels et les responsables politiques. Ils se mettent, une fois de plus, d'accord sur le dos des artistes, pour expliquer qu'on va faire un peu d'animation en accueillant une équipe de création, et en faisant semblant de forger avec elle un lien fort. Les artistes, eux aussi, font semblant. Les directeurs obtiennent des subventions pour ces résidences, mais ils ne s'impliquent pas, c'est bidon. Pourquoi le théâtre marche-t-il mal actuellement ? Parce que les artistes, mais c'est aussi leur faute, sont dépossédés d'un rapport direct avec le public. Dans les centres culturels, on trouve plus de journalistes, de fonctionnaires, de politiques que d'artistes. Il faut que ceux-ci reprennent le pouvoir ». Le réquisitoire est sévère, en partie injuste. Il met le doigt sur un vrai problème que, de plus en plus, les jeunes créateurs ont tendance à poser.

L'ENJEU DE VALENCE

A Valence, où il s'installe avec six membres de sa troupe, Philippe Delaigue va trouver une infrastructure solide : le petit théâtre de 130 places, rebaptisé La Fabrique, (toujours l'idée d'artisanat), va être rénové. La compagnie disposera également, 200 jours par an, du théâtre municipal (400 places), un peu vieillot, mais fonctionnel et central et, dans les cas exceptionnels, du tout nouveau théâtre Bel Image (1000 places). « Nous travaillerons avec le Bel Image et le centre de recherche et d'action culturelle, en harmonie, mais chacun garde son autonomie ». A ce subtil équilibre des responsabilités, qui est une spécialité valentinoise, s'ajoute une base financière honorable, avec deux millions de subventions diverses, apportées, dans le cadre d'une convention triennale (jusqu'à fin 1995) par la ville, le département, la région et l'Etat.

« Cette implantation vient au bon moment pour nous », constate Philippe Delaigue. « Elle doit nous permettre de répondre à la question : est-ce qu'aujourd'hui, il est encore possible de pratiquer le théâtre dans une relation immédiate, régulière, chaleureuse, avec un public, sur des choses un peu pointues, mais qui les concerne vraiment ». La recherche du public se fera dans les formes : théâtre en appartement (*J'aime bien vivre à Paris, mais parfois non*, de Pérec en est un bon exemple, mais aussi un tout nouveau *Coquetèle Queneau*), représentations dans les autres villes et villages du département, sans compter les cycles de lectures et les inévitables animations des classes de lycées. Mais l'implantation risque aussi de peser sur la politique de création. Alors finies les explorations exigeantes, aiguës, difficiles parfois ? Philippe Delaigue répond : « Nous réfléchissons beaucoup à ce que peut être une programmation sur une ville comme Valence, où le public potentiel est peut-être de 1000 personnes au départ ». Si la saison actuelle, qui démarrera vraiment en mars, peut être qualifiée de transition, dès l'automne 1992, Philippe Delaigue signera sa rentrée avec deux pièces du xxe siècle : *La force de l'habitude* de Thomas Bernhardt et *Les affaires sont les affaires* d'Octave Mirbeau. Deux œuvres corrosives, où notre époque peut se contempler dans un miroir. Mais Philippe Delaigue compte bien aussi promouvoir la création, en complicité, par exemple, avec la grenobloise Chantal Morel, parfois sa sœur en imprécations. « Il n'y a pas de crise des auteurs en France, simplement le système n'est pas bon. Je veux développer des formules de commandes en mettant les auteurs en contact avec les metteurs en scène dans une démarche d'accompagnement de leur écriture. Il faut q'ils sentent qu'ils seront montés, qu'il y a quelque chose de concret, derrière la commande. Peut-être on se trompera, mais il faut y aller. Je crois profondément qu'il y a un public ouvert et disponible pour une aventure artistique. Faut-il qu'on en soit arrivé à un tel degré de froideur, de sécheresse, pour que je me trouve obligé de dire une chose aussi banale ? Pour moi, le théâtre doit être le lieu de la convivialité, de la fraternité. Comment jeter des ponts ? Tendre les mains ? L'enjeu de Valence est là ».

Pierre Moulinier

COMPAGNIES

NOUVELLE GÉNÉRATION

Sabrina Weldman, journaliste en Belgique, conduit, à la demande de la Direction du Théâtre du ministère de la Culture, une étude en cours portant sur la nouvelle génération théâtrale. Son étude fera l'objet d'une communication cet été au prochain Festival d'Avignon. Elle se livre ici pour nous à une approche d'ensemble du nouveau panorama des compagnies dramatiques et de leur problématique.

Mille signes annonçaient leur venue. Faisceaux de fumées éparpillées dans les provinces de France. Combien ont pressenti la flambée ? On a préféré le plus longtemps possible fermer les yeux sur la génération de metteurs en scène occupée à grandir à son propre rythme, sans coups de gueule, simplement avec la constance de racines qui poussent. Pourtant, depuis une dizaine d'années ces jeunes gens allés à la rencontre du théâtre ne se sont pas cachés. Certains ont fréquenté en « in » le Festival d'Avignon. Ce fut le cas de Pascal Rambert, Catherine Anne, Joël Jouanneau, Christian Schiaretti, Bruno Meyssat, Royal de Luxe... Et auparavant de Chantal Morel qui, nommée en 88 à la tête du CDN des Alpes, renonçait rapidement à ses fonctions et aux pesanteurs de l'institution. D'autres se sont retrouvés à l'affiche du Festival d'Automne tels François Tanguy, Stéphane Braunschweig, Eric Vigner, Marc François,... Des producteurs leur ont accordé leur crédit et ont commencé à les soutenir : Jean-Marie Hordé à Paris, au Théâtre de la Bastille, Alain Fourneau aux Bernardines de Marseille, Jacky Ohayon au Théâtre Garonne de Toulouse, Claudine Gironès au Maillon de Strasbourg et François le Pilouer aux Nouvelles Scènes de Dijon, l'un et l'autre couplés à un Festival, « Turbulences » et « Théâtre en mai ». Plus récemment, Jean-Claude Fall au TGP de Saint Denis, Emmanuel de Véricourt, responsable du Théâtre National de Bretagne à Rennes et du Festival « Emergences »,... emboîtaient le pas, pressentant l'importance du mouvement impulsé par ces dix, vingt, trente... metteurs en scène répartis sur la carte de l'Hexagone. C'est qu'ils ne sont pas timidement trois ou quatre à pointer leur nez !

Comment expliquer alors que, si quelques personnalités ont été épinglées, la lame de fond n'a pas été repérée plus tôt ? Arrimée à un véritable travail théâtral à Paris et en région, cette génération ne s'est pas voulue repérable. Mais surtout, elle n'avait pas été prévue au programme ! Sûrs de leur fait, les aînés affirmaient il y a trois ans à peine qu'aucune relève n'était visible. La génération qui, sur la lancée 68, avait rué dans les brancarts d'une décentralisation poussiéreuse et était parvenue progressivement à la direction des théâtres nationaux, centres dramatiques, maisons de la culture,... ne souhaitait pas passer le relais. Elle a généralement ignoré ces jeunes créateurs peu envieux de leur renommée, de leur succès, ou de leur position au sommet de l'institution. Surprise ! Les metteurs en scène âgés de vingt-cinq à quarante ans ne sèment pas dans les mêmes sillons. Aux idéalistes revendications politiques exprimées en leur temps par les aînés, ils opposent une éthique, une morale où le juste souci de l'individu rejoint le plaisir du compagnonnage, la solidarité. Le respect mutuel l'emporte chez eux sur le goût de la compétition. Beaucoup de ces jeunes sortis du Conservatoire ou de l'Ecole de Chaillot, formés aux arts plastiques ou à la philosophie, ont choisi d'investir des lieux inédits, telle la Fonderie habitée par le Théâtre du Radeau au Mans, lieux où ils tentent d'inventer de nouveaux modes de production, plus souples, et d'instaurer des formes de fonctionnement différentes, plus conviviales. Ils se défient des grandes théories, des mots réducteurs, des généralisations. C'est pourquoi ils n'aiment pas le mot « bandes » qui leur a été accolé. Ne s'acceptent-ils pas hétéroclites même s'ils pressentent qu'un fil effectivement les relie ? Comment comparer le travail de François Tanguy (Théâtre du Radeau) fondé sur un perpétuel questionnement du sens et de l'existence à l'explosive activité savoureusement machinée sur la place publique par Jean-Luc Courcoult et le Royal de Luxe ? Quels mots Bruno Meyssat (Théâtre du Shaman) dont les spectacles silencieux sont sculptés par la lumière adresserait-il à Catherine Anne (A Brûle-Pourpoint), auteur et metteur en scène de ses textes où les émotions de l'adolescence écorchent avec pudeur le corps et la voix des acteurs ? Les réalisations d'Eric Da Silva (Emballage Théâtre), jouant avec la langue et les corps, étrennent des textes contemporains ou torpillent les œuvres du répertoire tandis que les productions de Stéphane Braunschweig (Théâtre-Machine) scrutent les relations entre le sens et la structure d'une œuvre, généralement classique. Ancré à Dijon, Dominique Pitoiset (Cie Pitoiset) prône la « méchanceté » et la lecture polémique des œuvres. Chantal Morel (Equipe de Création Théâtrale) par contre, à Grenoble, est avant tout préoccupée par l'être humain que recèle l'acteur. Robert Cantarella (Cie des Ours) réitère son plaisir à lire les écritures contemporaines, notamment celle de Philippe Minyana. De leur côté, les deux compères de Grand Magasin, François Hiffler et Pascale Murtin, malmènent mots et objets avec une ironie assidue. Patrice Bigel (La Rumeur), clairement influencé par le cinéma, tresse une forme dramatique où texte, musique, scénographie et lumières sont étroitement associés. Et Serge Noyelle (Théâtre à Châtillon) ne déploie-t-il pas dans l'espace des acteurs-danseurs en un déplacement et une gestuelle chorégraphiques ? Chorégraphie et dialogue des corps différemment perceptibles dans la démarche d'un Eric Vigner (Cie Suzanne M).

Ces metteurs en scène et tant d'autres qu'il faudrait nommer ici, François-Michel Pesenti, Pascal Rambert, Eric Lacascade et Guy Alloucherie, Marc François, Christian Rist, Jean-Luc Lagarce, Roland Fichet, François Rancillac, Michel Cerda, Thierry Bédard, Olivier Py, Xavier Durringer, Didier-Georges Gabily... (seuls d'entre eux à ce jour, Christian Schiaretti, Stéphane Loïk et Agathe Alexis ont opté pour la direction d'un centre dramatique, respectviement celui de Reims, de Thionville et des Pays du Nord à Béthune) ont en commun de rejeter toute étiquette. Plus précisément, ce qui les rassemble est d'avoir tourné le dos aux productions gonflées de gros moyens, concoctées au sein de structures institutionnelles lourdes. D'avoir démystifié ces spectacles trop riches d'images – inutile et illusoire dessein de concurrencer le déversement médiatique ambiant ? –, spectacles lisses et achevés, fermés sur eux-mêmes, leur préférant l'impalpable présence et mouvance du théâtre. Pourvus de peu de ressources financières – jeunesse oblige ! –, restés fréquemment à l'écart de la capitale, ces créateurs, enfants d'une génération gavée de films, de pubs, de télévision et de vidéo, censée sonner le glas de l'art du théâtre, boude l'image cathodique. Et pique droit sur le plateau avec un bonheur non dissimulé. Farouchement. Comme on plonge en amour. Parce que l'élan est irrépressible. Ceux-là renouent aujourd'hui avec le plaisir des planches et l'artisanat du théâtre, effectuant un salutaire ouvrage de délestage. Chez eux en effet, il y a du jeu, dans toutes les acceptions du terme. Jeu manifeste de l'acteur, de la voix et du corps. Mais aussi jeu au sens d'une circulation. Des signes et des questions. Des peaux et des mots dans l'espace. Du vivant. Ici le théâtre a cessé de se prendre pour la place forte d'où partent de brillants messages adressés au monde. Redevenu lieu de la vulnérabilité, il s'avère l'endroit du détour, du suspens, de l'inachèvement. François Tanguy ne suggère-t-il pas : « Faire des feux et des signaux de brume, plutôt que baliser des autoroutes ? ». Retour au théâtre donc dans ce qu'il a de plus « intime », théâtre qui n'hésite pas à emprunter des ingrédients à d'autres disciplines, aux arts plastiques, au cinéma, à la danse, à la musique, et à les entrelacer. Mais jamais ces éléments n'éludent le corps de l'acteur présent en chair et en os sur le plateau. Couleur, rythme, montage, accélération, lenteur,... jouent avec celui-ci un continuel chassé-croisé. Cette mobilité rendue possible par un travail sur les interstices du sens et du geste, par une manière transversable d'être et de dire sur le plateau, conduit à repenser la notion de personnage et d'espace, l'idée même du théâtre qui s'était arrêtée et figée.

Un théâtre aussi que nombre de ces metteurs en scène tirent vers l'éhtique personnelle et parfois civique. Car si cette génération ne croit plus en la possibilité de changer le monde, elle n'est pas pour autant indifférente. « Nous ne perdons au fond que des illusions que nous n'avons pas eues et ne voulons pas être dupes de celle d'un monde lisse où seraient érodées tels des murs les anciennes aspérités. Il faut chercher à espérer autrement » a écrit Stéphane Braunschweig. C'est du quotidien qu'il est devenu question. De la faculté de se projeter sur une scène comme dans l'existence. D'un jour à l'autre, de manière non aplatissante. Des êtres vivants viennent encore prendre la parole au présent. Viennent livrer leurs hésitations, ne s'accommodant pas d'une adhésion molle. Par ce seul acte, il cassent le consensus, mettent en branle la pensée, ouvrent la responsabilité. Sans prendre appui sur un système, il incitent à regarder, à ressentir, à interroger la réalité « réfléchie » par le théâtre. Ne préparent-ils pas en ce sens depuis quelques années, forts d'une jeunesse décapante qui n'a pas encore pris la route des conformismes, les formes de résistance nécessaires pour les temps qui s'annoncent à venir... ?

Sabrina Weldman

LIVRES

VIENT DE PARAÎTRE AUX ÉDITIONS ACTES-SUD

Un colossal enfant

Nita Rousseau : « un homme secret »

« J'ai fait la connaissance de Marcel Maréchal lors de la tournée de Dom Juan à Berlin et à Prague : Berlin où le Mur venait de tomber, Prague au moment où Vaclav Havel arrivait au Château. Ensuite j'ai suivi son travail pendant deux ans. j'ai vu chaque spectacle au moins dix fois, de la salle, des coulisses, de l'avant-scène. J'ai assisté à des répétitions, à des filages. Je l'ai observé dans ses rapports avec les comédiens, dans ses façons de les diriger. Il a des moments bouleversants : quand il joue, c'est le bonheur, la jubilation ! En Puntila, il irradie le bonheur, il n'avait pas joué depuis plusieurs mois. Au moment de *L'enfer et compagnie*, la pièce de Jean-François Josselin, il a eu un coup de déprime après dix jours de représentations. Je lui ai dit : « C'est parce que tu ne joues pas, ils font l'amour sans toi ! » Il a vraiment besoin de la scène. Les fêlures et les bonheurs dont il nourrit son jeu m'intéressaient plus que le personnage public. Je trouve touchant son côté fada, généreux et loufoque. Par exemple quand il a demandé à Monseigneur de bénir sa maison, disant ensuite que c'était un truc de scénographe... Le projet d'écrire ce livre a pris corps très vite, il était dans l'air dès le retour de Prague.

Nos conversations ont eu lieu d'avril à octobre 1991. Auparavant j'ai lu tous les articles qu'il a écrit, ses entretiens, et j'ai relu ses trois auteurs fétiches : Audiberti, Guilloux, Vauthier. Ce sont ses pères spirituels, alors que son vrai père était, selon l'expression d'Audiberti, un "homme-bœuf", qui conduit de gros camions, qui est lié à la réalité ouvrière. Audiberti était un grand ogre joyeux et tendre, avec une sensibilité à vif, Maréchal aussi. Il cite Audiberti : "Tout blesse, tout pique, tout mord, tout fait mal" à propos de Robert Kanters qui le compare à Piéral. Le titre du livre – *Un colossal enfant* – est celui que Truffaut a donné à un article sur Audiberti pour qui il avait une passion. Maréchal a sollicité les trois écrivains, les a fait accoucher. Jean Vauthier est, encore, en train d'écrire une pièce pour lui.

C'est un homme secret, et même en croyant le connaître, j'ai été parfois surprise par sa sensibilité, sa fragilité. Ainsi quand il dit qu'il est devenu comédien pour oublier son corps. J'ai aimé cet itinéraire d'un gamin pataud devenu le Sganarelle que j'ai vu des coulisses : il semble voler sur scène, comme en état d'apesanteur. Je me suis intéressée à son enfance lyonnaise, à cet aspect familial qui, à ses débuts, le poussait à donner ses trois prénoms : Marcel, Louis, Noël. Je n'ai connu aucune autre troupe de théâtre qui forme une famille aussi chaleureuse. Cela tient à lui. Il est ouvert, chaleureux, tyrannique, il a un côté paterfamilias, chef de bande, "Parrain". Je le revois en train de saluer le public avec Pierre Arditi, je me souviens de son plaisir...

En même temps que ce livre, je publie mon premier roman, *Les iris bleus.*

Il y a eu des concordances entre les deux textes. C'est en relisant *Le mal court* que j'ai trouvé l'exergue de mon roman. Il y a, comme dit Camus, "un accord de la terre et du pied". J'ai un souvenir audibertien avec Maréchal. C'était la fin du printemps, nous rentrions en voiture de Cucuron. Marcel parlait d'Audiberti, "perspicace et émerveillé comme un enfant", des mots qui pourraient aussi s'appliquer à lui. Tout à coup il s'est arrêté pile , pour aller couper une branche de lilas. Puis nous sommes allés manger des fraises... Comme Truffaut de lui, Audiberti aurait pu dire de Maréchal qu'il était "un colossal enfant" ».

Propos recueillis par
BRUNO VILLIEN

DANS LA COLLECTION *ACTES-SUD PAPIERS*
DEUX PIÈCES DE FRANÇOIS BILLETDOUX
– *Pitchi Poï ou la parole donnée*
– *Appel de personne à personne*

THÉÂTRE ET OPÉRA

Depuis les années cinquante, les plus grands metteurs en scène de théâtre ont été attirés par l'opéra. Luchino Visconti, Giorgio Strehler, Raymond Rouleau, Jean Vilar, Jean-Louis Barrault ont signé des réalisations mémorables qui ont fait date. Lors de ces derniers mois, on a pu voir à Paris et en tournée trois spectacles dûs à des metteurs en scène chevronnés qui n'hésitent pas à se colleter avec des œuvres lyriques. Jean-Marie Villégier, André Engel et Dominique Quéhec se sont exprimés sur leur travail.

« Nous avons défini les grandes lignes de notre spectacle en écoutant *Atys* – dialogue et musique, si bien joints par Quinault et Lully – et en refusant de lire les indications scéniques fournies par le livret », dit Villégier, qui, en même temps qu'*Atys* à l'Opéra-Comique a monté *Phèdre* au TEP. « Aux six décors, aux machines, aux changements à vue requis par le livret, nous substituons un lieu unique, le lieu d'une solennité. Nous avons tenté de souligner ce qui nous paraît le plus original, le plus proche de la tragédie classique, qu'on oppose en général à la tragédie lyrique. La métrique de Quinault s'apparente à celle que Corneille avait essayée dans *Agésilas* ou *Psyché.* A Corneille, Quinault emprunte aussi une habitude qui remonte aux orgines de la tragédie française et même de la tragédie antique : il truffe son texte d'un grand nombre de maximes ou sentences morales. Reste à savoir si, conformément à la tradition qui veut que Lully se soit inspiré de la Champmeslé pour composer ses récitatifs, la musique d'*Atys* nous apprend beaucoup sur la déclamation de l'époque. Elle ne nous donnera une idée de cet art perdu que dans la mesure où nous en avons déjà une. Cette manière, quelle qu'elle ait été vers 1660, venait-elle d'être infléchie par Racine, admirable lecteur de ses propres œuvres ? Je ne pense pas que le récitatif de Lully soit un simple reflet de la parole. Cette musique prévoit d'être violentée par le théâtre. Le principe initial de mon travail consiste à prendre les personnages, les situations et les passions au sérieux – ou, plus justement, au tragique – et à les pousser au plus loin de leur violence, en passant par les corps vivants des acteurs et par l'espace ouvert à leurs mouvements. Le geste n'est rien en lui-même, que décoration. Il est tout s'il prend son élan dans les mouvements de l'âme. Mon intérêt pour ce théâtre d'une autre société est un désir de voyager. Je ressens le besoin, et aussi le devoir, de voyager dans le passé français ou plutôt dans le passé européen. Je ne cherche pas à rapprocher de nous le XVIIe siècle. Ce que je veux, c'est l'éloigner, le rendre encore plus exotique qu'il n'apparaît à la première lecture. Plus nous répétions *Atys*, plus le monde du Roi Soleil nous paraissait étrange et incompréhensible. L'ouvrage est conçu trois ans après la mort de Molière, à la veille du silence de Racine, au lendemain des grandes années de Corneille, au moment où la loi des genres va prendre le pas sur l'éclosion des œuvres. Ce que raconte fort bien Quinault, c'est le crépuscule de l'aristocratie, la décrépitude de Corneille. *Atys* n'est qu'un grand cérémonial funéraire, dans lequel la tragédie tend à remonter à sa source religieuse, à se ritualiser, à s'oublier en tant que théâtre pour verser dans la célébration commémorative. »

De *Lady Macbeth de Mzensk* qu'il monte à l'Opéra Bastille, André Engel pense que « c'est un opéra qui prend parti. L'œuvre est tour à tour belle, injuste, vulgaire, agressive. Elle a un caractère anarchiste dans sa fable, voire sa morale : lorsqu'on a entrevu la possibilité d'une vie meilleure, on ne saurait y renoncer, et ici cette possibilité, c'est l'amour, la sexualité. Elle est anarchiste aussi dans ses formes musicales qui commentent, raillent, exaspèrent, agressent. Chostakovitch a modifié la fable de Leskov, il a cherché la satire, la politique. La société, à travers les représentants les plus cupides, les plus envieux – les policiers, les convives, le balourd miteux – reprend ses droits sur Katerina. Dans la deuxième partie Chostakovitch fait appel à des techniques narratives différentes, proches du fantastique, du music-hall et du cinéma. Sa musique se charge de commenter, parfois ironiquement, certaines parties de la fable. Notre but n'est donc pas de redoubler cet effet qui est déjà présent dans la texture de l'œuvre mais de veiller à ce que cet humour soit correctement orienté. Chostakovitch a dit : « Ecrire une satire contre la satire ». La satire ne doit jamais se retourner contre les personnages mais toujours viser le social, non pas d'une façon morale, ni même accusatrice, mais agressive. Katerina met en avant des forces de vie qui apparaissent dangereuses aux yeux de la société. Chostakovitch a songé à la femme russe comme emblématique de la souffrance du peuple. Cette œuvre a été écrite par un jeune homme de vingt-six ans qui vivait dans un état politique à peine âgé de quinze ans. Il pouvait croire que tout était permis, qu'on en avait fini avec toute forme d'oppression. Un personnage qui est animé par des forces aussi évidentes ne peut être négatif, sauf du point de vue de la police et de l'État. D'ailleurs Staline ne s'y est pas trompé ! »

Dans l'amphithéâtre de l'Opéra Bastille, Dominique Quéhec met en scène les *Cinq Nô Modernes* de Mishima adaptés par Marguerite Yourcenar et mis en musique par Isabelle Aboulker. « Un jeune homme, Mishima, samouraï sans royaume, fou de gloire et d'amour, choisit de vieilles fables, celles du Nô traditionnel de son pays, les délie de leurs règles surannées pour en faire des brûlots chargés de l'incroyable vitalité de la passion lorsqu'elle hésite entre l'adolescence et la mort », commente Dominique Quéhec. « S'offre alors un monde nouveau où le mythe se confond avec les peurs du jour, l'embrasement nucléaire effaçant toutes les autres, et donne à l'obsession du sexe et du sang son parfum d'éternité, tel qu'en lui même le cycle des renaissances demeure. Cinq histoires, folles et bouleversantes, forment le récit d'un monde né à Hiroshima et dans lequel nous vivons encore. Il fallait toutes les ressources du théâtre, de la musique et de la danse pour porter ce poème à la température du feu qui le soutient et lui restituer, avec ses interprètes, la grâce orphique de son immortelle jeunesse. Nous n'avons pas seulement affaire à des textes, mais également à une tradition toujours vivante dont le témoignage qui nous est encore aujourd'hui offert ne peut pas ne pas se nourrir des scrupules et du sentiment d'une irréductible étrangeté.

DANIELLE CATTAND : De Jean-Louis Barrault à Pierre Bergé

Les débuts de Danielle Cattand n'ont rien à voir avec la scène : à seize ans elle va travailler avec sa grand-mère qui tient une boutique d'objets de piété place Saint-Sulpice. Elle y reste dix ans. Quand elle rencontre et épouse le comédien Gabriel Cattand, il fait partie de la Compagnie Renaud-Barrault et joue *Madame sans-gêne* au théâtre Sarah-Bernhardt. La jeune femme accompagne son mari lors de la grande tournée en Amérique du Sud, avec Madeleine Renaud, Simone Valère, Judith Magre, Jean Desailly, Jean Parédès… « Nous sommes partis en bateau, et je n'oublierai jamais la découverte de la baie de Rio à sept heures du matin. Au Brésil, en Argentine, en Equateur, nous étions reçus comme des princes, des messagers, dans la joie. La ville de Brasilia n'était pas terminée, il y avait d'énormes immeubles mais pas une voiture. La troupe jouait *Les fausses confidences*, une partie du *Soulier de satin*, et *Rhinocéros*. A Montevideo les décors et les costumes ont brûlé. Barrault, Valère, Desailly, Parédès et Gabriel sont allés à Tucuman jouer des extraits des spectacles de Jean-Louis, sans décors ni costumes : un succès fou ! En 1968 j'ai rencontré Annie Fargue qui avait produit *Hair* et *Jésus-Christ superstar*. J'ai été son assistante, puis son administratrice, avant qu'elle parte pour Los Angeles avec Michel Polnareff. Ensuite j'ai travaillé avec Antoine Bourseiller pour ses trois dernières années au théâtre Récamier. J'étais administratrice mais il m'arrivait aussi de tenir la caisse un soir, de m'ocuper de la publicité, des contrats avec les artistes… Je me souviens de l'actrice magnifique qu'était Chantal Darget, des mises en scène de Jourdheuil et de Claude Régy, des concerts de l'Ircam où il n'y avait pas trois chats… »

Le quartier de Saint-Sulpice commence à accueillir des boutiques de mode, et Yves Saint-Laurent cherche à s'y installer. Danielle Cattand vend à Pierre Bergé la boutique de sa grand-mère. Il a déjà produit *Equus* chez Renaud-Barrault quand il apprend que Jean-Claude Houdinière vend le Théâtre de l'Athénée. Par fidélité au souvenir de Louis Jouvet qu'il admirait, Pierre Bergé achète l'Athénée et loue la salle voisine, Edouard VII L'ouverture de l'Athénée se fait avec *L'aigle à deux têtes* qu'Ingrid Caven a répété une semaine avant de céder le rôle à Geneviève Page. A Edouard VII, Robert Hirsch joue *Le piège* puis *Deburau* de Sacha Guitry. Delphine Seyrig et Sami Frey reprennent *La bête dans la jungle*, Antoine Vitez ses quatre Molière. Jean Marais incarne le roi Lear, Colette Renard joue une pièce de François-Marie Banier, deux pièces de Marguerite Duras sont montées avec Bulle Ogier, Michel Lonsdale et Marie-France. « Pierre Bergé était le décideur artistique, je m'occupais de l'administration, de la publicité, des contacts avec les acteurs et les metteurs en scène. »

Passionné de musique, Pierre Bergé crée avec son associé Kim d'Estainville les « *Lundis musicaux* » : « Ils ont mis trois ans à démarrer. Le public n'est pas venu écouter des pianistes comme Mikael Rudy ou Michel Beroff. » Pierre Bergé décide de se spécialiser dans les récitals lyriques. Jessye Norman, Barbra Hendricks, Ruggero Raimondi, Placido Domingo triomphent. Des vétérans légendaires – Magda Olivero, Leyla Gencer, Boris Christoff – font d'ultimes apparitions. Parmi les débutants, Katia Ricciarelli et Lucia Valentini-Terrani sont acclamées, mais Nesterenko n'attire que cent cinquante personnes… Les « *Lundis* » se maintiennent pendant douze ans. Pierre Bergé, qui a trouvé l'Athénée en ruines, y a fait cinq millions de francs de travaux. Quand il donne le théâtre au Ministère de la Culture, il conserve les « *Lundis* » avec la nouvelle directrice, Josiane Horville. Danielle Cattand continue de s'occuper des « *Lundis* » tout en rentrant chez Renaud-Barrault pour succéder à Claire Duhamel, l'administratrice devenue conseillère cuturelle au Chili.

« J'avais toujours gardé des liens d'amitié avec les Barrault que je voyais pendant les vacances. J'ai passé neuf ans au Rond-Point, une belle expérience, qui m'a tout apporté. J'y ai découvert un mot oublié : « servir » en voyant ce couple servir le théâtre. Tout était joie, fête, même les spectacles les plus difficiles. J'ai appris le système des subventions, des comptes, j'ai découvert la fabrication des décors, car Jean-Louis expliquait beaucoup ses spectacles. » De nouvelles tournées vont en Russie, en Amérique du Nord. Danielle Cattand a retenu la leçon de mai 68 à l'Odéon : « Ne pas gémir et repartir ! » Elle admire l'évolution de Madeleine Renaud, qui passe de Marivaux à Beckett et Duras. Avec *Savannah bay* et *La musica*, elle s'émerveille de l'acuité du regard de l'écrivain dans le choix de ses interprètes : « Mon personnage, c'est Miou-Miou, réfléchis bien, je veux la voir », dit un jour Duras au téléphone. Dans *Le retour du désert* la drôle d'amitié entre Jacqueline Maillan et Bernard-Marie Koltès frappe Danielle Cattand, qui dit : « Koltès avait envie de joie ». Elle se souvient aussi de Simone Benmussa mettant en scène Sami Frey et Jean-François Balmer dans *Pour un oui, pour un non* de Nathalie Sarraute. De ses années au Rond-Point, elle garde « la force de persuasion de Jean-Louis quand il voulait monter un spectacle » et « l'acuité de la rencontre de Madeleine avec un rôle », comme celui de *L'amante anglaise.*

A l'Opéra Bastille, Danielle Cattand porte le titre de « directrice de la communication ». Elle a la responsabilité de toutes les publications externes, des campagnes de presse, des affichages, des rapports avec les journalistes. Elle doit aussi s'occuper de la communication interne et créer un journal approprié. Avec l'Opéra Garnier et la Bastille, les employés sont au nombre de mille trois cents : « un monde fou, des gens qui se croisent... Il faut créer des rencontres possibles. Je ne suis pas encore arrivée au but que je me suis fixé après neuf mois de présence. Mais j'ai été heureuse quand une employée de l'atelier des costumes est venue me demander le livret de *Lady Macbeth* de Chostakovitch. ». L'opéra fait de plus en plus appel à des metteurs en scène venus du théâtre : « L'opéra est un art qui doit être vu par tout le monde. L'époque des réalisations uniquement visuelles est révolue. Pour avoir une image de théâtre, il faut faire appel à des metteurs en scène de théâtre. Leur travail est très préparé par le directeur musical, le directeur des chœurs, les chefs de chant. Les metteurs en scène d'aujourd'hui ont une culture musicale plus poussée qu'autrefois. Pour l'œuvre de Chostakovitch, André Engel a un dramaturge, une équipe, il présente un spectacle très construit. La mise en scène d'opéra est plus difficile que celle de théâtre : elle demande technique et rapidité. Pas question de répéter six semaines ! Les chanteurs répètent d'abord avec les chefs de chant, les chœurs répètent de leur côté, puis c'est le tour du metteur en scène qui doit lutter pour tout refondre dans la musique. » Danielle Cattand admire la nouvelle génération d'interprètes qui n'ont peur de rien : « Dans *Lady Macbeth*, Jaques Trussel a la tête enfoncée dans un baquet plein d'eau, et dans *La flûte enchantée* vue par Robert Wilson, la Reine de la Nuit lançait son grand air perchée à trois mètres d'altitude ! Cela aurait été impensable il y a dix ou quinze ans ! »

Bruno Villien

« CINQ NÔ MODERNES », EN RÉPÉTITIONS ; MISE EN SCÈNE, DOMINIQUE QUÉHEC

auteurs

Mood Pieces
D'après l'œuvre de
TENNESSEE WILLIAMS
Adaptation et mise en scène
STUART SEIDE
Avec
Laura Benson
Claude Guyonnet
Loïc Houdré
Claire Lasne
Christiane Millet
Caroline Proust
Musique
Roger Abaji
Scénographie
Charles Marty
Costumes
Cécile Balme
Lumière
Gérald Karlikow
Bande son
Jacques André
Ingénieur du son
Philippe Heissler
Assistante à la mise en scène
Brigitte Foray
Directeur de production
JP Cochet-Terrasson
Producteur délégué
Le KHI Compagnie Stuart Seide
MOOD PIECES est une co-production
Le KHI - Théâtre de Suresnes Jean Vilar
Avec la participation du Jeune Théâtre National
Théâtre de Suresnes Jean Vilar
du 14 au 18 janvier
46 97 98 10

LE BONJOUR DE BERTHA
(Mood Pieces)

DE TENNESSEE WILLIAMS

adaptation et mise en scène de STUART SEIDE

a été créé au Théâtre Jean-Vilar de Suresnes le 14 janvier 1992
et repris ensuite au Théâtre de l'Atalante à Paris.

En publiant une pièce inédite de Tennesse Williams (adaptée par Stuart Seide pour son spectacle Mood pieces) *et* Crimes et cœur *de Beth Henley, représenté avec succès il y a quatre ans et non encore publié,* Acteurs *rend compte de la littérature dramatique du Sud américain.*
Outre la pièce de Tennessee Williams que l'on peut lire dans ce numéro, « Mood Pieces »*, spectacle composé par Stuart Seide, comprenait :* Je ne peux imaginer demain *et* Parle-moi comme la pluie, et laisse-moi écouter.

Stuart Seide : Mood Pieces

Trois brèves pièces de Tennesse Williams dialoguent, partagent le même espace et mettent en scène le parallélisme de plusieurs personnages. Ces pièces proviennent des recueils : *Vingt-sept remorques pleines de coton* et *Au pays des dragons.*

De ces trois titres, les deux derniers son inconnus en France : *Parle-moi comme la pluie et laisse-moi écouter...*, *Le bonjour de Bertha* et *Je ne peux imaginer demain.*

Célèbre surtout pour ses pièces en trois actes (que le cinéma américain a fait connaître mais dans des versions tronquées et déformées), Tennesse Williams est l'auteur d'une série de « morceaux d'atmosphère » ne durant souvent qu'un quart d'heure, et qui sont sans intrigue ni coup de théâtre. Ce sont des « nouvelles pour le théâtre ».

Ce dramaturge singulier nous a laissé un univers de personnages qui chantent la litanie de leurs peines, des laissés pour compte qui n'ont plus de place dans le monde qui est censé être le leur. Williams dans ces œuvres-là a réalisé un théâtre à la fois cru et poétique pour exprimer le lyrisme du sordide.

Mood pieces est donc une poétisation du réel, un parcours faisant appel à la musique et à la musicalité du parler « sudiste » de Williams qui a essayé de donner une voix à ceux qui sont oubliés, écrabouillés par les villes, à ceux qui rêvent et s'illusionnent. Malgré le mutisme auquel ils sont condamnés, ces personnages mènent une quête florentine de la beauté et de la compassion sensuelle au milieu de la laideur des bas-fonds urbains. Williams révèle les dernières gouttes d'espoir de ceux qui sont désespérés.

Comme Christopher Marlowe, qui a aussi su montrer des personnages se débattant avec l'abjection, Williams est un auteur pour qui la vie ressemble à ce que nous pouvons imaginer de l'enfer. Ses personnages vivent de longs moments de purgatoire et passent leur temps à parler d'un paradis perdu qu'ils n'ont parfois connu qu'en rêve. Rarement au théâtre a-t-on rendu sensible l'aspiration de Tennessee Williams à la transcendance. Rarement a-t-on rendu sensible l'aspiration de Tennessee Williams à la transcendance. Rarement a-t-on rendu visibles les envols de ces âmes qui veulent oublier leur médiocre corporalité.

Les œuvres qui composent Mood Pieces parfois se suivent, souvent s'entrecroisent. Dialogues et personnages font partie d'une fugue urbaine ponctuée de sons, denses mais discrets. Un guitariste solitaire est assis dans un lointain coin sombre.

STUART SEIDE

LE BONJOUR DE BERTHA

Mise en scène : Stuart Seide
Scénographie : Charles Marty
Costumes : Cécile Balme
Lumières : Gérald Karlikow
Bande son : Jean-Louis Valero et Jacques André
Musique originale composée et interprétée par : Roger Abaci
Directeur de production : Jean-Pierre Cochet-Terrasson
Producteur délégué : le KHI – Compagnie Stuart Seide

Distribution
Laura Benson (Goldie), Caroline Proust (Bertha)

Décor : une chambre dans « la Vallée », un quartier de prostitution le long d'une rivière à East St. Louis. Au centre se trouve un imposant lit de cuivre avec oreillers et couvertures en désordre sur lequel est couchée Bertha, une grande prostituée blonde, en état d'agitation. Une lourde commode démodée avec des boutons dorés recouverte d'un châle criard. Deux grandes poupées de foire sont contre le mur droit. A côté du lit, il y a une table basse avec des bouteilles de gin vides. Un grand nombre de journaux à sensations sont éparpillés par terre. Le papier-peint est d'une brillance grotesque – décoré d'énormes roses vives – ; il est déchiré et s'en va par endroits. Il y a de grandes taches jaunes au plafond, et, au milieu est suspendu un vieux lustre avec des pendentifs en verre rouge autour. Goldie entre par la porte de gauche. Elle porte une robe à deux pièces, sale, de satin noir et blanc, qui serre son corps maigre. Elle reste à la porte, fumant une cigarette, fixant avec impatience la silhouette prosternée de Bertha.

GOLDIE. Alors, Bertha, qu'est-ce que tu vas faire ? (*pas de réponse pendant un instant*).

BERTHA (*avec un petit gémissement*). Je ne sais pas.

GOLDIE. Il faut que tu te décides, Bertha.

BERTHA . Je suis trop fatiguée.

GOLDIE. Ce n'est pas une réponse, ça.

BERTHA (*en s'agitant fiévreusement*). Eh bien, c'est la seule réponse que j'aie. Tout ce que je veux, c'est rester couchée et réfléchir.

GOLDIE. Tu restes couchée là à réflechir ou à faire je ne sais quoi depuis deux semaines (*Bertha fait une remarque inaudible*). Il faut que tu prennes une décision. Les filles ont besoin de la chambre.

BERTHA (*avec un rire rauque*). Qu'elles la prennent !

GOLDIE. Elle ne peuvent pas avec toi couchée ici.

BERTHA (*elle frappe le lit*). Oh, Dieu !

GOLDIE. Ne te laisse pas aller, Bertha. (*Bertha s'agit de nouveau et gémit*).

BERTHA . Qu'est-ce que j'ai ?

GOLDIE. Tu es malade.

BERTHA. J'ai mal à la tête. Qui a foutu quelque chose dans mon verre hier soir ?

GOLDIE. On ne t'a rien foutu dans ton verre. Ça fait deux semaines entières que tu es couchée là, à délirer comme une folle. Ecoute, la chose raisonnable à faire, Bertha, serait de rentrer chez toi ou...

BERTHA. Je rentre nulle part. Je vais rester ici jusqu'à ce que je me remette sur pied. (*Elle détourne obstinément son visage*).

GOLDIE. La Vallée n'est pas un endroit pour une fille dans ton état. D'ailleurs, nous avons besoin de la chambre.

BERTHA. Laisse-moi tranquille, Goldie. Je veux me reposer un peu avant de recommencer à travailler.

GOLDIE. Bertha, il faut que tu te décides ! (*L'ordre reste lourdement suspendu dans l'ambiance excessivement ornée de la chambre pendant quelques secondes. Bertha tourne sa tête lentement vers Goldie*).

BERTHA (*faiblement*). Qu'est-ce que je devais décider ?

GOLDIE. La prochaine étape. (*Bertha la regarde en silence pendant quelques secondes*).

BERTHA. Il n'y en a pas. Maintenant, laisse-moi tranquille, Goldie. J'ai besoin de me reposer.

GOLDIE. Si je te laissais, tu resterais là, couchée, à ne rien faire jusqu'au jour du jugement dernier ! (*La réponse de Bertha est incompréhensible*). Ecoute ! Si tu ne te décides pas tout de suite, je vais appeler une ambulance pour venir te chercher ! Alors il vaut mieux que tu te décides maintenant.

BERTHA (*son corps se raidit à cette menace*). Je ne peux rien décider. Je suis trop fatiguée-épuisée.

GOLDIE. D'accord ! (*Elle ouvre brusquement son sac à main et en retire une pièce de monnaie*). Je vais prendre cette pièce et téléphoner tout de suite. Je vais dire aux types que nous avons une fille malade ici qui dérape complètement.

BERTHA. Vas-y ! Je me fiche de ce qui pourrait m'arriver maintenant.

GOLDIE (*changeant de tactique*). Pourquoi tu n'écris pas une autre lettre, Bertha, à cet homme qui vend… de la quincaillerie, ou quelque chose comme ça, à Memphis ?

BERTHA (*soudainement alerte*). Charlie ? Ne salis pas son nom avec ta langue pourrie.

GOLDIE. Tu n'as pas à me parler comme ça. Je te garde ici par pure gentillesse et toi tu ne rapportes plus l'ombre d'un rond depuis deux semaines ! Où serais-tu… ?

BERTHA. Charlie est un vrai… une vraie douceur. Charlie est un… (*Sa voix finit dans un murmure sanglotê*).

GOLDIE. Et alors ? C'est justement pour ça qu'il faut lui écrire, pour qu'il te sorte de ce pétrin dans lequel tu te trouves, Bertha.

BERTHA (*secouée*). Je ne luis demanderai plus un sou ! Compris ? Il m'a totalement oubliée, mon nom, et tout le reste. (*Elle passe sa main lentement sur son corps*). Quelqu'un m'a charcutée pendant que je dormais.

GOLDIE. Ne te laisse pas aller, Bertha. Si cet homme a de l'argent, peut-être qu'il t'en enverra pour t'aider à te remettre sur pied.

BERTHA. Bien sûr qu'il a de l'argent. Il tient une quincaillerie. Je suis bien placée pour le savoir, j'y ai travaillé ! Il me disait, ma fille, si jamais tu as besoin de quelque chose tu n'as qu'à le dire à Charlie… On passait de bons moments, tous les deux, dans cette arrière-boutique !

GOLDIE. Je te parie que lui non plus, il n'a pas oublié.

BERTHA. Il a appris toutes les mauvaises choses que j'ai faites depuis que je l'ai quitté, depuis que je suis venue à Saint-Louis. (*Elle frappe le lit deux fois avec sa paume*).

GOLDIE. Pas du tout, Bertha. Je te parie qu'il ne sait rien du tout. (*Bertha rit faiblement*).

BERTHA. C'est toi qui lui a écrit des choses. Toutes les saletés que tu pouvais imaginer sur moi ! Ta sale langue jacasse si vite que…

GOLDIE. Bertha ! (*Bertha marmonne une vulgarité*). J'ai été une bonne amie pour toi, Bertha.

BERTHA. De toute façon, il est marié maintenant.

GOLDIE. Tu n'as qu'à lui écrire un petit mot sur une carte postale et lui dire que tu as eu quelques mauvais coups. Rappelle-lui ce qu'il t'a dit : qu'il t'aiderait si jamais tu en avais besoin, hein ?

BERTHA. Laisse-moi un peu, Goldie. Je me sens horriblement mal foutue en ce moment.

GOLDIE (*elle avance de que quelques pas en regardant Bertha d'un œil plus sévère*). Tu veux voir un médecin ?

BERTHA. Non. (*Pause*).

GOLDIE. Un prêtre ? (*Bertha s'accroche au drap et le tire vers elle*).

BERTHA. Non !

GOLDIE. Tu es de quelle religion, Bertha ?

BERTHA. Aucune.

GOLDIE. J'ai cru que tu avais dit une fois que tu étais catholique.

BERTHA. Peut-être bien. Et alors ?

GOLDIE. Si tu pouvais t'en souvenir, nous pourrions peut-être obtenir des bonnes sœurs, ou des gens comme ça, une chambre comme celle qu'a eue Rose Kramer, … où tu pourrais te reposer et retrouver tes forces… hein, Bertha ?

BERTHA. Je ne veux pas de bonne sœur ! Je ne veux rien… Je veux seulement que tu me laisses tranquille ici pendant que je me repose.

GOLDIE. Bertha, tu es… très malade, Bertha !

BERTHA (*après une petite pause*). Très ?

GOLDIE. Oui, Bertha. Je ne veux pas te faire peur mais…

BERTHA (*d'une voix rauque*). Tu veux dire que je suis en train de mourir ?

GOLDIE (*après avoir réfléchi un moment*). Je n'ai pas dit ça. (*Il y a une autre pause*).

BERTHA. Non, mais c'est ce que tu pensais.

GOLDIE. Il faut penser à l'avenir, Bertha. On ne peut pas laisser aller les choses.

BERTHA (*essayant de s'assoir*). Si je suis en train de mourir je veux écrire à Charlie. Je veux lui dire certaines choses.

GOLDIE. Si tu veux te confesser, ma cocotte, je pense qu'un prêtre serait...

BERTHA. Non, pas de prêtre ! Je veux Charlie !

GOLDIE. Charlie est à Memphis. Il a à s'occuper de son affaire de quincaillerie.

BERTHA. Oui. Sur Central Avenue. Numéro 563.

GOLDIE. Moi, je vais lui écrire et lui dire dans quel état tu es, d'accord, Bertha ?

BERTHA (*après un moment de réflexion*). Non... Ecris-lui seulement que j'ai dit bonjour. (*Elle tourne son visage vers le mur*).

GOLDIE. Il faut que je dise plus que ça, Bertha.

BERTHA. C'est tout ce que j'ai à lui dire. Tu as le bonjour de... Bertha.

GOLDIE. Ça ne veut rien dire, tu le sais bien.

BERTHA. Bien sûr que si. Cher Charlie, tu as le bonjour de Bertha avec tout son amour. Ça veut dire quelque chose, non ?

GOLDIE. Non !

BERTHA. Mais si.

GOLDIE (*elle se retourne vers la porte*). Il vaut mieux que je téléphone à l'hôpital pour qu'on envoie les types avec leur ambulance.

BERTHA. Non, ne fais pas ça ! Je préférerais mourir plutôt que ça.

GOLDIE. Au point où tu en es, tu ne peux pas rester dans la Vallée, Bertha. Une fille dans ton état a besoin qu'on s'occupe d'elle sérieusement, sinon n'importe quoi pourrait arriver. (*Dehors, dans la salle de réception, quelqu'un a mis en marche le jukebox. Il joue « The St Louis Blues ». Une voix mâle rauque chante le refrain. Il y a un éclat de rire et une porte qui claque*).

BERTHA (*après une petite pause*). Tu peux le dire, ma belle. (*Elle hausse les épaules*). Je connais les règles du jeu ! (*Elle fixe Goldie avec des yeux brillants, distants*). Quand tu es out, tu es out et tu ne peux plus te refaire ! (*Elle hoche la tête et se couche lentement de nouveau. Elle noue ses doigts et frappe le lit plusieurs fois ; puis sa main se détend et glisse le long du lit*).

GOLDIE. Ecoute, ne te laisse pas aller, Bertha, et je vais te faire installer dans une salle bien propre et agréable où tu auras de bons repas et un lit confortable où tu pourras dormir.

BERTHA. Où je pourrai mourir, tu veux dire ! Aide-moi à sortir de ce lit ! (*Elle lutte pour se lever*).

GOLDIE (*elle vas vers elle*) Ne t'excite pas, Bertha.

BERTHA. Aide-moi à me lever. Veux-tu ! Où est mon kimono ?

GOLDIE. Bertha, tu n'es pas en état pour te promener hors du lit !

BERTHA. Tais-toi, espèce de croque-mort ! Envoie-moi Lena. Elle me donnera un coup de main.

GOLDIE. Qu'est-ce que tu as décidé de faire, Bertha ?

BERTHA. De partir.

GOLDIE. Où ?

BERTHA. C'est mon affaire.

GOLDIE (*après une pause*). Bon, je vais appeler Lena. (*Bertha s'est péniblement levée et chancèle vers la commode*).

BERTHA. Attends une minute, toi ! Regarde sous le plateau, où il y a mon peigne et ma brosse. (*Elle s'enfonce, haletante, dans son rocking-chair*). Tu y trouveras cinq dollars.

GOLDIE. Bertha, tu n'as pas d'argent sous le plateau.

BERTHA. Tu veux dire que je suis fauchée ?

GOLDIE. Ça fait dix jours que tu es fauchée, Bertha. Depuis que tu es tombée malade tu n'a plus d'argent.

BERTHA. Tu es une menteuse !

GOLDIE (*en colère*). Arrête de me traiter de tous les noms, Bertha ! (*Elles se regardent fixement. Une fille habillée en vêtements de gym satinés apparaît à la porte et jette un coup d'œil curieux. Elle fait un grand sourire et disparaît*).

BERTHA. Amène-moi Lena. Elle ne me roulera pas.

GOLDIE (*allant vers la commode*). Ecoute, Bertha. Si ça peut te satisfaire... Tu vois, sous le plateau ? Il n'y a rien... sauf une vieille carte-postale que Charlie t'avait envoyée.

BERTHA (*lentement*). On m'a volée. Oui, on m'a volée. (*Avec une rapidité croissante*). Simplement parce que je suis trop malade pour m'occuper de moi-même, je me fais voler ! Si j'avais toutes mes forces, tu sais ce que je ferais ? Je démolirais cette baraque ! Je retrouverais l'argent que tu m'as volé ou je le prendrais de ta peau, espèce de vieille...

GOLDIE. Bertha, tu a dépensé ton dernier sou. Tu as acheté du gin avec.

BERTHA. Non !

GOLDIE. C'était mardi soir, le soir où tu es tombée malade, tu t'es achetée une bouteille de gin cette nuit-là. je te le jure, Bertha !

BERTHA. Je ne te croirais pas si tu étais sur ton lit de mort, la main sur la bible ! Fais venir Lena ! C'est un coup monté ! (*Elle se lève et chancelle jusqu'à la porte*) Lena ! Lena ! Appelle-moi la police !

GOLDIE (*inquiète*). Non, Bertha !

BERTHA (*encore plus fort*). APPELLE-MOI LA POLICE ! (*S'effondrant faiblement contre la porte, elle sanglote amèrement et couvre ses yeux avec une main. Le jukebox se remet en marche. On entend le bruit de danseurs à côté*).

GOLDIE. Bertha, calme-toi. Tiens-toi tranquille.

BERTHA (*se retournant vers elle*). Arrête de me dire d'être calme, vieille pute. Appelle-moi la police vite ou je vais... ! (*Goldie l'attrape par le bras et elles luttent mais Bertha se libère*). Je vais déclarer ce vol à la police même si c'est la dernière chose que je fais ! Tu volerais les pièces de monnaie sur les yeux d'un nègre mort, voilà combien tu es généreuse ! Tu entres ici et tu essaies de me faire fondre avec tes histoires de prêtres et de confessions et... APPELLE LA POLICE ! (*Elle frappe le mur, et sanglote*).

GOLDIE (*démunie*). Bertha, un bon calmant te ferait beaucoup de bien. Recouche-toi chérie, et je vais t'apporter un double calmant et une boîte d'aspirine.

BERTHA (*rapidement, les yeux fermés, tête en arrière et poings serrés*). Tu vas m'apporter mes 25 dollars que tu m'as volés et qui étaient sous le plateau avec mon peigne et ma brosse !

GOLDIE. Ecoute, Bertha...

BERTHA (*sans changer de position*). Tu vas me les rapporter ou je vais te poursuivre en justice ! (*Ses lèvres tremblent et un filet de salive glisse sur son menton ! Elle reste debout comme une personne dans une transe catatonique*). J'ai des amis dans cette ville. Des huiles (*avec exultation*), des avocats, des hommes politiques ! Je l'emporterais contre n'importe quelle putain d'accusation qu'on essaie de me coller ! (*Ses yeux s'écarquillent*). Mendicité, hein ? Tu veux rire ? J'ai mes droits constitutionnels ! (*Ses rires s'éteignent et elle titube vers la chaise à bascule dans laquelle elle s'enfonce. Goldie la regarde avec stupeur. Puis se glissant devant Bertha avec précaution, elle franchit la porte, le souffle coupé de peur*).

BERTHA. Oh, Charlie, Charlie, tu étais si doux, si doux ! (*Sa tête se balance et elle sourit avec douleur*). Tu m'as joué plus de sales coups que je ne pourrai jamais compter, Charlie... Tu m'as plaquée pour une petite chanteuse d'église... Oh, Dieu ! Je t'aime tellement que ça me déchire le ventre quand je regarde ton sacré visage sur la photo ! (*Son extase s'efface et le regard soupçonneux de la schizophrénie réapparait*). Où est-ce qu'elle est, cette garce ? Où sont mes 10 dollars ? Eh, TOI !! Reviens tout de suite avec cet argent ! Je te fendrai le crâne si jamais je te trouve en train de mettre les pattes sur du fric qui m'appartient ! ... Oh, Charlie... J'ai mal à la tête, Charlie. Non, mon amour. Ne sors pas ce soir. (*Elle se lève de la chaise à bascule*). Eh, toi ! Apporte-moi de la glace pour ma tête... Elle me fait mal. J'ai une sacrée gueule de bois, chéri ! (*Elle rit*).

BERTHA. Mendicité, hein ? Mendicité, mon cul ! Appelle mon avocat. J'ai des relations dans cette ville. Oui. Ma famille détient la moitié du pétrole dans l'état-de-Nevada. (*Elle rit*). Oui, c'est une bonne blague, hein ? (*Lena, une juive brune, habillée d'un short et blouse de satin rose, entre par la porte. Bertha la regarde avec des yeux à moitié ouverts*). Qui es-tu ?

LENA. C'est moi, Lena.

BERTHA. Oh, Lena, hein ? Assieds-toi un peu, et que tes jambes profitent d'un repos bien mérité. Prends une cigarette, chérie. Je ne me sens pas très bien. Il n'y a pas de cigarettes ici. Goldie les a prises. Elle me prend tout ce que j'ai. Assieds-toi et... prends une...

LENA (*dans le cadre de la porte*). On m'a dit que tu ne te sentais pas très bien ce soir, alors je me suis dit que je pourrais te faire une petite visite.

BERTHA. Oui, c'est drôle, hein ? Ça va. Je me remettrai au boulot ce soir. Tu peux en être sûre. On peut toujours compter sur moi, hein, ma petite ? Tu m'as déjà vue abandonner ? Je manque peut-être d'un peu de chance en ce moment, mais... c'est tout ! (*Elle prend une pause, comme si elle attendait une réaction*). C'est tout, n'est-ce pas, Lena ? Je suis pas vieille. Je suis toujours belle. N'est-ce pas ?

LENA. Bien sûr, Bertha. (*Il y a une pause*).

BERTHA. Alors, qu'est-ce que tu as à sourire comme ça ?

LENA. Je ne souris pas, Bertha.

BERTHA (*elle sourit un peut, elle-même*). Je pensais que peut-être tu trouves ça drôle quand je dis que je suis toujours belle.

LENA (*après une pause*). Non, Bertha. Tu te trompes sur moi.

BERTHA (*la voix rauque*). Ecoute, mon chou, je connais le maire de ce petit bled maudit. Lui et moi, nous sommes comme ça. Tu vois ? Je peux me tirer de n'importe quelle accusation qu'on essaye de coller sur moi. Alors, je m'en fous. Mendicité, hein ? Ça me fait drôlement rire ! Cherche-moi mon sac de voyage, veux-tu, Lena ? Où est-il ? On m'a foutu dehors d'endroits bien plus chics que celui-ci. (*Elle se lève, se traine à travers la pièce presque en transe, puis s'effondre sur le lit. Lena s'approche du lit*). Mon Dieu, je suis trop fatiguée. Je vais juste me coucher jusqu'à ce que ma tête arrête de tourner…

(*Goldie apparaît à la porte. Elle et Lena échangent des regards signifiants*).

GOLDIE. Alors, Bertha, as-tu enfin décidé ?

BERTHA. Décidé quoi ?

GOLDIE. Ce que tu vas faire.

BERTHA. Laisse-moi. Je suis trop fatiguée.

GOLDIE (*légèrement*). Eh bien, j'ai appelé l'hôpital, Bertha. Ils envoient une ambulance pour te chercher. Ils vont te mettre dans une salle bien propre.

BERTHA. Dis-leur de me jeter à la rivière pour économiser l'argent public. A moins qu'ils aient peur que je pollue l'eau. Je suppose qu'ils seront obligés de m'incinérer pour empêcher que l'infection se répande. Le seul moyen sûr de se débarasser des restes de Bertha. Quelle blague, non ? Regarde-la, cette pute qui s'appelle Goldie. Quel grand cœur, hein ? Ça, c'est drôle. Ce n'est qu'un grand cul. La vieille figue qui s'amène ici en parlant tout doucement, disant qu'elle va faire venir un prêtre, et me foutre à l'hospice. Pas moi. Rien de tout ça pour moi, je peux te l'assurer !

GOLDIE (*avec une fureur maîtrisée*). Fais attention à ce que tu dis. Ils te mettront dans une camisole de force !

BERTHA (*soudainement elle se lève*). Fous le camp ! (*Elle jette un verre à Goldie qui crie et sort en courant. Bertha se retourne ensuite vers Lena*). Assieds-toi, je vais te dicter une lettre. Il y a du papier sous cette poupée-là.

LENA (*regardant sur la commode*). Non, il n'y en a pas, Bertha.

BERTHA. Il n'y en a pas ? On m'a même volé ça ! (*Lena va à la table près du lit et prend un bloc de papier*).

LENA. J'ai trouvé une feuille, Bertha.

BERTHA. Bien. Ecris une lettre. A Monsieur Charlie Aldrich, propriétaire de la grande quincaillerie de la ville de Memphis. Tu as noté tout ça ?

LENA. Quelle est l'adresse, Bertha ?

BERTHA. Le 563 Central Avenue. Ça y est ? Oui, c'est bien ça. Monsieur Charlie Aldrich. Cher Charlie. La municipalité a l'intention de m'enfermer dans la maison des cinglés. Sur une accusation de responsabilité criminelle sans procès légal. Ça y est ? (*Lena arrête d'écrire*). Et je suis aussi saine d'esprit que toi en ce moment, Charlie. Je n'ai aucun problème avec mes étages supérieurs, et je n'en aurai jamais jamais. Ça y est ? (*Lena baisse la tête et fait semblant d'écrire*).

BERTHA. Alors, viens tout de suite, Charlie, et sors-moi d'ici, chéri, en souvenir du bon vieux temps passé. Gros bisous, ton amour depuis toujours, Bertha. Attends, Mets un post-scriptum et dis, comment vont ta femme et tes… Non ! Raye-moi ça ! Ça n'a pas de place là-dedans. Raye-moi tout ça, toute cette foutaise ! (*Il y a un silence pénible. Bertha soupire et se retourne lentement sur le lit, poussant en arrière ses cheveux mouillés*).

BERTHA. Prends une feuille vierge. (*Lena se lève et arrache une autre feuille du bloc. Une autre fille passe sa tête par la porte*).

LA FILLE. Lena !

LENA. J'arrive.

BERTHA. Ça y est ?

LENA. Oui.

BERTHA. C'est bien. Maintenant dis simplement ceci. Charlie, tu as le bonjour de Bertha… à… avec tout son amour. Ça y est ? Ça y est ? Charlie, tu as le bonjour de Bertha…

LENA (*elle se lève et arrange sa blouse*). Oui.

BERTHA. Avec tout… son amour… (*La musique dans le salon recommence*).

Rideau

du
1er OCTOBRE
au
20 DÉCEMBRE
1991

MICHEL BOUQUET - JULIETTE CARRÉ - JACQUES SPIESSER

LE MAÎTRE DE GO

KAWABATA
ADAPTATION : PHILIPPE FAURE
MISE EN SCÈNE : JEAN-PAUL LUCET

---

du
15 NOVEMBRE
1991
au
31 MAI 1992

ANOUK AIMÉE - BRUNO CREMER

LOVE LETTERS

A.-R. GURNEY
ADAPTATION : A. TOGNETTI ET C. BAIGNÈRES
MISE EN SCÈNE : LARS SCHMIDT

---

du
15 JANVIER
au
31 JUIN
1992

JACQUES VILLERET

LA CONTREBASSE

PATRICK SÜSKIND
ADAPTATION : BERNARD LORTHOLARY
MISE EN SCÈNE : PHILIPPE FERRAN

---

du
1er NOVEMBRE
au
20 DÉCEMBRE
1991

LAURENT TERZIEFF

RICHARD II

SHAKESPEARE
ADAPTATION NOUVELLE : ROMAIN WEINGARTEN
MISE EN SCÈNE : YVES GASC

---

du
20 JANVIER
au
31 MARS
1992

LAURENT TERZIEFF - PASCALE DE BOYSSON

L'HOMME ASSIS

JEAN-LOUIS BAUER
MISE EN SCÈNE : YVES GASC

THÉÂTRE DE L'ATELIER ● **TÉL. : 16 (1) 46.06.19.89**

auteurs

THEATRE DE LA POTINIERE
ELISABETH DEPARDIEU
ANN-GISEL GLASS
TONIE MARSHALL
CRIMES DU CŒUR
de BETH HENLEY
adaptation française
PIERRE LAVILLE
mise en scène
FRANÇOIS BOURGEAT
ANNIE LE YOUDEC
RICHARD LUCAS
JEAN-PAUL BORDES
Décor
ALAIN BATIFOULIER
Costumes
NATHALIE HOLT
Musique
DOMINIQUE PROST
Lumières
FRANÇOIS CARTON
7, rue LOUIS-LE-GRAND 75002 Paris Métro : OPÉRA Tél. 42.61.44.16
SOIRÉE à 21 h (Relâche DIMANCHE soir et LUNDI) MATINÉES : SAMEDI 18 h, DIMANCHE 15 h

CRIMES DU CŒUR

DE BETH HENLEY

Adaptation française de Pierre Laville

Mise en scène : FRANÇOIS BOURGEAT
Décor : ALAIN BATIFOULIER
Assisté de CHRISTINE HUET
Costumes : NATHALIE HOLT
Musique : DOMINIQUE PROBST
Lumière : FRANÇOIS CARTON

Distribution
Lenny : ELISABETH DEPARDIEU
Babe : ANN-GISEL GLASS
Meg : TONIE MARSHALL
Chick : ANNIE LE YOUDEC
Barnette : JEAN-PAUL BORDES
Doc : RICHARD LUCAS

Création au Théâtre de la Potinière (direction FELIX ASCOT) le 17 octobre 1987

Merveilleuse humanité

Crimes du cœur raconte un moment de grâce, un de ces moments que les dieux, prenant en pitié notre affolement et le flux guerroyant de nos jours, nous accordent pour nous donner une chance de nous réconcilier avec nous-mêmes.

Votre agenda est bourré jusqu'à la gueule, pas une minute à vous, pas une seconde, et il y a la famille, les enfants, les dettes, les amis, les amours, ravages et ratures, et la carrière, le stress, la réussite, ou l'inverse, c'est pareil, la glissade, la paumaison, et l'on croit construire alors qu'on se détruit, et l'on croit avancer alors qu'on ne cesse de reculer, de se séparer chaque jour un peu plus de soi-même. Et puis un matin, vlan ! un télégramme, et vous voilà transporté à cinq cents kilomètres de là, dans un village qui sent encore le foin ou la pomme, assis tout raide dans la petite cuisine aux murs jaunasses où la famille endimanchée s'est réunie, événement oblige. Et reviennent les bruits d'avant, les odeurs, les blessures, tout ce qu'on a gommé pour avancer, et qui se mêle à l'émotion de retrouver le visage oublié d'un frère ou d'une sœur, mon Dieu, comme tu as vieilli... Et l'on découvre que le temps vous a échappé dont on se croyait vainqueur. Et le soir, dans le vieux lit en bois, alors que par la fenêtre montent les parfums d'autrefois, voilà que les fantômes du passé, malicieusement, se glissent près de vous, comme s'ils avaient senti qu'ils pouvaient reprendre leur place, que les remparts que vous aviez si patiemment élevés pour vous protéger de la mémoire tombaient, l'un après l'autre, et vous laissaient sans défense, à la merci des souvenirs. Penchés au-dessus de vous, les dieux attendent. Saura-t-il, le petit homme, saisir la chance (la dernière ?) que nous lui offrons ? Saura-t-il enfin accueillir sa mémoire, et s'accepter démuni, au plus pauvre de lui ?

C'est cela, pour moi, *Crimes du cœur*, ce qui me rend si proche l'histoire de ces trois sœurs qui reviennent dans la maison de leur enfance, hantées par un passé qu'elles se sont acharné à oublier. Oublier le père parti, la mère pendue dans la cave, le chat à ses côtés, un vieux chat jaune, pendu lui aussi, parce qu'au dernier moment elle avait eu peur d'entrer seule dans la mort. Lenny, l'aînée, à qui l'on dit qu'elle ne pourra jamais avoir d'enfant, qui l'a cru et qui, depuis ce jour, vit dans la peur d'aimer. Meg, partie faire la chanteuse à Hollywood après un amour raté, et qui se retrouve sans voix, rivée à la chaîne d'une usine d'aliments surgelés pour chiens. Babe, la plus jeune, presqu'une enfant, adulée, adorable, qui s'est mariée à un sénateur et vient de lui tirer une balle dans le ventre. Toutes trois sentent bien qu'elles sont mal embarquées et qu'elles ne s'en tireront qu'en acceptant enfin leur mémoire. Ce qu'elles vont faire, légères, entre fous-rires et tendresse, au long de cette journée de grâce qu'elles vivent devant nous.

Merveilleuse journée. Merveilleux acteurs dont je garde un souvenir amoureux : Elisabeth, Ann Gisel, Tonie, Annie, Jean-Paul, Richard... Sans oublier l'amicale inquiétude de Félix Ascot sans qui rien ne se serait fait. Et pour rester sur cette note heureuse (une fois n'est pas coutume), je voudrais citer ces quelques lignes que Jean Mambrino écrivait sur la pièce à sa création et qui disent bien, je crois, les secrets de son charme : « Tout étincelle ici, et vibre, et vole à chaque instant, les drames se transforment en féerie, le sordide prend les allures du conte, une légèreté exquise métamorphose le pire en lumière. Malgré les ombres terribles du passé, ces trois jeunes femmes semblent n'habiter que le présent, ne toucher le temps que de la pointe du pied, danseuses de leurs destinées, invulnérables dans leurs blessures, effleurant la boue et l'échec qui ne peut les retenir. Elles sont toujours en fuite, et pourtant si présentes, si délicieusement proches de nous. C'est là une sorte de petit miracle, de l'ordre de la poésie. Difficile à analyser, car malgré la vivacité des paroles et des gestes, ce n'est pas le brillant qui domine, ni le brio. Plutôt une sorte de pudeur enfantine au cœur des éclats de rire, des coups de cœur. Il semble que l'essentiel ne soit pas dit, que la gravité du destin devienne transparence, presque insouciance, la tendresse infiniment légère, un secret inconnu. Je songeais à Miranda, à son humour extasié devant les ratages et le gâchis des pauvres humains : « *How beautiful mankind is.* Merveilleuse humanité ! »

François Bourgeat

CRIMES DU CŒUR

ACTE I

Le seul décor de la pièce est la cuisine de la maison des sœurs MaGrath à Hazlehurst, Mississipi, dans une petite ville du sud des États-Unis. La cuisine à l'ancienne, un peu désuète, est exceptionnellement spacieuse ; elle semble pourtant très encombrée, tout y est anachronique. Il existe quatre entrées et sorties : la porte arrière sur la cour, donnant directement accès au dehors ; la porte conduisant à la salle à manger et à l'entrée principale, une porte ouvrant sur la chambre à coucher, et à l'escalier permettant d'accéder à la chambre au premier étage. Au centre de la pièce, une table. Cela se passe à l'automne, cinq ans après le passage de l'ouragan Camille, qui dévasta le sud des États-Unis.

La lumière monte sur la cuisine vide. C'est la fin de l'après-midi. Lenny MaGrath, le visage rond, entre par la porte de la cour, portant une valise blanche, un étui à saxophone et un sac en papier brun. Elle se débarrasse de la valise et de l'étui à saxo, puis se dirige vers la table et y dépose le sac en papier. Après un bref coup d'œil vers la porte, elle s'empare de la boîte à gâteaux sur l'étagère, des allumettes sur la cuisinière, pose le tout sur la table. Avec excitation, elle fouille dans le sac de papier et en extrait un paquet de bougies d'anniversaire, qu'elle ouvre et dont elle sort une bougie. Elle veut enfoncer la bougie dans un gâteau, mais ça ne tient pas ; elle l'enfonce à nouveau, mais le gâteau résiste et s'effrite. Frénétiquement, elle sort de la boîte un second gâteau. Elle allume une allumette, et chauffe la base de la bougie pour que de la cire coule sur le gâteau. Ce qui la fait sourire ; on entend la voix de Chick, off.

VOIX DE CHICK. Lenny ! Eh, Lenny !

Lenny souffle rapidement la bougie, et fourre bougie et gâteau dans la poche de sa robe. Chick entre par la porte de la cour. C'est une matrone déjà, habillée de couleurs vives, très blonde, les lèvres écarlates.

CHICK. Bonjour !

LENNY. Bonjour.

CHICK. Alors, tu as lu les journaux ?

Lenny fait signe que oui.

CHICK. C'est affreux ! C'est vraiment affreux ! Comment vais-je pouvoir continuer à garder la tête haute dans cette ville. Est-ce que tu as pensé à mes collants ?

LENNY. Ils sont dans le sac.

CHICK. Merci mon Dieu. Au moins je n'irai pas me montrer avec des collants troués. *(Chick prend le sac, et pendant tout ce qui suit ôtera son collant troué et en enfilera un autre. Il y a quelque chose de vaguement grotesque dans cette femme changeant de collants dans la cuisine.)*

LENNY. Oncle Waston a téléphoné ?

CHICK. Deux fois. Papa m'a appelée deux fois. Il dit que Babe va pouvoir rentrer à la maison. Il faut vite qu'on aille la chercher, avant que ces crétins changent d'avis.

LENNY *(hésitant)*. Oui, bien sûr, mais...

CHICK. Quoi ?

LENNY. Je voudrais être là ; si par hasard, Meg téléphonait...

CHICK. Meg ?

LENNY. Oui, je lui ai envoyé un télégramme, pour la prévenir que Babe...

CHICK. Un télégramme ?! Tu ne pouvais pas lui téléphoner ?

LENNY. Son téléphone est en dérangement.

CHICK. En dérangement ?

LENNY. Coupé. Je ne sais pas.

CHICK. C'est bien le genre de Meg. Ça me serre. Tu es sûre de les avoir pris à ma taille ?

LENNY *(vérifiant sur l'enveloppe)*. Taille 3. La plus grande.

CHICK. Alors c'est le nylon. Ils économisent dessus.
(Bataillant avec ses collants.)

CHICK. C'est ça. Ils économisent sur le nylon. *(Une jambe achevée, elle attaque l'autre.)* Et

qu'est-ce que tu as dit dans ce télégramme ?
LENNY. Je ne sais plus exactement. Je... je lui ai demandé de venir.

CHICK. Qu'elle revienne, ici ! Mais enfin, Eleonore, tu as perdu la tête, ou quoi ?

LENNY *(nerveusement, entreprenant de ramasser ses bas sales et l'étui en plastique jetés en désordre).* Mais Babe veut que Meg rentre à la maison. C'est elle qui me l'a demandé.

CHICK. Que Babe veuille ou non, ce n'est pas la question.

LENNY. Et quoi, alors ?

CHICK. Écoute, Eleonore, il est facile de prévoir que le journal de ce matin va faire à Babe une publicité épouvantable dans cette ville... Ce n'est pas le moment d'y ajouter Meg.

LENNY. Qu'est-ce qu'elle a Meg ?

CHICK. Déjà au lycée elle avait une réputation effroyable.

LENNY *(faiblement).* Elle avait du succès.

CHICK. Tout le monde la considérait comme une putain, puisqu'elle ne faisait pas payer. Et il y a eu pire, cette affaire lamentable avec Doc Porter, qui l'a laissé infirme.

LENNY. Infirme... Il n'est pas infirme. Il boîte un peu, c'est tout.

CHICK. C'est à cause de ça, cette affaire, que sa mère m'a barrée partout et m'a empêchée d'entrer dans tous les clubs féminins.

LENNY. Quoi ?

CHICK. C'est vrai. Je ne te l'avais pas dit, mais il a fallu que j'aille la supplier pour qu'elle croie que j'étais choquée autant qu'elle de la conduite de Meg, que je n'étais qu'une cousine germaine, pas responsable de tous les cadavres que sèment les MaGrath. Très humiliant. Elle a même parlé de la mort de ta mère. Et de ce pauvre chat.

LENNY. Oh, je t'en prie, Chick ! Je suis désolée. Mais maintenant, tu fais partie des clubs.

CHICK. Maintenant, oui. *(Tout en brossant ses cheveux.)* Eléonore... Sois un ange, quand Meg appellera, empêche-la de revenir à la maison. Ça rendrait les choses beaucoup plus faciles pour tout le monde. On en aurait besoin. Tu ne trouves pas ?

LENNY....

CHICK. Enfin tu fais comme tu veux. Ma coiffure, ça va ?

LENNY. Parfait.

CHICK. Pas de mèche, derrière ?

LENNY. Non.

CHICK *(ôtant les cheveux emmêlés dans la brosse).* Bon, j'y vais. A la maison, j'ai bien Annie May qui surveille Mickey et Buck Junior, mais je n'ai pas confiance quand je les lui laisse trop longtemps. *(Jetant les cheveux qu'elle a mis en boule.)* Cette négresse a une cervelle d'oiseau. Je n'exagère pas. *(Elle range sa brosse dans son sac à main.)* Oh ! Oh ! Oh ! J'allais oublier que je t'ai acheté un cadeau. Bon anniversaire Lenny, de la part de la famille Buck ! *(Chick sort de son sac un paquet-cadeau qu'elle tend à Lenny.)*

LENNY. Oh merci Chick. C'est si gentil à toi de te souvenir chaque année de mon anniversaire.

CHICK *(modestement).* Oh je suis comme ça. Ça fait partie de l'éducation qu'on m'a donnée. Tu n'ouvres pas ton cadeau ?

LENNY. Si tu veux. *(Elle ouvre le paquet.)*

CHICK. C'est une boîte de chocolats, assortis.

LENNY. Assortis...

CHICK. Tu aimes bien tout ce qui est sucré ?

LENNY. C'est vrai.

CHICK. Je suis contente que ça te plaise. Oh, à propos, tu te souviens de ce que tu as offert à Peekay pour son cinquième anniversaire, le mois dernier ? La petite robe à pois ?

LENNY. Blanc et rouge ?

CHICK. Eh bien, la première fois que je l'ai mise dans la machine à laver – je dis bien la première fois – il n'en est rien resté. Les pois se sont dissous, comme ça, dans l'eau.

LENNY *(anéantie).* Oh non ! Je lui achèterai autre chose – un petit jouet.

CHICK. Non, il n'en est pas question ! Je te le signale simplement pour que tu n'ailles pas gaspiller un argent durement gagné en rachetant la même marque. Ces tissus bon marché, ça ne tient pas le coup. Ça ne résiste pas à nos machines à laver.

DOC PORTER *(off).* Hé ! Lenny !

CHICK *(comme chez elle).* Regarde, c'est Doc Porter ! Entre, Doc ! Mais viens, allez !

Doc entre par la porte de la cour. Il porte un sac volumineux plein de noix. Doc est un homme déjà usé, mais qui a du charme ; le fait de boiter légèrement ajoute, plutôt qu'il ne la diminue, à sa capacité de séduction tranquille.

CHICK. Alors, comment ça va ? Est-ce que tout va bien pour toi ?

DOC. Très bien, Chick.

CHICK. Alors, tu te plais avec nous depuis que tu es revenu ?

DOC. Ça dépend des moments.

CHICK. Ça dépend ! Écoutez-le ! Quel individu insupportable, insupportable ! Bon, eh bien j'y vais. Il y a quelqu'un qui m'attend. *(Chuchotant à l'oreille de Doc.)* C'est Babe. Je vais la chercher.

DOC. Oh !

CHICK. Au revoir ! Au revoir, à tout de suite ! *(Sortie de Chick.)*

DOC. Bonjour.

LENNY. Bonjour. J'imagine que tu sais pour Babe.

DOC. Oui.

LENNY. C'était dans le journal.

DOC. Oui.

LENNY. Viens t'asseoir. Je vais nous faire chauffer un peu de café.

DOC. Je ne peux pas rester longtemps. Je dois aller chercher mon fils ; il est chez le dentiste.

LENNY. Bon, je n'en fais que pour moi. J'ai envie d'une tasse de café chaud. *(Lenny pose la cafetière sur le feu.)*

DOC. Lenny...

LENNY. Quoi ?

DOC *(ne sachant comment poursuivre)*. Ah...

LENNY. Oui ?

DOC. Tiens, je t'apporte des noix. *(Il lui tend le sac.)*

LENNY. Merci, Doc. J'adore les noix.

DOC. Ma femme et le gosse les ont ramassées. Dans le jardin, on a tout un plan de noyers.

LENNY. J'en ferai un gâteau.

DOC. Lenny ? J'ai une mauvaise nouvelle pour toi.

LENNY. Ah ?

DOC. Billy Boy... on le gardait. Il était dans le pré.

LENNY. Oui...

DOC. Il est mort cette nuit.

LENNY. Mort ?

DOC. Oui. Je suis désolé. Avec tout ce qui t'arrive en ce moment.

LENNY. Oui. Bien sûr. Il est mort ?

DOC. Oui... Tué par la foudre.

LENNY. Tué par la foudre ? Pendant l'orage, cette nuit ?

DOC. C'est ce qu'on s'est dit, oui.

LENNY. Par la foudre... J'avais Billy Boy depuis si longtemps. Depuis l'âge de dix ans.

DOC. Oui, c'était un très vieux cheval.

LENNY *(touchée)*. Très vieux.

DOC. Presque vingt ans.

LENNY. Vingt ans, exactement. Parce que... j'ai trente ans aujourd'hui. Tu le savais ?

DOC. Non, Lenny, je ne savais pas. Bon anniversaire.

LENNY. Merci. *(Elle se met à pleurer.)*

DOC. Allons, Lenny. Allons. Hé, hé, allons. Je ne supporte pas quand, vous, les femmes MaGrath vous vous mettez à pleurer. Ça me prend là.

LENNY *(pleurant toujours)*. Oui ! Quand c'est Meg. Elle. C'est Meg que tu ne supportais pas de voir pleurer. Pas moi ! Moi je pourrais bien pleurer à plein seaux.

DOC. Écoute, Lenny. Arrête, bon Dieu !

LENNY. Je ne sais pas ce qui m'arrive. Je n'avais pas l'intention de faire une scène. *(Elle se mouche.)* Mais l'histoire Babe, et Grand-père à l'hôpital, et Meg que je ne peux pas joindre.

DOC. Tu as appelé Meggy ?

LENNY. Oui.

DOC. Ella va revenir ?

LENNY. Elle ne m'a pas rappelée. J'attends. J'espère qu'elle téléphonera.

DOC. Elle vit toujours en Californie ?

LENNY. Oui, à Hollywood.

DOC. Fais-moi signe si elle revient. J'aimerais la revoir.

LENNY. Oh ? Tu voudrais la revoir ?

DOC. J'aimerais, oui.

LENNY. C'est triste.

Ils se regardent fixement, puis se détournent. Un

silence tendu.

DOC. Hé, tête en l'air, ton café...

LENNY *(allant vérifier)*. Merci. Tu ferais mieux d'aller chercher ton fils. Ne le fais pas attendre.

DOC. Tu as raison. C'est la première fois qu'il va chez le dentiste... Je suis désolé, pour ton cheval.

LENNY. Je sais. Remercie Joan pour les noix.

DOC. D'accord.

LENNY. Oh, comment va le bébé ?

DOC. Très bien. Elle est très mignonne. On lui tend un doigt, elle vous l'attrape et le tient serré dans sa main, comme ça... Allez au revoir Lenny.

LENNY. Au revoir.

Doc est sorti. Lenny le suit du regard un moment, puis va s'asseoir à la table. Elle sort de sa poche un gâteau en partie émietté et une bougie d'anniversaire. Elle allume la bougie de nouveau, fait couler la cire, fixe la bougie. Elle se met à fredonner « Joyeux anniversaire » :
« Joyeux anniversaire, Joyeux anniversaire, Ma Chérie, Joyeux anniversaire ! »
Pour elle-même. A la fin de la chanson, elle marque un temps, fait un vœu en silence, puis souffle la bougie. Presque aussitôt, elle rallume la bougie, recommence chaque geste, mais elle fait un vœu différent en fin de chanson. Elle souffle encore une fois, quand le téléphone sonne. Elle va répondre.

LENNY. Allô... Oh, Lucille. Comment va Zachary ?... Oh non ?... Oh, c'est désolant. Bien sûr, ce doit être épuisant pour toi... Non, elle n'est pas encore là. Chick est partie la chercher... Oh écoute, Lucille, elle est toujours sa femme, ça l'intéresse, évidemment... Zachary n'a rien au foie ? Quelle bonne nouvelle... La respiration est normale... Mais on a pas le résultat pour la colonne vertébrale... Oui... Oui, Lucille, j'ai tout noté... Oui, je lui ferai le message. Au revoir, au revoir.

Lenny pousse le crayon et le papier. Elle soupire profondément, caresse ses joues du dos de la main, tourne sur elle-même avec un semblant de joie d'enfant quand Meg entre, en silence, venant de la salle à manger. Elle a des yeux magiques, et tristes. Elle porte un sac usé.

MEG. Lenny ?

LENNY. Meg ! Oh, Meggy ! Pourquoi tu n'as pas appelé ? Tu as pris l'avion ? Tu n'es pas venue avec le car ? Pourquoi tu n'as pas appelé ?

MEG *(en même temps)*. Oh, Lenny ! Voyons, Lenny ! Ma bonne Lenny ! *(Elle recule et dévisage Lenny.)* Qu'est-ce qu'on vieillit, dis donc ! J'ai appelé, bien sûr que j'ai appelé !

LENNY. Mais je ne t'ai jamais eue ?

MEG. J'ai laissé sonner le téléphone à en devenir sourde !

LENNY. Je n'ai pas été là de la matinée, je m'occupais de Babe figure toi.

MEG. Alors, Babe : qu'est-ce que c'est que cette histoire ? Alors quelqu'un a tiré sur Zachary ?!

LENNY. Eh oui.

MEG. Dieu de Dieu ! Il est mort !

LENNY. Non. Mais il est à l'hôpital. On lui a tiré dans le ventre.

MEG. Dans le ventre ! Quelle horreur ! Et qui a tiré ? On sait qui ? *(Lenny approuve de la tête.)* Qui ? Mais qui ?!

LENNY. Babe ! Ils disent tous que c'est Babe ! On l'a mise en prison. Ils disent tous qu'elle lui a tiré dessus. Ils disent tous que c'est elle ! C'est épouvantable.

MEG (en même temps). Qui l'accuse ?

LENNY. Tout le monde ! Les policiers, le sheriff, Zachary, même Babe le dit ! Même Babe !!

MEG. Bon Dieu de bon Dieu.

LENNY *(simultanément)*. C'est épouvantable ! Épouvantable ! Absolument épouvantable !

MEG. Pas d'affolement, Lenny. Est-ce que tu veux un coca ? Je vais t'en chercher. *(Meg ouvre le frigidaire, boit longuement.)* Pourquoi ? Elle a tiré pour quelle raison ?

LENNY. Je le lui ai demandé dès que j'ai pu lui parler ce matin... « Babe, tu vas me dire pourquoi tu as voulu tuer Zachary ? C'était ton mari. Alors, pourquoi ? » Tu sais ce qu'elle m'a répondu ? *(Meg secoue la tête en dénégation.)* « Parce que sa tête ne me revient pas. »

MEG *(après un temps)*. J'ai toujours dit qu'il avait une sale tête.

LENNY. Mais tu ne lui as pas tiré dessus ! S'il fallait tirer sur tous les gens dont on trouve qu'ils ont une sale tête ! Ce que je vais dire est affreux... ça me fait beaucoup de peine, mais à mon avis Babe est malade... malade dans sa tête.

MEG. Oh, Lenny, ne dis pas de choses pareilles ! On a tous d'excellentes raisons de descendre quelqu'un... Maintenant, il est urgent de lui trouver le meilleur avocat du pays.

LENNY. Le meilleur, c'était Zachary !

MEG. Très drôle !

LENNY. C'est réglé. Babe s'est choisi un avocat.

MEG. Déjà ? Qui ?

LENNY. Barnette Lloyd. Le fils d'Annie Lloyd. Il vient de s'installer. Et oncle Waston a dit qu'en le choisissant on rendrait un vrai service à Annie... il le lui doit, il paraît.

MEG. Et Babe ? Tu as pensé à Babe ? Tu veux lui rendre le service d'avoir à passer trente ou quarante ans en prison ?

LENNY. Ne me parle pas sur ce ton ! Je fais tout ce que je peux. Je suis seule moi, ici, tout me tombe dessus !

MEG. Ça ne sert à rien de gémir. Dire que tu m'as envoyé un télégramme pareil !

LENNY. Tu vois, si tu avais le téléphone, si tu ne vivais pas à Hollywood, si tu revenais ici au moins une fois par an pour Noël, je n'aurais pas été obligée de dépenser une fortune pour te télégraphier !!!

MEG *(simultanément)*. « Babe dans une situation terrible – Stop ! On a tiré sur Zachary – Stop ! Venir immédiatement – Stop ! Stop ! Stop ! »

LENNY. Et toi qu'est-ce que tu trouve à dire en arrivant ? Tu me dévisages et tu dis « qu'est-ce qu'on vieillit ! ». « On » ne voulait pas dire « nous », ça voulait dire « tu »... J'ai trente ans aujourd'hui et « on » me dit que j'ai une mine épouvantable. Merci.

MEG. Mais oui. Lenny, c'est ton anniversaire, le 23 octobre ! Dire que j'ai pu oublier. Joyeux anniversaire !

LENNY. Eh bien, joyeux, il ne l'est pas. J'ai trente ans et Billy Boy est mort cette nuit, tué par la foudre.

MEG *(dubitative)*. Billy Boy ?

LENNY. Tu ne sais plus qui est Billy Boy ? Oh, Meg... Billy Boy, mon cheval !

MEG. Il était encore vivant ?

LENNY. J'ai toujours su que tu ne l'aimais pas.

MEG. Oui, non, je ne sais plus. J'ai dû le monter autrefois.

LENNY. Mon cheval.

MEG. Oui... Maintenant, je le revois... Alors, il est mort ? Ça arrive aussi à un cheval.

LENNY. Oh, tais-toi !

MEG. Ne pleure pas ! Tu pleures sur tout, même sur un cheval.

Lenny se précipite sur la terrasse pour se calmer. Un temps.

MEG *(jetant un coup d'œil vers la chambre conduisant au niveau inférieur)*. Et Grand-père ?

LENNY. A l'hôpital.

MEG. Encore ?

LENNY. Meg !

MEG. Quoi ?

LENNY. Je te l'ai écrit. Ça fait plus de trois mois.

MEG. Ah bon.

LENNY. Tu ne t'en souviens pas ? Je t'ai écrit, je t'ai raconté comment tous ses petits vaisseaux avaient claqué dans sa tête. Et qu'ils l'avaient gardé à l'hôpital.

MEG. Vieux Grand-père.

LENNY. Et comme il espérait de tes nouvelles, et comme il s'inquiétait de ta carrière de chanteuse, je t'ai écrit, je t'ai tout écrit, tu n'as pas reçu mes lettres ?

MEG. Oh, je ne sais pas, Lenny, je suppose que oui. Franchement, quelquefois, je ne les ais pas lues.

LENNY. Quoi ?

MEG. Désolée. Surtout depuis Noël dernier. Ça me faisait trop mal, là.

LENNY. D'accord, d'accord ; c'est pour ça que tu n'es pas venue à Noël... Tu t'en fous ! Tu t'en fous parce que tu nous détestes. Mais nous on a jamais rien fait pour que tu nous détestes, jamais ! Jamais !

MEG. Tu crois que j'aurais mal si je vous détestais ? Je suis désolée de n'avoir pas lu tes lettres, je t'ai dit que ça me faisait mal là. Ça te suffit, oui ?

LENNY. Oui.

Un temps.

MEG. Bon maintenant, il faut régler cette histoire de Babe. On ne peut pas la laisser en prison.

LENNY. Le jeune avocat. Il l'a tirée de là, elle sort.

MEG. Ah ?

LENNY. Oui, en payant une caution. L'oncle Waston a donné l'argent. Chick est allée la chercher.

MEG. Alors, comme ça Babe a descendu Zachary Botrelle, le type le plus riche et le plus puissant du pays. Ça j'ai du mal à le croire. Petite Babe… notre bébé.

LENNY. Grand-père l'appelait : mon idéale petite fée. Souviens-toi comme il était heureux et fier le jour où elle a épousé Zachary.

MEG. C'était le plus beau jour de sa vie.

LENNY. Babe entrait dans la haute société, et il trouvait que Zachary était exactement le mari qu'il lui fallait, qu'elle s'en rendrait compte plus tard.

MEG. Et qu'est-ce qu'il en pense maintenant ?

LENNY. Je n'ai pas eu le courage de lui en parler. Ce soir on pourrait y aller et essayer de lui dire.

MEG. Est-ce que tu as quelque chose à boire ici, qui ressemble à du whisky ?

LENNY. Je n'ai pas d'alcool. *(Meg va au frigo et s'ouvre un coca.)*

MEG. Merde.

LENNY. Tu viendras avec moi voir Grand-père ?

MEG. Bien sûr. *(Meg va chercher dans son sac à main un tube d'aspirine, prend un cachet et l'avale.)* Il va me casser les pieds avec ma carrière. A chaque fois, c'est pareil.

LENNY. Au fait, ça marche, pour toi ? Ta carrière ?

MEG. Non ça ne marche pas !

LENNY. Tu ne chantes plus à ce club de Las Vegas ?

MEG. Non. Plus depuis Noël.

LENNY. Tu chantes quelque part ailleurs ?

MEG. Non. Je ne chante pas. Je ne chante plus, je ne chante plus du tout.

LENNY. Oh. Alors, qu'est-ce que tu fais ?

MEG. Eh bien je suis employée à la comptabilité d'une usine d'aliments surgelés pour chiens. Voilà.

LENNY *(voulant l'aider)*. Le mieux pour toi, ce serait d'insister… pour continuer dans le music-hall ? Comme dit Grand-père, « Avec tout le talent que tu as, tu as seulement besoin qu'on te remarque. Après, c'est gagné ! »

MEG. Et il va me le redire ce soir à l'hôpital. Parlons d'autre chose, tu veux ? *(Elle remarque le sac de noix.)* C'est quoi ? Des noix ? Fantastique, j'adore les noix ! *(Meg prend deux noix, qu'elle essaie de briser ensemble.)* Allez… Vous allez vous casser ! Saletés !

LENNY. Il y a un casse-noix.

MEG *(essayant avec ses dents)*. Avec une machine, il n'y a plus de sport. J'aime la compétition.

LENNY *(se levant pour aller chercher le casse-noix)*. Il est là dans le tiroir.

A l'instant où Lenny prend le casse-noix, Meg a brisé la noix sous son pied.

MEG. Ça y est ! *(Elle ramasse les miettes de la noix écrasée, et les mange.)* Mmm. Un délice. Où as-tu trouvé des noix si fraîches ?

LENNY. C'est Doc Porter qui me les a apportées.

MEG. Doc ? Qu'est-ce que Doc fabrique ici ?

LENNY. Son père est mort il y a deux mois. Alors il est revenu s'occuper de la propriété.

MEG. La dernière fois que j'ai entendu parler de Doc, il gagnait sa vie comme peintre en bâtiment. *(Amusée.)* On m'avait dit qu'il vivait avec une bonne femme qui faisait de la poterie.

LENNY. Joan. Elle s'appelle Joan… Doc l'a épousée. Et ils ont deux enfants.

MEG. Deux…

LENNY. Garçon et fille.

MEG. Ça me fait quelque chose.

LENNY. Attends… Oui, c'est la voiture de Chick ! Oh c'est Babe ! Elles sont là, Meg ! Elles sont là !

Meg se cache, pendant que Lenny va à leur rencontre.

Voix de BABE. Lenny ! Je suis revenue ! Je suis libre !

Paraît Babe. Elle entre avec exubérance. Son visage est angélique, elle a des yeux très vifs, au regard intense. Elle porte un sac à main rose.

BABE. Je reviens à la maison ! *(Meg se montre.)* Oh, Meg – regarde, c'est Meg ! *(Courant l'embrasser.)* Meg ! Mais tu es arrivée quand ?

MEG. A l'instant !

BABE. Je suis si heureuse que tu sois revenue !

Entrée de Chick.

MEG. Bonjour, Chick.

CHICK. Bonjour, Cousine Margaret. Quel bon vent t'amène ?

MEG. Je suis revenue. *(Se tournant vers Babe.)* Je suis revenue m'occuper de Babe.

BABE *(courant embrasser Meg)*. Oh Meg...

MEG *(à Babe)*. Comment tu vas, toi ?

CHICK. On ne peut plus mal, si vous voulez mon avis. Elle refuse de coopérer avec son avocat, Lloyd, ce jeune homme si charmant. Elle ne veut rien nous dire des raisons pour lesquelles elle a commis ce crime monstreux, sinon que la tête de Zachary ne lui revenait pas...

BABE. Lenny, tu es allée chez moi, tu m'as apporté ma valise ! Et mon saxophone ! Oh merci ! *(Babe s'empresse d'ouvrir l'étui et en sort le saxo. Parlant ensemble :)*

CHICK. Ce jeune avocat va venir ici cet après-midi, et il veut des réponses précises ! Autre chose que les sottises que tu t'entêtes à répéter, Rebecca MaGrath, ou alors ils te remettront en prison et jetteront la clé par la fenêtre !

BABE *(simultanément)*. Meg, viens voir mon nouveau saxophone. Je l'ai acheté d'occasion. Soupèse. Il est lourd.

MEG *(de même)*. Il est superbe.

CHICK. La clé par la fenêtre !

LENNY. Je ne sais pas, moi !

CHICK. Par la fenêtre ! *(Un silence soudain.)* Rebecca, quand Mr Lloyd sera là, que vas-tu lui dire ? Quelles raisons ?

BABE *(furieuse)*. Qu'il a une tête que je n'aime pas ! Tout simplement que sa tête me dégoute ! Autant que la tienne, Chick-la-trique ! Laisse-moi tranquille ! Tu entends ? Laisse-moi ! Ooh. *(Babe grimpe les escaliers et sort. Un long silence.)*

CHICK. Je n'ai fait que la mettre en garde ; elle n'a qu'à se sauver toute seule. Si elle ne comprend pas à quel point sa situation est grave. Apparemment, elle n'en a pas la moindre idée, n'est-ce pas ?

LENNY. Il faut la comprendre. Elle a la tête embrouillée par tout ça.

CHICK. Lenny chérie, en effet, c'est bien le moins. Alors, Margaret, comment va ta carrière ? On continue à chercher ta photo dans les revues de cinéma. *(Meg va allumer une cigarette.)* Tu sais, tu ne devrais pas fumer. Ça donne le cancer. Chaque cigarette est un petit engin de mort.

MEG. Regarde-moi, Chick – Regarde-moi aspirer une bouffée mortelle. C'est justement ce que j'aime – prendre une bouffée de mort. *(Elle aspire longuement la fumée.)* Mmmm ! Ça me donne le sentiment de Décider Soi-même de Son destin. Quel pouvoir ! Quelle jouissance ! Tu devrais essayer.

LENNY *(pour détendre l'ambiance)*. Au fait, Zachary n'a rien au foie ! Sa sœur m'a téléphoné la bonne nouvelle !

MEG. Ça c'est important. Le foie est un organe essentiel. C'est lui qui doit digérer nos quantités de bile.

LENNY. Oui, enfin, il est sauvé. *(Le téléphone sonne. Lenny décroche.)*

MEG. Ma Chick au petit foie tendre, ma Chick au foie mou de poulet, ma petite poulette, tu as entendu cette bonne nouvelle ?

CHICK. Oui. Et laisse mon foie tranquille. *(Meg glousse comme une poule : « Cot cot cot cot ».)* Je t'ai dit au moins cent fois de ne pas me traiter comme tu le fais.

LENNY. Quoi...! Bien sûr, elle arrive tout de suite ! *(Reposant le téléphone.)* C'était Annie May. Mickey et Buck junior ont avalé de la peinture !

CHICK. Oh ! Non ! Ils ne sont pas malades ? Ils ne sont pas malades, n'est-ce pas ?

LENNY. Je ne sais pas. Je ne sais pas. Viens, viens par ici.

CHICK *(en même temps)*. Mon Dieu, mon Dieu ! Je vous en prie, ils ne vont pas mourir !!

MEG. Cot cot cot...

Chick sort en criant, suivie de Lenny. Meg seule, assise finit sa cigarette. Puis on entend la voix de Babe.

Voix de BABE. Psst – psst ! *(Meg cherche autour d'elle. Babe descend l'escalier sur la pointe des pieds.)* Elle est partie ?

MEG. Oui. Mickey et Buck junior ont avalé de la peinture.

BABE. Les idiots.

MEG. Oui.

BABE. Tu sais, Chick nous déteste depuis le jour où on est venues vivre ici avec Grand-mère et Grand-père ; tu sais ce qu'elle m'a dit ce matin quand j'étais encore enfermée ?

MEG. Quoi ?

BABE. Que ce que maman a fait la gêne encore après toutes ces années. Elle m'a dit que maman était la honte de la famille et que chaque habitant de cette ville est au courant. *(Sur le point de pleurer.)* Elle a ajouté que c'était mon tour maintenant, que c'était de moi qu'on allait dire du mal, et que je continuais à ruiner la réputation de la famille.

MEG. Oublie tout ça, mon bébé, oublie.

BABE *(après un temps)*. Parfois je me demande…

MEG. Quoi ?

BABE. Maman, pourquoi elle a fait ça ?

MEG. Je ne sais pas. Elle avait eu une mauvaise journée… vraiment une mauvaise journée.

BABE. Et le vieux chat. Ce qu'il lui est arrivé n'est pas gai non plus… Si papa ne nous avait pas quittées, ils seraient encore en vie.

MEG. Pas sûr.

BABE. C'est après son départ qu'elle a commencé à passer ses journées sur les marches de la porte d'entrée. Sans voir personne… Pourtant on était là. On s'occupait d'elle… Sans bouger. A fumer. A faire tomber les cendres de sa cigarette sur les fourmis, sur les insectes à sa portée…

MEG. Moi, papa… je suis contente qu'il soit parti.

BABE. Le chat ne la quittait pas.

MEG. Un bâtard, jaune.

BABE. Si elle aimait encore quelqu'un, c'était ce vieux chat.

MEG. Avec son sourire et ses dents blanches, papa était un beau salaud.

BABE. Je ne me souviens plus de lui. *(Meg souffle une bouffée de fumée. Un instant après, mal à l'aise.)* Je vais faire de la citronade. Tu en veux ?

MEG. Oui. *(Babe coupe les citrons, sucre, met des glaçons, etc. pendant ce qui suit.)* Babe. Pourquoi tu ne veux pas parler ?

BABE. Ooh.

MEG. Tu avais des raisons.

BABE. J'imagine.

MEG. Alors ?

BABE. Je… Je ne peux pas le dire.

MEG. Pourquoi ? *(Une pause.)* Tu peux me le dire à moi.

BABE. Parce que… Je… Je protège quelqu'un.

MEG. Protéger quelqu'un ? Oh Babe, tu n'as pas tiré sur lui ? Je le savais ! Je le sentais !

BABE. Non, je lui ai tiré dessus. C'était moi. J'ai voulu le tuer. Je visais son cœur, mes mains tremblaient… Je l'ai touché au ventre.

MEG. Je vois.

BABE *(mélangeant les jus de fruit)*. Je suis coupable. J'accepte d'être condamnée et j'irai en prison.

MEG. Oh Babe…

BABE. Ne t'inquiète pas, Meg, la prison ce sera un soulagement pour moi, je vais pouvoir apprendre à jouer de mon nouveau saxo. Je ne serai plus jamais obligée de vivre avec Zachary. Et je ne verrai plus son horreur de vieille sœur, cette Lucille, qui fourrait son nez partout et me marchait sur les pieds. La prison va me soulager. Tiens ta citronnade.

MEG. Merci.

BABE. Pour le goût, ça va ?

MEG. Parfait.

BABE. Je l'aime très sucré. Je vais en rajouter. *(Babe va rajouter du sucre dans son jus de fruit. Lenny fait irruption par la porte arrière dans un état d'excitation et de confusion.)*

LENNY. Apparemment ils se sont seulement barbouillés le visage et les mains, mais Chick veut les amener quand même chez le docteur pour plus de sûreté. Oh, Babe, pas de désordre, je t'en prie ; et fais attention avec ce couteau, il est très pointu. Honnêtement, tout ce sucre, tu vas tomber malade. Bon, je reviens.

MEG. Salut, Lenny.

BABE. Salut. *(Lenny sort.)* Je me demande ce qui arrive à Lenny.

MEG. Qu'est-ce que tu veux dire ?

BABE. « Honnêtement tout ce sucre, tu vas tomber malade ; oh mais Babe, fais attention à ce couteau, il est très pointu, tu vas te couper… » Elle est en train de devenir comme Grand-mère.

MEG. Tu crois ?

BABE. De plus en plus. Tu sais, elle a pris l'habitude de mettre le chapeau de Grand-mère, le vieux, tout déchiré, dont elle se servait contre le soleil, et ses gants, pour jardiner !

MEG. Les gants vert citron ?

BABE. Oui, tu t'imagines cultiver le jardin avec les gants d'une morte ? Tes mains dans ces gants ?

MEG. Pauvre Lenny. Il lui faudrait un peu d'amour. Elle n'a que deux choses dans sa vie : travailler à l'usine de briques et veiller sur Grand-père.

BABE. Elle est trop timide avec les hommes.

MEG *(mordant dans une pomme).* Sans doute parce qu'elle ne peut pas avoir d'enfant.

BABE *(faisant glisser des cubes de glaçons).* C'est une malformation, elle n'y peut rien.

MEG. C'est Grand-père qui l'a rendue si timide. C'est sa faute. Le vieux fou. Tu sais quoi ? Je parie que Lenny n'a pas couché une seule fois avec un homme.

BABE *(finaude).* Je ne sais pas. Peut-être que ça lui est arrivé une fois.

MEG. Qui ? Quand ?

BABE. Je ne devrais peut-être pas le dire...

MEG. Babe !

BABE *(racontant rapidement l'histoire).* Eh bien, c'était après le second séjour de Grand-père à l'hôpital. Lenny était vraiment très déprimée. Un jour, elle m'appelle, me dit de venir et d'apporter mon appareil photo... Quand je suis arrivée, elle m'attendait sur la terrasse, vêtue de sa belle robe bleue, et d'une perruque à mèches frisées. Elle voulait envoyer la photo à une agence matrimoniale.

MEG. C'est fou.

BABE. Et elle envoie la photo. Quinze jours après, elle reçoit par courrier tout un tas de photos de bonshommes, dont la plupart avaient un air bizarre. Elle n'ose pas en appeler un seul. L'un des types, un certain Charlie Hill, de Memphis, un jour, lui téléphone.

MEG. Non ?

BABE. Si ! Et le temps passe. Elle reconnaît qu'au téléphone il est vraiment drôle ; alors elle se décide à le rencontrer.

MEG. Non ?!

BABE. Si. Il est venu ici trois ou quatre fois, ils ont dîné ensemble, puis un week-end, c'est elle qui lui a rendu visite ; et c'est chez lui, je crois, que c'est arrivé.

MEG. Qu'est-ce qui te fait dire ça ?

BABE. Quand je suis allée l'attendre à la gare des autobus, elle a bondi, elle a sauté sur moi et s'est mise à pleurer... Je lui ai dit : « Lenny, mais qu'est-ce qui se passe ? » Et elle a répondu : « Ça y est, Babe chérie, ça y est, je l'ai fait ! »

MEG *(chuchotant).* Et tu penses qu'elle voulait dire qu'elle avait fait ça ?

BABE *(chuchotant à son tour, maligne).* Je crois.

MEG. Oh je suis contente, je suis contente. *(Elle en rit de joie.)*

BABE. Mais elle n'a pas ajouté un mot de plus. Je sais seulement que ce Charlie travaille dans une usine de souliers, et qu'elle a trouvé que Memphis était une très jolie ville.

MEG. Qu'est-ce qu'il est devenu ce Charlie ?

BABE. Elle ne l'a revu qu'une fois. Lenny l'a emmené à l'hôpital pour le présenter à Grand-père, et puis ils ont rompu.

MEG. A cause de Grand-père ?

BABE. Elle a dit que Charlie n'a pas voulu l'épouser parce qu'elle ne pouvait pas avoir d'enfant. Il avait l'air gentil. Un type, un peu rond, cheveux roux, taches de rousseur, toujours à raconter des blagues.

MEG. Hmmmm, ce n'est pas clair. *(Meg arpente la cuisine et aperçoit la boîte de bonbons offerte à Lenny pour son anniversaire.)* Oh ! « Joyeux anniversaire. A Lenny, de la part de la famille Buck. »

BABE. Oh non ! C'est aujourd'hui l'anniversaire de Lenny !

MEG. Eh oui...

BABE. J'ai complètement oublié.

MEG. Je sais. Moi aussi.

BABE. On devrait lui commander un grand gâteau. Elle aime tant faire des vœux devant un gâteau d'anniversaire.

MEG. Oui, un gros, un énorme ! *(Elle remarque soudain l'étui de la boîte de chocolats en plastique usé.)* Qu'est-ce que Chick est radin !

BABE. Pourquoi ?

MEG. Cette boîte, c'est minable.

BABE *(allant regarder).* Fais voir... *(Elle examine l'enveloppe avec dégoût.)* J'appelle la meilleure pâtisserie et je commande le gâteau le plus colossal qu'on ait jamais fait !

MEG. Un gâteau d'anniversaire ! Des années que je n'en ai pas vu ; je ne veux plus qu'on me les fête, mes anniversaires.

BABE. Zachary donnait pour les miens des réceptions avec des centaines de gens, un orchestre ou plusieurs quelque fois, on dansait sur la pelouse, fallait voir ! On s'y perdait.

MEG. Lenny aura le plus beau, le plus gros, avec toutes le crèmes et toutes les glaces.

BABE. Grand... comme ça ! *(Elle fait le geste.)*

MEG. Au moins. Comme ça, encore plus grand. *(Elle montre un très, très grand gâteau.)*

BABE. Tu crois qu'on peut en faire d'aussi gros ?

MEG. Sûr !

BABE (*après un silence, devinant l'idée*). Et s'il était aussi grand que ça ? (*Elle désigne les mesures de la pièce, dont elle fait le tour.*) Qu'est-ce qu'on ferait, s'il était aussi grand ?

MEG. On le mange ! *(Elles jouent à manger une énorme portion de gâteau.)*

MEG et BABE. Hmmm... J'en reveux ! Encore !

Soudain, on frappe très fort à la porte.

Voix de BARNETTE. Il y a quelqu'un ?

BABE *(murmurant, avant d'aller se cacher).* Qui est-ce ?

MEG. Je ne sais pas.

Voix de BARNETTE. Mme Botrelle ! Je peux entrer ?

BABE. Ah non ! C'est cet avocat. Je ne veux pas le voir.

MEG. Allons, Babe. Tu dois le voir, il le faut.

BABE. Non. Je ne veux pas ! *(Elle grimpe les escaliers.)* Dis-lui que je suis morte !... Je monte.

MEG. Babe ! Reviens !

BABE *(sortant).* Parle-lui, toi, s'il te plaît. Meg, je t'en prie. Il m'est impossible de le voir maintenant.

MEG. Babe... Babe ! Oh, merde... Entrez ! La porte est ouverte !
(Barnette Llyod paraît, une serviette à la main. C'est un jeune homme mince, intelligent, avec en lui une tension quasi-fanatique contenue à force de volonté.)

BARNETTE. Comment allez-vous ? Je suis Barnette Llyod.

MEG. Une sœur de Babe.

BARNETTE. Je sais. Vous êtes la chanteuse.

MEG. Oui...

BARNETTE. Je suis venu vous entendre cinq fois quand vous chantiez à ce club de Biloxi. Ça s'appelait Le Greeny's, je crois ?

MEG. Oui. Le Greeny's.

BARNETTE. Vous étiez très bien. Il y avait quelque chose de triste et d'émouvant dans votre façon de chanter. Comme si vous aviez, comment dire, une vision, une vision très singulière.

MEG. Merci. C'est très gentil. Bien... Pour ce qui est de Babe...

BARNETTE. Oui ?

MEG. On doit absolument gagner.

BARNETTE. J'en ai l'intention.

MEG. Sans doute. Mais... *(Le regardant.)* Vous savez, vous êtes très jeune.

BARNETTE. Oui. Je suis jeune.

MEG. Ce qui me tracasse, Mr Llyod...

BARNETTE. Barnette. S'il vous plaît.

MEG. Barnette ; c'est que, ah, on a, peut-être besoin de quelqu'un... de plus d'expérience. De complètement familier avec tous les détails de tous les trucs et les machins des procédures légales, etc.

BARNETTE. Ah. Vous avez des réserves à mon sujet.

MEG *(soulagée).* Des réserves. C'est ça... des réserves.

BARNETTE. Vous serez peut-être soulagée d'apprendre que je suis docteur en droit avec mention très bien. Et que, trois ans durant, j'ai suivi des cours de droit criminel de haut niveau à Harvard en Université d'été pour me perfectionner. J'ai eu la note maximum dans toutes les matières. J'ai trouvé ça exaltant.

MEG. Si vous le dites.

BARNETTE. Et maintenant encore, j'ai fait un stage complémentaire chez Manchester et Wayne, qui est l'étude la plus compétente de la région en affaires criminelles. Je leur ai semblé très doué, paraît-il. Indispensable. Ils m'ont offert de doubler mes honoraires, si je restais chez eux, mais j'ai refusé. Je voulais revenir ici, chez moi, et y ouvrir ma propre étude. La raison en étant, et c'est un point clé, que j'ai un compte personnel à régler avec un certain Zachary Botrelle.

MEG. Un compte personnel ?

BARNETTE. Précisément. Oui, madame. C'est cela.

MEG. Hmmmm. Ah ça me plaît. Vous avez à régler des comptes avec Zachary ?

BARNETTE. Précisément. C'est une affaire entre lui et moi. Non seulement j'ai l'intention que ce minable fils de putain ne soit jamais réélu sénateur dès que j'aurai rendu publiques ses opérations illégales et même criminelles ; mais j'ai aussi l'intention de ruiner définitivement sa réputation en le présentant comme un fou de pouvoir et un gangster bon pour la chaise électrique.

MEG. On ne vous tient plus quand vous parlez de lui.

BARNETTE. Précisément. Pardon de m'être laissé emporter. Mais je sens que je peux vous parler... pourquoi, je ne sais pas ? Ces chansons que vous chantiez. Excusez-moi, vous devez me trouver stupide.

MEG. Détendez-vous. Détendez-vous, Barnette. Ça mérite réflexion. *(Elle prend une cigarette, qu'il lui allume.)* Comment, exactement, vous pensez sortir Babe de là ?

BARNETTE. Il doit être possible de plaider la légitime défense, ou encore l'innocence pour démence temporaire. Mais avant tout, je dis bien avant tout, je compte prouver que Zachary Botrelle brutalisait et torturait mentalement cette pauvre femme au point de n'avoir pas d'autre façon de se défendre que d'agir comme elle l'a fait.

MEG. Ça, j'aime bien.

BARNETTE. J'espère aussi être capable de prouver que cet individu est un criminel au plein sens du mot, un tyran brutal et un demeuré.

MEG. Ça me semble très bien !

BARNETTE. C'est la base de ma stratégie.

MEG. Comment allez-vous prouver que Babe a été brutalisée ? Elle ne fera pas de faux témoignage.

BARNETTE. Mes informations sont telles qu'il n'y aura pas besoin de faux témoignage.

MEG. Alors c'est vrai ?

BARNETTE. Nous habitons une petite ville, Mademoiselle MaGrath. Tout se sait.

MEG. C'est vraiment vrai ?

BARNETTE *(ouvrant sa serviette)*. Regardez ceci. C'est une photocopie du dossier médical de Madame Botrelle au cours des quatre dernières années. Regardez-bien, vous serez scandalisée.

MEG *(étudiant le dossier)*. Quoi ! Quoi ! C'est dément ! C'est de la folie furieuse ! Je le tuerai... ce type... Je le ferai crever à petit feu. Il lui a fait ça ?

BARNETTE *(inquiet)*. Pour vous dire toute la vérité, je ne peux pas affirmer si c'était fréquent ou pas. C'est pour ça que je dois parler à Mme Botrelle, et qu'il est très important que je la voie.

MEG *(avec un regard sauvage)*. Il faut que je la voie d'abord, que je lui parle... Je vous appellerai. Est-ce que vous pouvez revenir un peu plus tard ?

BARNETTE. Bien, voici ma carte... Appelez-moi.

MEG. Oh attendez, attendez ! Il y a autre chose.

BARNETTE. Quoi ?

MEG. Vous paraissez si obsédé par l'envie de vous venger que vous êtes capable d'oublier Babe ? De la sacrifier si besoin pour atteindre Zachary. Vrai ou faux ?

BARNETTE. Je... suis incapable d'une chose pareille.

MEG. Vous ne le ferez pas ?

BARNETTE. Non.

MEG. Pourquoi ?

BARNETTE. Parce que, elle... elle compte beaucoup pour moi.

MEG. Ça veut dire quoi, qu'elle compte pour vous ?

BARNETTE. Je... Je l'ai rencontrée à une vente de charité... Elle tenait un stand en plein air, au milieu d'autres dames riches. Elle vendait des gâteaux – chers. On achetait, c'était pour les pauvres, on ne sait pas résister. Moi tout particulièrement... Mais c'est elle... Elle, si belle, et il faisait chaud. Je me suis approché. J'ai acheté et je suis parti avec le gâteau, que j'ai perdu... j'ai dû le donner à quelqu'un.

MEG. Je ne vous demande pas de me raconter...

BARNETTE. Si. J'ai confiance en vous.

MEG. Voyez-moi ça.

BARNETTE. Je parle très sérieusement.

MEG. Eh oui.

BARNETTE. Vous ne me croyez pas ?

MEG. Si. Je vous crois.

BARNETTE. Alors, au revoir.

MEG. C'est ça. *(Barnette sort.)* Babe ! Babe, descends ! Babe ! *(Babe descend les escaliers en courant.)*

BABE. Quoi ? Qu'est-ce qu'il y a ? J'ai téléphoné pour commander le gâteau.

MEG. Qu'est-ce que Zachary t'a fait ?

BABE. Ils ne peuvent pas le livrer aujourd'hui.

MEG. Est-ce qu'il t'a frappée ? Dis ? Il a fait ça ?

BABE. Oh Meg, je t'en prie...

MEG. Il a fait ça ? Nom de Dieu, Babe...

BABE. Oui, il l'a fait.

MEG. Pourquoi ?

BABE. Je ne sais pas. Il a commencé à me détester parce que je ne riais plus à ses plaisanteries. Il m'était devenu impossible d'en rire comme avant. Le son de sa voix s'est mis à me fatiguer terriblement, à ne plus pouvoir l'écouter. Je m'endormais à table rien que de l'entendre. Il était là, il mangeait, il parlait de ce qu'il mangeait. Et moi je n'étais plus là. Tout disparaissait dans une espèce de lumière froide.

MEG. Oh, Babe. Babe, c'est très important. Tu vas t'asseoir et me raconter ce qui s'est passé avant de tirer sur Zachary. Assieds-toi, et dis-moi, à moi.

BABE *(après un temps)*. Je t'ai dit que je ne peux rien dire parce que je protège quelqu'un.

MEG. Mais Babe, tu dois tout dire, absolument.

BABE. Pourquoi ?

MEG. Par simple besoin de te soulager, c'est humain. Il faut bien parler de soi, de sa vie, on en a tous besoin.

BABE. Si tu savais à quel point j'en ai envie.

MEG. Et bien alors parle, parle, je t'en prie.

BABE *(se décidant)*. Je vais essayer. Bon. (*Elle réfléchit un instant.*) Je ne sais pas par où commencer.

MEG. Par le commencement.

BABE *(après un temps)*. Tu te souviens de Willie Jay ? *(Meg fait non de la tête.)* Le plus jeune des fils de Cora ?

MEG. Oh oui, le gosse qu'on envoyait chercher du coca à l'épicerie.

BABE. Bon. Cora fait du repassage chez moi le mercredi, et elle m'a dit un jour, comme ça, en parlant, que Willie Jay avait trouvé un chien ahuri, qu'il s'était mis à l'aimer comme un fou. Seulement, ils n'avaient plus de quoi le nourrir et elle devait obliger Willie Jay à aller le perdre dans les bois.

MEG *(essayant de ne pas montrer son impatience)*. Oui, oui.

BABE. Je lui ai dit que j'aimais les chiens et que s'ils voulaient me l'amener, je m'en occuperai. Tu comprends, j'étais seule, la plupart du temps, Zachary n'était presque jamais là.

MEG. Bon, ensuite. *(Meg saisit la boîte de chocolats de Lenny. Pendant ce qui suit, elle va goûter à chaque sorte de chocolats.)*

BABE. Le lendemain, Willie Jay me l'a apporté. Un vieux chien maigre, avec des petits yeux qui louchaient. J'ai demandé à Willie Jay comment il l'appelait, il m'a dit : Chien. Chien, j'aimais ce nom. J'ai décidé de le garder.

MEG. Donc le chien s'appelait « Chien ».

BABE. Avant de s'en aller, Willie Jay lui a fait une caresse et lui a dit : « Salut, Chien. Tu es le plus beau de tous les vieux chiens ». J'ai proposé à Willie Jay de revenir quand il le voulait pour le revoir. Ce qu'il a fait. « Chien » a grossi. Willie Jay est revenu souvent.

MEG *(offrant un chocolat)*. Chocolat ?

BABE *(refusant)*. Et tout a commencé.

MEG. Quoi ?

BABE. Eh bien, lui et moi, tu comprends ?

MEG. Doucement Babe. Willie Jay est un gosse. Un gamin, pas plus haut que ça.

BABE. Oh non ! Il a grandi ! Il a quinze ans maintenant.

MEG. Mais même... Quinze ans. Et puis, il est noir.

BABE *(agitée)*. Je m'en suis rendue compte, tu sais. Pourquoi penses-tu que je sois si inquiète ? A cause de moi, il peut être exposé à un scandale public. On ne lui pardonnerait pas.

MEG. Je suis complètement ahurie. Je ne te savais pas si libérale.

BABE. Je ne le suis pas ! Je me sentais si seule, si triste, et avec lui c'était bien. Je n'avais rien connu de si bien. On allait dans le garage, et...

MEG. Pas besoin d'un dessin ! Quel rapport avec hier, quand tu as tiré sur Zachary ?

BABE. Willie Jay était à la maison, on venait de...

MEG. Bien, après.

BABE. On était sous la véranda, on jouait avec Chien. Et Zachary est arrivé. Je le croyais au bureau. J'ai dit à Willy Jay : « Vite, va-t'en ! » Avant qu'il ait pu faire un pas, Zachary s'est approché, lui a envoyé un coup de poing dans la figure, ce qui l'a fait tomber, il a roulé dans les escaliers, il s'est blessé, sur le rebord des marches, au cou. Et Zachary lui a dit : « Ne reviens plus jamais ici, ou je te ferai couper les couilles ! » Willie Jay est parti en pleurant, et « Chien » derrière lui. Ensuite, je ne me souviens plus très bien : je suis allée au salon, puis j'ai ouvert le tiroir où on laisse un revolver contre les cambrioleurs... Je l'ai sorti.

Puis je… Je l'ai porté à mon oreille. Oui, c'est ça. Je l'ai appuyé derrière l'oreille. J'allais tirer quand j'ai entendu la porte derrière la maison qui cognait et subitement, sans raison, j'ai pensé à maman… et j'ai réalisé que je ne voulais pas me tuer ! Maman… elle non plus, sans doute, ne voulait pas se tuer. Elle voulait le tuer lui, et moi aussi c'est lui que je voulais tuer. J'ai attendu qu'il entre dans le salon. J'ai appuyé sur la gâchette en visant le cœur, mais je l'ai eu au ventre. *(Après un temps.)* C'est drôle, j'ai vraiment fait ça.

MEG. C'est très bien que tu l'aies fait.

BABE. Oui.

MEG. S'il te plaît, parle à Barnette Llyod. Il peut t'aider.

BABE. Mais pour Willy Jay ?

MEG *(allant au téléphone)*. Ça ira. Tu n'auras qu'à parler à Barnette comme tu l'as fait avec moi. Il comprendra. *(Cherche le numéro, et commence à la composer.)* Il sera de ton côté, tu peux en être sûre.

BABE. Non ! Arrête, Meg, non ! Ne l'appelle pas ! S'il te plaît ! Ne le fais pas ! C'est trop terrible. *(Elle court ver Meg, arrache la prise du téléphone.)*

MEG. Babe !

Babe enfourne le téléphone dans le réfrigérateur.

BABE. Je ne peux pas raconter ma vie intime à un étranger. Non.

MEG. Tu m'as bien dit que tu voulais vivre ?

BABE. Oui. *(Elle va sortir le téléphone du frigidaire et le tend à Meg.)* Tiens, Meg.

MEG. Oui ?

BABE. J'ai téléphoné. Le gâteau de Lenny sera prêt demain, à la première heure. Ils ne pouvaient pas plus tôt.

MEG. Très bien.

BABE. Je leur ai dit d'écrire dessus : « Joyeux anniversaire, Lenny, avec un jour de retard ». Ça ira ?

MEG *(au téléphone)*. Parfait.

BABE. J'ai commandé le plus grand gâteau possible. Je leur ai demandé qu'il y ait du chocolat, de la crème au beurre, et de la chantilly. Tu crois qu'elle aimera ?

Meg compose le numéro.

MEG. Sûr qu'elle aimera. Elle adorera.

BABE. Je voulais tellement.

Noir.

ACTE II

Tard le soir du même jour. Babe et Barnette sont assis autour de la table. Barnette écrit, puis remplit ses notes avec une extrême intensité. Babe est vêtue d'une robe simple : elle est assise, et mange lentement un bol de yaourt.

BARNETTE *(à lui-même)*. Mmm. Hah. Oui. Tout ça est très utile. Évidemment, ce n'est qu'une hypothèse. Ce n'est pas facile, mais ce n'est pas impossible à prouver. Bon.

BABE. Vous ne voulez vraiment pas de yaourt ?

BARNETTE. Quoi ? Non non. Merci. On a donc vu jusqu'au moment où… ?

BABE. Je viens de tirer sur Zachary.

BARNETTE *(consultant ses notes)*. C'est ça. Vous appuyez sur la gâchette.

BABE. Dites, vous croyez qu'on évitera de parler de Willy Jay ?

BARNETTE. Il est vraiment dans votre intérêt de ne même pas faire semblant qu'il existe.

BABE. Bon.

BARNETTE *(extrêmement attentif)*. Vous venez donc de tirer sur le dénommé Zachary Botrelle, qui ne cesse de vous faire subir des brutalités, physiques et mentales. Que s'est-il passé ensuite ?

BABE. Donc, j'ai tiré, et puis j'ai posé le revolver sur le siège du piano. Et je suis allée dans la cuisine me faire une citronnade.

BARNETTE. Une citronnade ?

BABE. Oui. J'étais morte de soif. La bouche sèche. Un goût de cendre.

BARNETTE. Donc, la soif, la gorge sèche à suffoquer, impossible d'articuler le moindre mot – et vous allez à la cuisine vous préparer une citronnade.

BABE. Comme je l'aime, avec beaucoup de citrons – une dizaine de citrons. Je mets beaucoup de sucre, des glaçons et je mélange avec une cuillière en bois.

BARNETTE. Ensuite ?

BABE. J'en ai bu trois verres d'un coup. De grands verres. Mon ventre a gonflé, sans doute à cause de l'acidité des citrons.

BARNETTE. Oui, sans doute.

BABE. Ensuite… Je me suis essuyé la bouche avec la main, comme ça… *(Elle montre le geste.)*

BARNETTE. Hmmmm.

BABE. Pour qu'il n'y ait pas de trace autour des lèvres. Et j'ai appelé Zachary. Je lui ai dit : « J'ai fait du jus de fruit. Tu en veux ? »

BARNETTE. Est-ce qu'il a répondu ? Avez-vous entendu sa réponse ?

BABE. Non. Il n'a pas répondu.

BARNETTE. Et vous avez fait quoi ?

BABE. Je lui ai quand même apporté un verre.

BARNETTE. Dans le salon ?

BABE. Oui. Il était sur le tapis. Il me regardait ; il a essayé de me parler. Il a voulu que j'appelle d'urgence un médecin. J'ai téléphoné à l'hôpital. J'ai donné mon nom et mon adresse, j'ai dit que mon mari était blessé, qu'il était allongé sur le tapis, couvert de sang. *(Babe fait une pose. Barnette prend des notes furieusement.)* C'est pas très bon pour vous tout ça ?

BARNETTE. Quoi ?

BABE. La citronnade, appeler l'hôpital.

BARNETTE. Ça dépend.

BABE. Si j'ai fait ce jus de fruit, c'est que j'avais la bouche sèche, mais c'était aussi pour gagner du temps, j'avais peur d'appeler la police. Je me suis dit qu'on allait se rendre compte que j'avais essayé de le tuer, que c'est moi qui avais tiré et qu'on allait m'emmener en prison.

BARNETTE. C'est une réaction courante.

BABE. Oui. Et c'est en train de se passer comme prévu... C'est sans espoir. Je me sens si seule.

BARNETTE. Allons, allons. Il n'y a pas de raison de vous inquiéter à ce point. Je vous en prie. *(Ils se regardent longuement.)* Continuez à tout me dire, donnez-moi tous les détails sur ces incidents mentionnés dans votre dossier médical. Ne vous occupez pas du reste. Croyez-moi, Mme Botrelle, nous commençons à avoir un dossier de défense solide.

BABE. Je vous en prie, en m'appelez pas Mme Botrelle.

BARNETTE. Bien.

BABE. Je m'appelle Becky. Dans la famille, on dit Babe, mais mon vrai nom est Becky.

BARNETTE. Bien, Becky.

Ils se regardent à nouveau longuement.

BABE. C'est sûr, vous n'alliez pas au lycée ?

BARNETTE. Oui, j'étais dans une pension privée.

BABE. Je vous ai déjà vu, oui.

BARNETTE. Eh bien, je... vous ne devez pas vous le rappeler, mais... oui, nous nous sommes rencontrés une fois.

BABE. Ah bon ? Quand ?

BARNETTE. A la vente de charité, il y a deux ans. Vous vendiez des gâteaux.

BABE. Oui ! Vous avez acheté un moka à l'orange !

BARNETTE. Exactement.

BABE. Et on a parlé, oui. On a parlé de l'Ange de Noël, de l'Ange annonciateur.

BARNETTE. Vous vous en souvenez.

BABE. Très bien. Mais vous étiez plus timide que maintenant.

BARNETTE. Je n'aurais jamais cru... Je n'aurais jamais imaginé...

Sonnerie du téléphone.

BABE *(allant répondre)*. C'est un hasard extraordinaire. *(Elle répond au téléphone.)* Allô... Oh, Lucille... Ah, comment est-il ?... Oui... Attends, est-ce que Chien est rentré à la maison ? Ah ?... oui, oui... *(Une pause.)* Zachary ? Tu te sens comment ?... Ah hah... Je suis désolée... S'il te plaît, ne crie pas... Ah hah... Ah hah... pas maintenant. Je ne peux pas venir... Je n'ai pas de voiture. Lenny et Meg sont allées voir Grand-père à l'hôpital... Quoi ? Oh, vraiment ? Bien sûr, je me suis trouvé un avocat ; il est là avec moi en ce moment ; il me prépare une défense à toute épreuve !... Une seconde, je vais voir. *(A Barnette.)* Il veut vous parler. Il dit qu'il peut prouver de façon accablante qu'il y a eu meurtre avec préméditation.

BARNETTE *(indigné)*. Du bluff ! Passez-le moi. *(Il saisit l'appareil et prend aussitôt une voix de miel.)* Allô, je suis Barnette Llyod. Oui, Monsieur Botrelle : Lloyd, Barnette Lloyd. Je suis l'avocat de Madame... de Becky... Certainement, Monsieur Botrelle, ce sera pour moi un plaisir d'examiner tout élément nouveau en votre possession... Parfait. Je viens immédiatement. Au revoir. *(Il raccroche.)*

BABE. Qu'est-ce qu'il a dit ?

BARNETTE. Il veut que j'aille le voir à l'hôpital. Il dit qu'il aurait des preuves. Cela me semble on ne peut plus suspect.

BABE. Oooh ! Est-ce qu'il n'a pas une voix terrible... insupportable ? Je la déteste ! Je ne peux plus l'entendre.

BARNETTE. Désormais, c'est moi qui lui téléphonerai. Refusez de lui parler.

BABE. Merci.

BARNETTE (*rangeant ses affaires dans sa serviette*). Je vais y aller, le plus tôt possible. Je veux savoir ce qu'il nous réserve.

BABE (*après un instant de silence*). Barnette.

BARNETTE. Oui ?

BABE. D'où vient ce besoin de vous venger de lui ?

BARNETTE. Oh, c'est... très compliqué.

BABE. Ah !

BARNETTE. Il a ruiné la vie de mon père. Il a détruit notre famille. Je n'aime pas en parler.

BABE. Désolée. Je veux seulement vous dire... J'espère qu'on gagnera, pour vous, aussi.

BARNETTE. Merci.

BABE. Il me semble très important que quelqu'un puisse éprouver dans sa vie un sentiment très fort et fasse tout pour l'imposer. C'est la preuve qu'on est au moins capable d'aimer profondément quelqu'un ou quelque chose.

BARNETTE. Vous avez raison.

BABE. Tellement de gens ne savent pas pourquoi ils vivent.

BARNETTE. Je m'exprime généralement assez bien... sauf pour mes sentiments. Pour ce qui m'est personnel, quand je me mets à en parler je me sens maladroit... je m'embrouille... j'ai aussi tendance à penser à moi un peu trop... à me plaindre un peu trop... Il n'est pas bien d'avouer ses faiblesses ?... Je dois y aller.

BABE. Oui. Rappelez-moi.

BARNETTE. Le plus tôt possible.

BABE. Merci.

BARNETTE. Au revoir, Becky.

BABE. Au revoir, Barnette. *(Barnette sort. Babe regarde autour d'elle un moment, puis prend son sac blanc et l'ouvre. Elle en extrait une brosse. Elle commence à brosser ses cheveux.)* Au revoir, Becky. Au revoir, Barnette. Au revoir Becky. *(Lenny entre. Elle est furieuse.)* Où est Meg ?

LENNY. Partie faire des courses, dans les magasins. Pour acheter quoi, on se le demande.

BABE. Comment va Grand-père ?

LENNY (*tout en ramassant le bol de yaourt de Babe*). Un jeune homme. Il n'a jamais été mieux !

BABE. Lenny ? Qu'est-ce qu'il y a ?

LENNY. C'est Meg ! Si j'avais pu, je l'aurais assommée !

BABE. Qu'est-ce qu'elle a fait ?

LENNY. Elle a menti d'une façon ! Dans cette chambre d'hôpital, à Grand-père. Elle n'a pas arrêté de lui raconter des histoires impossibles.

BABE. Mais quoi ? Qu'est-ce qu'elle a dit ?

LENNY. Elle a commencé par lui annoncer qu'un disque d'elle – disque et cassette – allait sortir, avec elle sur la couverture, en couleurs, en train de manger des ananas sous un palmier.

BABE. C'est peut-être vrai ?

LENNY. Babe, ici même, aujourd'hui, elle m'a avoué que son unique boulot de l'année a consisté à travailler dans un bureau d'une usine de nourriture pour chiens.

BABE. Oh, non. Ce que je suis déçue.

LENNY. Et comme si le coup du disque ne suffisait pas, elle fera une apparition dans le show télé de Sinatra deux semaines de suite. Alors que Grand-père a un poste dans sa chambre. Il va la guetter. Pour rien.

BABE. Bon dieu de bon dieu.

LENNY. Et si elle n'a pas utilisé l'argent qu'il lui a envoyé pour venir à Noël, c'est qu'elle négociait un engagement au cinéma, dans une super-production de plusieurs millions de dollars.

BABE. Oh non !

LENNY. Le film sort au printemps. Il s'appelle « La chanson du bonheur ». Mais elle n'a pas le rôle principal ; pas tout-à-fait, assez petit mais c'est le plus intéressant à jouer.

BABE (*riant*). Elle est incroyable.

LENNY. Je suis folle de rage.

BABE. Elle est capable de tout.

LENNY (*doucement, en examinant la boîte de chocolats*). Qui en a mangé ?

BABE (*hésite, puis*). Meg.

LENNY. Mon unique cadeau d'anniversaire, et voilà ce qu'elle en fait ! Elle les a pris un par un, en a croqué un bout, pour goûter, et elle les a remis ! Ça... ça... c'est elle !

BABE. Lenny, allons...

LENNY. Je ne supporte pas ! Ça me rend malade ! Elle a commencé à fumer et à boire à quatorze ans, elle n'a rien fait à l'école... Jamais elle n'a fait son lit. Mais c'est à elle qu'on a donné des leçons de chant et de danse : à chaque fête c'est à elle qu'on achetait une robe neuve. Elle a toujours fait ce qu'elle a voulu... Souviens-toi comment elle avait eu l'autorisation de porter douze volants sur sa jupe, alors que nous on n'en avait que trois. Comment avait-elle obtenu ça de Grand-mère, hein, hein ?

BABE *(qui a déjà entendu souvent cela).* Je ne sais pas.

LENNY. Je ne le supporte pas, ça me rend malade, je suis hors de moi.

BABE. Il ne faut pas lui en vouloir. Après tout, c'est elle, elle, qui a trouvé maman...

LENNY. Oh, je sais, c'est elle qui a trouvé maman. Ça lui a toujours servi d'excuse.

BABE. Mais, c'est vrai, Lenny ; c'est après qu'elle a commencé à faire des choses bizarres.

LENNY. Par exemple ?

BABE. Des choses que je n'ai jamais voulu te dire.

LENNY. De quelle sorte ?

BABE. Eh bien, par exemple, elle avait pris à la bibliothèque un vieux livre intitulé « Les maladies de la peau ». C'était rempli de photos horribles, des nez pourris, des yeux qui coulaient sur le visage, des croûtes, des ulcères, des tas d'endroits rongés, décomposés, sur tout le corps.

LENNY *(essayant de verser son café).* Arrête.

BABE. Des heures et des heures, elle se forçait à regarder ce livre. Pareil avec l'affiche dans la vitrine de la pharmacie, tu te souviens, avec ces enfants handicapés ou anormaux, je ne sais plus ? Ensuite, elle courait s'acheter une glace. Elle me disait : « Tu as vu, je suis capable de regarder ça en face, je suis capable. »

LENNY. C'est affreux.

BABE. Elle disait qu'elle avait peur d'être trop faible dans la vie... Elle a pleuré si longtemps le soir en s'endormant.

LENNY. Misères. (*Après un silence.*) Tu dois aussi trouver de bonne raisons à ce qu'elle a fait à Doc Porter.

BABE (*exaspérée*). Oh arrête ! Ce n'est pas la faute de Meg si un ouragan a tout démoli, et si le toit est tombé et a écrasé la jambe de Doc.

LENNY. C'est tout de même Meg qui a décidé de rester là, une fois évacués les gens ? Meg a dû penser que, sans doute, un ouragan ça devait être excitant. Tout le monde l'a vue insister pour que Doc reste avec elle. Elle lui a promis que, s'il restait, elle l'épouserait.

BABE *(surprise par cette information).* Il aurait pu partir. Il a choisi de rester.

LENNY. Il n'est pas parti, parce qu'il l'aimait. Résultat : Meg a laissé tomber Doc pour filer en Californie – faire carrière, paraît-il. Quelle honte. Doc a mis un an pour guérir de sa jambe, et il a abandonné ses études de médecine. C'est triste. On savait tous qu'il rêvait d'être médecin. Depuis des années, déjà, on l'appelait « Docteur ». Doc, ça lui est resté.

BABE. Ce qui s'est passé entre eux, on ne sait pas. (*Une pause.*) Tu as l'air fatigué.

LENNY. Je le suis.

BABE. On dit que pour éviter la fatigue, une femme doit absorber beaucoup de fer.

LENNY. Du fer, il y en a dans quoi ? Dans le foie ?

BABE. Prends des pilules vitaminées, c'est plus efficace.

Meg entre. Elle porte une bouteille de whisky entamée, un journal. Elle a des bottes noires, une robe foncée et un chapeau. Un silence.

MEG. C'est moi.

BABE. Salut, Meg.

Lenny lampe silencieusement son café.

MEG *(tendant le journal à Babe).* Tiens, ton journal.

BABE *(l'ouvrant).* Oh ! En première page. *(Meg allume une cigarette.)* Où sont les ciseaux, Lenny ?

LENNY. Dans le tiroir à couture.

Babe va chercher les ciseaux, et, sans se presser, découpe l'article du journal.

MEG *(au bout d'un moment où l'on n'a entendu que le bruit des ciseaux).* Bon... J'ai menti ! C'était plus fort que moi... De voir Grand-père vieilli, épuisé... Je n'avais qu'une idée : le voir sourire. Qu'il soit un peu content.

BABE. Il n'est pas bien malade, tu as vu ?

MEG. Il est devenu une petite chose blanche, blanc comme du lait... son corps s'est ratatiné... c'est à peine si...

LENNY *(qui en a perdu le souffle, se tournant vers Meg).* Tu n'aurais pas dû mentir ! C'est mal, mal de mentir comme tu l'as fait...

MEG. Je sais ! Tu ne crois pas que je le sais ? Je me déteste de mentir à ce petit vieux.

LENNY. Ne parle pas comme ça de Grand-père. Quelle ingratitude. Tout le mal qu'il s'est donné pour nous, en nous traitant comme ses propres enfants. Il n'a eu qu'un but, nous faire la meilleure vie possible. Il n'a rien voulu d'autre.

MEG. Mais est-ce que c'est bien ça qu'il nous fallait ? Est-ce qu'on savait ce qu'on voulait ?

BABE *(prenant de la colle, l'article du journal et allant vers sa valise).* Une chose que j'ai voulue de tout mon cœur, ça a été un attelage de chevaux blancs pour conduire maman au cimetière. Le cortège avance lentement, avec des gens qui se sentent bien ensemble, qui sont là à penser à maman sans méchanceté. Les chevaux marchent au pas. J'aurais aimé aussi que, ce jour-là, il ne fasse pas trop chaud. *(Lenny et Meg échangent un regard.)* Lenny, est-ce que tu as bien mis mon album de photos dans ma valise ?

LENNY. Oui, au fond, sous tes chemises de nuit.

BABE. Le voilà.

LENNY. Vraiment, Babe, tu trouves indispensable de collectionner des articles sur les moments les plus pénibles de ta vie ? Pour quoi faire ?

BABE *(collant l'article dans l'album).* Je ne sais pas. Je dois avoir envie de ne rien oublier. *(Elle feuillette l'album.)* Mes photos de mariage. *(Babe dépose l'album sur la table ; toutes trois vont le regarder.)*

LENNY. Tu avais l'air d'avoir douze ans.

BABE. J'en avais dix-huit.

MEG. Fais voir ! Quel sourire. Tu étais heureuse ?

BABE *(riant).* J'étais saoule de champagne.
On tourne la page.

LENNY. Et voici, Meg qui chante au Greeny's !

BABE. Je voudrais que tu y sois encore ! Comme j'aimerais !

LENNY. Comme tu étais belle !

BABE. Oh oui. Très belle.

MEG. Arrêtez ! Non...

LENNY. Regarde Meg, elle va pleurer.

BABE. Oh, Meg...

MEG. Oh ! Non !...

BABE. Vite, tourne la page, il ne faut pas qu'elle pleure... *(Elle tourne la page.)*

LENNY. Tiens, c'est papa.

MEG. Où as-tu trouvé cette photo, Babe ? Je croyais qu'on les avait toutes brûlées.

BABE. Je ne sais plus où je l'ai trouvée.

LENNY. Qu'est-ce qui est écrit ? Il y a une inscription ?

BABE. « Jimmy, qui fait le clown à la plage, 1952 ».

LENNY. Regardez ce sourire.

MEG. Ah la vache, ces dents blanches... tourne la page, veux-tu ? On ne peut pas voir pire que ça.

On tourne la page. Un silence.

BABE. Maman avec le chat.

MEG. C'est après... Tous les deux allongés... dans la toile goudronnée... Je n'oublierai jamais.

BABE. Si elle ne s'était pas pendue avec le vieux chat, on n'en aurait pas autant parlé.

MEG *(après un moment, désespérée).* Pourquoi reparler de tout ça ?

LENNY. Meg a raison. C'est trop triste. Je me souviens qu'on attendait assises sur le lit, le jour de l'enterrement. Toutes les trois, habillées de noir, en train de pleurer.

BABE. On a ravagé une valise de kleenex.

LENNY. Grand-père est arrivé, il a dit qu'il nous emmenait au restaurant prendre le petit déjeuner. Il nous a dit de ne plus pleurer, parce qu'on allait avoir une énorme glace.

BABE. Oui, au petit déjeuner.
Il nous a dit d'en prendre autant qu'on voulait. Je crois avoir mangé cinq glaces. Plus il en commandait, plus on en mangeait !

MEG. On n'en pouvait plus !

LENNY. C'est vrai.

MEG *(riant).* Le visage de Lenny était devenu vert.

LENNY. J'étais malade comme un chien.

BABE. Grand-mère était furieuse.

LENNY. Oh ! Oui !

MEG. Depuis toujours Grand-père veut nous rendre heureuses, et ça se termine avec trois filles qui ont le teint vert, mal à l'estomac, et qui vont vomir dans le jardin.

BABE. Ça, c'était moi ! J'allais vomir dans les massifs de fleurs ! Ce que j'avais honte !

LENNY *(riant)*. Oh, Babe...

BABE *(embrasse ses sœurs)*. Oh Lenny ! Oh, Meg !

MEG. Oh Babe ! Oh Lenny ! C'est si bon d'être à la maison.

LENNY. J'ai une idée.

BABE. Oui ?

LENNY. Si on jouait aux cartes ?

BABE. Oh oui !

MEG. D'accord !

LENNY. Formidable. Comme au temps où on jouait là toute la nuit.

BABE *(se levant)*. Je vais nous faire du chocolat chaud. Du vrai. Avec du chocolat fondu.

MEG *(de même)*. Ah pour ça, je peux t'aider.

LENNY *(se levant elle aussi)*. Je dois avoir un jeu de cartes par ici.

BABE. J'espère que je me souviens des règles... Les cœurs, c'est bon ou mauvais ?

MEG. Mauvais, je crois. Pas vrai, Lenny ?

LENNY. Bien sûr. Les cœurs c'est mauvais, mais la dame de pique est la pire de toutes.

MEG. La Sœur Noire.

BABE *(faisant semblant de savoir)*. Les piques, c'est bien les cartes noires avec un dessin comme ça ? *(Elle désigne un doigt dans l'espace d'un tracé mystérieux.)*

MEG. Oui. La Sœur Noire compte le maximum.

BABE. Et c'est mauvais d'avoir des points ?

MEG. Oui. Tiens, je vais chercher du papier, pour les marquer, les points.

Le téléphone sonne.

LENNY. Les voilà.

MEG. J'y vais.

LENNY. Regardez-moi ces cartes. Ce qu'elles sont vieilles.

BABE. Fais voir.

MEG. Allô... Non, c'est Meg MaGrath... Doc. Ça va ? Très bien, oui... Tu es où ?... Oui, bien sûr. Viens... Oui, absolument. Viens ici. Très bien. Salut. *(Elle raccroche.)* C'est Doc. Il est à côté, au café... il va venir.

LENNY. Vraiment ?

MEG. Il veut me voir.

LENNY. Ah ! *(Un silence, puis :)* Tu veux toujours jouer ?

MEG. Non. Je ne crois pas.

LENNY. D'accord. *(Lenny mélange les cartes. Meg se brosse les cheveux.)* Ce n'est pas drôle de jouer à deux.

MEG. Je regrette ; je jouerai avec vous quand il sera parti.

LENNY. Si Doc a envie de jouer, on peut faire un bridge.

MEG. Ça m'étonnerait. Doc n'a jamais aimé les cartes. Et puis, peut-être qu'on ira quelque part.

LENNY *(dépose les cartes, que Babe ramasse)*. Meg...

MEG. Oui ?

LENNY. Doc est marié.

MEG. Oui. Tu me l'as dit.

LENNY. Oh. *(Une pause.)* Ne l'oublie pas.

MEG *(se maquillant)*. Non, non.

BABE. On distribue combien de cartes ?

LENNY *(quittant la table)*. Excuse-moi.

BABE. Je distribue tout ou quoi ?

LENNY. Meg ? Je peux te demander quelque chose ?

Babe distribue toutes les cartes.

MEG. Quoi ?

LENNY. Simplement te demander...

MEG. Quoi ?

Incapable de s'exprimer, Lenny court chercher la boîte de chocolats.

LENNY. Pourquoi as-tu grignoté un bout de chacun des chocolats et pourquoi est-ce que tu les as remis dans la boîte ?

MEG. J'en cherchais avec des noisettes.

LENNY. Seulement ?

MEG. Oui.

LENNY. Mais il n'y en a pas. C'est une boîte de chocolats fourrés de crème ; ils sont tous à la crème ! Pas aux noisettes.

MEG. Oh !

LENNY. C'est écrit sur la boîte, là : « Chocolats fourrés, crèmes assorties ». Pas question de noisettes ! J'ajoute que c'était mon cadeau d'anniversaire ! Mon seul et unique !

MEG. Désolée. J'irai t'acheter une autre boîte.

LENNY. Je n'en veux pas. Ce n'est pas la question.

MEG. Alors, c'est quoi ?

LENNY. Je ne sais pas, mais... Tu n'as aucun respect pour ce qui appartient aux autres. Quand tu veux quelque chose, tu le prends. Quelque chose te plaît, tu le prends ! Et qui avait des couches et des couches de volants sur ses jupes, alors que Babe et moi on n'en avait que trois seulement.

MEG. La voilà repartie avec ces volants !

LENNY. C'est un exemple, pour montrer que tu obtiens toujours ce que tu veux !

MEG. Arrête, Lenny, tu es seulement contrariée parce que Doc a téléphoné.

LENNY. Moi, je suis contrariée à propos de Doc ? Ça fait longtemps que je ne me sens plus concernée par tes bonshommes et toi.

MEG *(se tournant vers elle, fâchée)*. Écoute, j'ai connu beaucoup trop d'hommes c'est vrai, mais si toi, tu en as manqué, ce n'est pas ma faute... Zéro. Aucun. Sauf peut-être ce type de Memphis.

LENNY *(arrêtée net)*. Quel type de Memphis ?

MEG. Celui dont Babe m'a parlé. Le type du club.

LENNY. Babe !

BABE. Meg !

LENNY. Comment est-ce que tu as pu ! Je t'avais demandé de n'en parler à personne ! Comment tu as pu ! A qui d'autre est-ce que tu en as parlé ?

BABE *(parlant en même temps)*. Il a fallu que tu ouvres ta grande gueule ?

MEG *(de même)*. Tu m'avais pas demandé de ne pas le dire !

BABE. Tu ne pouvais pas y penser toute seule ? *(A Lenny :)* Je n'en ai pas parlé à d'autres. Avec Meg, ça m'a échappé, je l'ai dit, malgré moi...

LENNY. Mais qu'est-ce que vous avez toutes les deux ? Vous êtes incapables de tenir votre langue.

BABE. Je suis désolée, Lenny. Sincèrement désolée.

LENNY. Je ne pourrai plus jamais, jamais, jamais te faire confiance.

MEG *(furieuse, prenant la défense de Babe)*. Oh écoute Lenny ! On se fait du souci pour toi. On cherche comment tu pourrais être plus heureuse.

LENNY. Heureuse ! Heureuse ! Je ne serai jamais heureuse !

MEG. Sûrement pas en servant d'infirmière à Grand-père.

BABE. Meg, tais-toi !

MEG. Non, j'ai besoin de parler ! Il est clair que c'est à cause de Grand-père que tu as cessé de fréquenter ce type de Memphis.

LENNY. Quoi... Babe, j'espère que tu ne lui as pas raconté le pourquoi de la fin de l'histoire ?

MEG. Parce que tu ne peux avoir d'enfant ?

BABE. Meg !

LENNY. Babe !

BABE. J'ai seulement fait allusion...

MEG. Mais je n'en ai pas cru un mot !

LENNY. Je me fous de ce que tu crois ! Pour toi, c'est facile, tu séduis tous les hommes que tu veux. Mais moi, quel homme peut tomber amoureux de moi ?

MEG. Plein d'hommes !

BABE. Oui, beaucoup !

MEG. Seulement Grand-père n'est pas de cet avis.

LENNY. Il ne veut pas qu'on me fasse du mal. Il ne veut pas me voir rejetée.

MEG. Oh cesse de dramatiser ! Ce que tu m'énerves à faire ta sacrifiée ! Dis-moi, tu en as réellement parlé à ce type de Memphis ?

LENNY *(à l'abandon)*. Non. Je ne lui ai rien dit. Je ne voulais pas m'entendre dire qu'il ne voulait pas de moi.

MEG. Lenny...

LENNY *(furieuse)*. Ne me parle plus ! Plus jamais ! J'ai envie de vomir... *(Elle monte l'escalier.)*

MEG. Tu vois ! Tu vois ! Ce n'est pas pour ça qu'elle a rompu. C'est à cause de Grand-père ! Quelle idiote !

BABE. Oh Meg, mais tais-toi. Mais pourquoi

tu as toujours besoin de faire pleurer Lenny. Je ne supporte pas. *(Babe monte les escaliers en courant.)* Lenny ! Lenny...

Meg soupire longuement. Elle va chercher à boire. Pendant ce temps, Doc est entré par la porte de la cour.

DOC. Bonjour, Meggy.

MEG. Doc ? C'est toi.

DOC *(après une pause).* Tu es revenue, Meggy.

MEG. Oui. Je suis revenue m'occuper de Babe.

DOC. Comment va Babe ?

MEG. Oh bien. Enfin, pas mal. Pas trop mal. *(Doc opine.)* Qu'est-ce que tu veux boire ?

DOC. La même chose que toi. C'est quoi ?

MEG. Whisky.

DOC. Ne me dis pas que Lenny achète du whisky.

MEG. Non. C'est moi. J'ai fait des courses. *(Meg va chercher un verre, verse à boire. On trinque.)* Ta femme va bien ?

DOC. Très bien, oui.

MEG. Tu as deux gosses, on m'a dit.

DOC. Deux, oui.

MEG. Garçon et fille.

DOC. Oui, Meggy. Un garçon et une fille.

MEG. C'est ce que tu as toujours dit que tu voulais.

DOC. Je disais ça ?

MEG. Oui, je crois.

Ils finissent leur verre en silence.

DOC. Où est Lenny ?

MEG. Là-haut. Elle pleure, à cause de moi. Babe est avec elle.

DOC. Pourquoi tu l'as fait pleurer ?

MEG. Je ne sais pas. En mangeant des chocolats qu'on lui a donnés pour son anniversaire ; en lui parlant de son petit ami de Memphis. Je ne sais pas. Je ne suis pas fière de moi. Mais pourquoi je n'arrive pas à la fermer ?

DOC. Je ne sais pas, Meggy. Peux-être que tu ne le veux pas vraiment.

MEG. Peux-être. *(Ils se sourient. Meg remplit les verres.)*

DOC. Ça fait longtemps.

MEG. Longtemps, oui.

DOC. C'était quand, la dernière fois ?

MEG. Je ne me rappelle pas.

DOC. Ce n'était pas à Biloxi ?

MEG. Biloxi... Il me semble, oui.

DOC. Et un ouragan passait par là ?

MEG. Ah oui ?

DOC. Un ouragan venu de l'enfer. Camille, on l'appelait. L'ouragan Camille.

MEG. Je m'en souviens. Un ouragan de toute beauté.

DOC. On avait fêté ça. Bu de la vodka, mangé des huîtres, dansé toute la nuit. Et ce vent !

MEG. Ah oui, ça soufflait, hein ?

DOC. Oui !

MEG. Jamais vu un vent pareil.

DOC. Bon Dieu, Meggy. Bon Dieu.

MEG. Je sais, Doc... Je n'aurais pas dû te quitter. J'étais folle. Mais moi ici j'avais l'impression d'étouffer.

DOC. Sans savoir pourquoi.

MEG. Non. C'est moi... Je ne voulais dépendre de personne. Après j'ai compris.

DOC *(après un arrêt).* Oh Meggy... *(Il remplit les verres.)* Est-ce que tu chantes toujours ces chansons tristes ?

MEG. Non.

DOC. Pourquoi ?

MEG. Ça n'a pas marché pour moi. Je ne chante plus. Noël dernier, ma vie c'était l'horreur.

DOC. C'est-à-dire ?

MEG. Dépression. Ça n'allait plus du tout. J'ai fini à l'hôpital de Los Angeles.

DOC. Toi, Meggy. Qu'est-ce qui s'est passé ?

MEG. On ne sait jamais ces choses-là. Je ne pouvais plus chanter. Je n'avais plus de travail. J'avais mal aux dents, une rage de dents, qui durait, qui durait, et que rien ne calmait. Je restais enfermée. Je traînais d'une chaise à l'autre, à me ronger les ongles. Un après-midi, je suis sortie de chez moi, avec tout mon argent, tous mes bijoux, tout ce qui pouvait avoir une valeur, j'ai tout donné à une quête pour handicapés. Là, on m'a embarquée. *(Doc est fasciné.)*

DOC *(après un silence).* Il y a une lune superbe.

MEG. Ah ?

DOC. Si tu veux, on fait un tour dans mon camion ?

MEG. Je ne veux pas recommencer. Doc. Ce sera trop dur après.

DOC. Qui parle de recommencer ? Je te propose seulement une balade. On regardera la lune.

MEG. Toute la nuit ?

DOC. Oui.

MEG. A regarder la lune ?

DOC. C'est ça.

MEG. Bon… d'accord. *(Elle se lève. Il l'aide à s'habiller.)*

DOC. On prend la bouteille… *(Il prend la bouteille. Meg, les verres.)* On laisse les verres…

MEG *(riant).* On laisse les verres. *(Meg éteint les lumières, ne laissant qu'une petite ampoule allumée au-dessus de l'évier. Meg et Doc sortent. Peu après, Babe, en combinaison, descend l'escalier.)*

BABE. Meg ? Meg ? *(Elle attend immobile un instant dans la lumière de la lune. Elle aperçoit son saxo et s'en saisit. Elle joue quelques notes très aiguës. On frappe à la porte.)*

Voix de BARNETTE. Becky ? Becky, c'est vous ?

BABE *(posant le saxo).* Une minute. J'arrive. *(Elle jette un imperméable sur sa combinaison et va ouvrir.)* Bonsoir, Barnette. Entrez.

Barnette entre. Il est très troublé, mais il fait un grand effort pour le dissimuler.

BARNETTE. Merci.

BABE. Alors ?

BARNETTE. Je reviens de l'hôpital, où j'ai vu Zachary.

BABE. Ah ?

BARNETTE. Il semble… Il semble que sa sœur Lucille a des soupçons…

BABE. Des soupçons ?

BARNETTE. Sur vous…

BABE. Moi ?

BARNETTE. Elle avait engagé un détective privé, il a pris ces photos. *(Il tend à Babe une enveloppe contenant plusieurs photos. Babe l'ouvre, regarde les photos en silence, stupéfaite.)* Elles ont été prises il y a à peu près quinze jours. Elle ne les a pas immédiatement montrées à Botrelle, elle attendait le moment propice. *(Le téléphone sonne un coup et demi, seulement. Barnette jette sur lui un œil inquiet.)* Becky ?

BABE *(regardant Barnette doucement).* Ce sont des photos de Willie Jay et moi… dans le garage.

BARNETTE *(détournant son regard).* Je sais.

BABE. Vous avez vu ces photos ?

BARNETTE. Oui… je… professionnellement. Oui, j'ai dû les regarder.

BABE. Oh, mon Dieu. On ne pouvait pas les brûler ? Vite allons les brûler tout de suite !

BARNETTE. Ça ne changera rien. Ils ont les négatifs. Elles existent, c'est un fait.

BABE *(les photos à la main, se heurtant à tous les meubles).* Oh non non non non non non. Quand je pense que vous… Ce qu'il y a dessus… Certaines sont… C'est trop personnel. Il ne fallait pas qu'on vous les donne.

BARNETTE. Il ne pouvait pas en être autrement. J'ai dû en faire l'inventaire.

BABE. Pourquoi ?

BARNETTE. Ils peuvent les verser au dossier.

BABE. Oh non !

BARNETTE. Moi – moi, individu – j'ai décidé que je ne lea avais jamais vues. Becky, je vous jure qu'au fond de moi je ne garderai ni trace ni souvenir de ces… images. J'oublierai jusqu'à la situation. Primo, parce que c'est professionnel. Secundo parce que, vous le savez, j'ai une certaine énergie ; et ce que je veux, je le fais !

Voix de LENNY. Babe ? Ça va ? Babe…

BABE *(cachant les photos).* Oui, ça va. Va te coucher.

Lenny descend les escaliers. Elle est enveloppée dans un manteau ; avec un gant de toilette, elle étale la crème de nuit blanche sur son visage.

LENNY. Qu'est-ce qui se passe ?

BABE. Rien ! *(Elle entraîne Barnette comme s'ils dansaient.)* On dansait…

LENNY. On ne danse pas sans chaussures…

BABE. Bonne idée ! *(Elle cache les photos en allant mettre des chaussures.)*

LENNY. Écoute Babe.

BABE. Remonte te coucher, il est tard.

LENNY. On vient d'appeler de l'hôpital. Il faut y aller. Grand-père a eu une autre attaque.

BABE. Ah ? Bien. Je suis prête.

Elle se lève. Ils se regardent tous les trois. Noir.

ACTE III

La cuisine est vide. Le lendemain matin. Entrent Chick et Lenny, fatiguées.

CHICK. Je passe mon temps à te conduire en voiture. Tu pourrais quand même te décider à apprendre. A notre âge, on doit savoir conduire, c'est aussi nécessaire que de savoir lire et écrire... Ou de savoir nager.

LENNY. J'ai peur, tu le sais bien.

CHICK. Résultat, je fais le chauffeur. Bientôt, je ferai la bonne.

LENNY. C'est parce qu'on est voisines.

CHICK. Et parentes. Cette idée de Grand-père de faire construire deux maisons sur le même terrain, pour ses enfants.

LENNY. Et les enfants de ses enfants.

CHICK. A propos est-ce que tu sais comment grand-père a réglé ses affaires ?

LENNY. Je ne comprends pas ?

CHICK. Chez le notaire. Cette maison, où tu habites, elle est à toi, ou bien est-ce qu'elle est encore à lui ? Pense aux droits de succession, c'est énorme. La mienne, mon mari et moi on a fait ce qu'il faut, on l'a mise au nom de nos enfants. Mickey et Buck Junior sont déjà propriétaires ! Et l'argent ? Et les titres ? Est-ce qu'il y en a ? J'ai voulu lui en parler un jour, en passant, et il m'a dit « Plus tard, on verra ». On verra, quoi on se le demande !

LENNY. Je ne sais rien de ces choses-là.

CHICK. Il n'a plus beaucoup à vivre.

LENNY. Tu as une façon de parler de lui...

CHICK *(à qui soudain il vient des larmes)*. Ce n'est pas de la méchanceté... Il faut que je dise ce qui me passe par la tête. Je parle trop, trop vite, je ne prends pas de gants. Je suis faite comme ça. Et ça n'empêche pas les sentiments. Moi aussi j'aime beaucoup Grand-père ! *(Chick, sortant une feuille de son sac.)* J'ai préparé une liste de parents et de relations à prévenir pour l'enterrement. Tu en feras la moitié, et moi l'autre. Je ne propose ni à Margaret, ni à Rebecca de venir nous aider. A propos, où sont-elles ? Je ne les ai pas vues, ce matin.

LENNY *(prend le papier, le déchire en deux, en garde une moitié, tend l'autre à Chick)*. Tiens. Je ferai le reste. Maintenant, laisse-moi, s'il te plaît, l'hôpital m'a fatiguée...

CHICK. Et moi donc ! Mais moi, je ne peux pas aller me reposer. Avec les gosses qui m'attendent. Quand j'étais seule, moi aussi, j'avais du temps pour rêver et m'amuser, c'était facile, d'avoir du plaisir...

Un temps, elle a pris ses affaires, elle est sortie. Un silence. Puis :

BABE. Va vite te reposer, Lenny.

LENNY. Tu étais là ? *(Pour toute réponse, Babe a pris son saxo et joue.)* On a appelé de l'hôpital ?

BABE. Non.

LENNY. Tu n'as pas l'air très sûre ? Tu dormais ?

BABE. Oui, j'ai dormi, mais si le téléphone avait sonné, je l'aurais entendu. Il m'aurait réveillée.

LENNY. Mon bébé, mais tu dors comme un ange.

BABE. Écoute, tu en viens de l'hôpital.

LENNY. Je sais, mais... Je me sens mal, mais mal !

BABE. On a fait ce qu'on pouvait. Toi, plus que personne.

LENNY. Ça doit être à cause de moi ? D'un vœu que j'ai fait hier !

BABE. Qu'est-ce que tu as souhaité ?

LENNY. J'ai fait le vœu que Grand-père ait vite fini de souffrir. J'ai fait ce vœu sur une bougie d'anniversaire. Je l'ai fait. Et maintenant, il est dans le coma, et il paraît qu'il ne souffre plus.

BABE. Quelle bougie ? Tu n'as pas eu de gâteau d'anniversaire ?

LENNY. J'ai quand même soufflé des bougies.

BABE. S'il n'y a pas de gâteau, ça ne compte pas.

LENNY. Tu crois ?

BABE. Déjà que même avec gâteau, ça ne marche pas la plupart du temps.

LENNY. Je me demande quand Meg va rentrer... Je veux faire un autre vœu : qu'on ne se dispute plus. Chaque fois, j'ai de la peine.

BABE. Moi aussi.

LENNY. J'ai toujours mal supporté les compliments que Gran-père lui faisait, sur elle, sur son talent. Moi, du talent, j'en ai pas.

BABE. Tu as beaucoup de qualités. Il suffit d'y croire, c'est tout. Tiens, moi, quand je suis allée m'acheter ce saxo, j'espérais entrer au Conservatoire et en faire ma carrière... Je suis allée l'acheter, j'ai appris, un peu. Et, maintenant, après ce que j'ai fait... Toi, tu peux encore tout.

LENNY. Pour toi aussi, ça peut s'arranger.

BABE. Ça me paraît difficile.

LENNY. J'ai entendu dire à l'hôpital que Zachary allait s'en tirer. Il va même remarcher. Guérison complète.

BABE. Quelquefois, la vie, c'est moche.

LENNY. Avant-hier, Billy Boy est mort, tué par la foudre... J'en peux plus, Bébé.

BABE. Tu vas monter avec moi, je vais te déshabiller, tu vas prendre une douche, ensuite je te ferai un massage.

LENNY. Oh oui !

BABE. Allez, hop !

LENNY. Si on téléphone ? On n'entendra pas avec le bruit de la douche ? Dis, tu écouteras ?

BABE. Allez, monte. Je pousse...

Elle pousse effectivement Lenny qui monte l'escalier. Une fois sorties, on entend le bruit d'une voiture qui stoppe brutalement. Des rires. Puis, se rapprochant, la voix de Meg. Meg chante une chanson dont on perçoit mal les paroles. Meg entre débraillée, exubérante, les cheveux fous. Elle boîte. Elle tient à la main une de ses chaussures dont le talon est cassé – elle la tient à hauteur de la bouche, comme un micro. Elle entre, chantonnant bouche fermée comme du jazz. Doc la suit, dans le même état, compte tenu de sa réserve habituelle. Il l'accompagne sur un petit banjo.

MEG. Bonjour tout le monde. Y'a personne ? Docteur, nous sommes seuls. *(A Doc.)* Bonjour ! *(Très tendre.)* Bonjour...

DOC. Bonjour, Meggy.

MEG. J'aime que tu me raccompagnes. Ça fait jeune fille qu'on sort et qu'on ramène respectueusement à la maison. Et qu'est-ce qu'on lui disait autrefois à la demoiselle ? On lui souhaitait... qu'est-ce qu'on lui souhaitait ?

DOC. Que ta journée soit douce...

MEG. Elle le sera. Après la nuit que je viens de passer. Sous la lune !

DOC *(posant la bouteille qu'il sort de sa poche).* Tiens.

MEG. Elle est vide. Que veux-tu que je fasse d'une bouteille vide ? On n'a pas bu beaucoup. Non. Pas vraiment... En descendant de voiture, si je me suis étalée c'est à cause de mon talon cassé, j'avais une excuse. Pas toi, quand tu m'es tombé dessus en voulant soi-disant me relever.

DOC. On était bien par terre. Oh oui... J'ai l'impression que Chick nous a vus.

MEG. Elle fera encore une scène à Lenny. C'est comme ça. Lenny est tranquille, j'arrive, et ça devient un cauchemar. *(Tout à coup, Doc la prend dans ses bras. Il l'embrasse sur la bouche, doucement, légèrement. Un silence.)* Merci.

DOC. J'ai passé une nuit...

MEG. Magnifique...

DOC. Oui. Oui. Oui.

MEG. Je n'étais pas revenue à la rivière depuis qu'on s'y donnait rendez-vous... J'ai retrouvé tout pareil, l'herbe, les feuilles, l'eau qui coule. J'ai même reconnu les arbres.

DOC. Je ne suis plus le même. Ni toi.

MEG *(après une pause).* On est arrivés. Tu as laissé marcher la musique dans la voiture...

DOC. C'est un camion.

MEG. Tu as coupé le moteur. On est descendus. On s'est allongés. On a regardé le ciel. Tu as fermé les yeux. Tu t'es endormi – tu fais petit garçon quand tu dors... comme tu dormais, je suis allée arrêter la radio, j'ai attendu... Je ne savais pas quoi mais j'attendais quelque chose qui allait se passer, et c'est venu. J'ai commencé... j'ai pu, doucement, j'avais peur, j'ai recommencé à chanter, j'ai retrouvé ma voix... Un an, que je ne chantais plus. Je voulais que tu le saches. Doc fait des miracles.

DOC. Tu n'as jamais eu une aussi belle voix.

MEG. Tu dormais.

DOC. Tu crois ?

MEG. C'est long, et c'est dur, un an, à me dire que je ne chanterai plus jamais.

DOC. Tu as commencé à chanter. Tu m'as pris par la main. Tu l'as posée sur ton cou. Tu as posé ta tête près de la mienne. Tu as essayé une chanson. Puis deux. Je sentais ton souffle – tu me donnais à respirer un peu de ta musique. Tu as arrêté. Tu m'as embrassé, doucement, plusieurs fois, quatre fois... Tu n'as plus bougé. On entendait la rivière couler. Il y avait des bruits d'oiseaux.

MEG. Toujours aussi gentil !... *(Elle a un rire, puis elle examine Doc, comme un cheval.)* Il est fort. Bras. Épaules. La poitrine, voyons ? Oui. Tu es fort.

DOC. J'en ai l'air.

MEG. Si j'ai pu chanter, c'est grâce à toi. Je le dis parce que c'est vrai. Mais – tu ne vas pas m'en vouloir – quand j'ai chanté, j'ai pensé à Grand-père. J'ai chanté en regardant en haut des arbres, pour que ma voix monte, porte loin, pour qu'il m'entende là-bas. Pardon.

DOC. C'est ton droit, Meggy... Ne t'excuse pas. Les excuses, ce n'est pas ton genre... Ce que tu veux, tu le prends, et si tu as envie d'autre chose, tu laisses. Je ne t'en ai jamais voulu. C'est ce que j'avais à te dire, moi aussi, avant de m'en aller.

MEG. Ne joue pas au type sublime. Tu es trop doué. C'est facile. *(A voix basse.)* Dommage...

DOC. Je m'en vais, Meggy... Je rentre chez moi. Je vais dormir, jusqu'à midi.

MEG. Tu sais, rien ne sera plus comme avant... Malgré tout, je me sens incroyablement bien... Viens. Je t'amène à ta voiture.

Elle l'entraîne. Ils sortent par la véranda. Très simplement. Meg se remet à chanter, pour le seul plaisir de chanter. On les voit disparaître. Puis on aperçoit à nouveau Doc une fois, il est seul, il salue de loin. Il disparaît. Meg revient. Meg continue de chanter, sans forcer, comme on chante pour soi. Le téléphone sonne. Meg ne répond pas. Lenny apparaît, elle se précipite sur le téléphone, suivie de Babe. Mais la sonnerie a cessé.

LENNY. Meg ? Tu étais là ? Tu aurais pu répondre !

MEG. On ne doit pas s'énerver un jour comme aujourd'hui.

BABE. Rappelle.

LENNY *(composant le numéro de l'hôpital)*. Occupé !!

MEG. Laisse faire, on rappellera, c'est fait pour ça le téléphone... Si vous saviez comme je me sens bien ! Alors que je devrais aller mal, tout compte fait. Même très mal. *(Cherchant la colle.)* Où est la colle ? Mon talon s'est cassé net. La la la la ! Ah la voilà. Un point de colle ça devrait suffire... Qu'est-ce que vous avez toutes les deux ? C'est la fin du monde ?... Vous êtes fâchées parce que j'ai passé la nuit dehors ? Eh oui, j'ai passé la nuit dehors.

LENNY. On n'es pas fâchées, on est déprimées. *(Elle commence à pleurer.)*

MEG. Lenny, écoute. Il n'y a aucun problème avec Doc. Il ne s'est rien passé. Rien qu'on puisse nous reprocher... Bien malgré moi, je dois le dire. *(Étalant la colle sur le talon.)* Là-bas, je pensais : « Qu'est-ce que je lui dirai quand il me demandera de partir avec lui ? Est-ce que j'aurai pitié de sa femme et ses gosses ? Est-ce que je leur sacrifierai mon bonheur ? Et bien, non ! » Seulement, il ne m'a rien demandé, il n'a même pas essayé... Je devrais être désespérée, je devrais être humiliée, effondrée ! Ça viendra peut-être, je ne sais pas... En attendant, comme je me sens bien ! Je suis heureuse. J'ai réalisé que je pouvais de nouveau être sincère avec quelqu'un, l'aimer, le désirer. Alors je me suis mise à chanter ! J'ai chanté toute la nuit. Ma voix montait au sommet des arbres !

Lenny et Babe se regardent.

BABE. Ah, Meg.

MEG. Quoi ?

LENNY. Grand-père...

MEG. Je sais, je sais. Je n'aurais pas dû lui mentir. Eh bien, ce matin, j'irai lui dire la vérité, toute la vérité, qu'il ait envie de l'entendre ou pas. Il devra me prendre comme je suis. Et s'il ne supporte pas, s'il a une attaque, tant pis pour lui !

Babe et Lenny échangent un regard. Babe entame un sourire. Lenny aussi.

BABE. Tu arrive trop tard ! Ahahahah ! *(Elles se mettent à rire toutes deux.)*

MEG. Quoi ? Qu'est-ce qui est tellement drôle ?

BABE *(riant toujours)*. Ce n'est... ce n'est pas drôle.

LENNY *(de même)*. Oh non ! Pas du tout !

MEG. Mais quoi ?

BABE *(essayant de se calmer)*. C'est que... c'est...

MEG. Quoi ?

BABE. Grand-père, il... il a eu une attaque, il est dans le coma !

Babe et Lenny se remettent à rire.

MEG. Dans quoi ?

BABE *(hurlant)*. Dans le coma !

MEG. Bon Dieu ! Mais c'est pas drôle !

BABE *(se calmant)*. Je sais...

LENNY. C'est même triste. Mais on a passé une nuit blanche...

BABE. La vérité, c'est qu'on est très fatiguées.

MEG. Est-ce qu'il va s'en tirer ?

Babe et Lenny se regardent :

BABE. Probablement pas. *(Elles se mettent à rire de nouveau.)*

LENNY. Mais pourquoi est-ce qu'on rit comme ça ? On n'est pas bien du tout...

BABE. C'est affreux !

LENNY *(rassemblant ses esprits).* Et voilà, maintenant, j'ai envie de pleurer.

BABE. Moi aussi. Moi aussi.

MEG. Vous avez réussi à me déprimer.

LENNY. Je regrette. Ce n'est pas de notre faute si Grand-père a choisi d'avoir une attaque hier soir. *(Nouveaux rires.)*

MEG. Je vois.

LENNY. Depuis, état stationnaire. (*Elle est prête à pouffer de rire.*)

MEG. Ça suffit comme ça. Ça va vous deux ? *(Babe et Lenny font signe que oui.)* Il faut aller vous reposer... *(Nouvelle approbation. Parlant de son talon – rebouchant la colle, et réalisant.)* Voilà, il ne saura jamais la vérité. Pour une fois que je suis décidée à ne plus lui mentir, il pique du nez. C'est bien de lui. Babe, tu ne sais pas où sont mes ballerines ?

BABE. Peut-être dans le salon.

LENNY *(après un silence).* Tout va changer ici... quand Grand-père ne sera plus là. Pas tellement pour vous deux, mais pour moi.

MEG. Ça va s'arranger.

BABE *(déprimée).* Oui. Ça va s'arranger.

LENNY. Espérons. Ce qui me fait peur, c'est de vivre seule ici. Seule.

MEG. Pourquoi tu serais seule ? Babe viendra peut-être vivre avec toi ?

Lenny regarde Babe, pleine d'espoir.

BABE. Ici ? Non, je ne crois pas.

MEG *(essayant de compenser).* On est grandes. Que chacune fasse ce qu'elle veut. *(A Lenny.)* Invite des gens. Reçois. Rencontre des inconnus.

LENNY. Je ne connais pas d'inconnus.

MEG. Tu as bien connu un Charlie ? Fais-lui signe ?

LENNY *(secouant la tête).* Je ne le verrai plus.

MEG. Pourquoi pas ?

LENNY *(s'effondrant).* Je lui ai dit qu'on ne devait plus jamais se revoir.

MEG. Tu lui as dit ça, tu peux lui dire le contraire.

LENNY. Oh non. J'aurais l'air d'une idiote.

MEG. Et alors ? Tous les amoureux ont l'air idiots. Pas vrai, Babe ?

BABE. Absolument.

MEG. Et si tu l'appelais, tout de suite ? Tu serais fixée ?

LENNY. Oh non ! J'aurais trop peur.

MEG. Ça ne fera de mal à personne ? Ce n'est pas pire que de ne plus le revoir.

LENNY. Tu as sans doute raison...

MEG. Appelle-le, allez hop ! Tente ta chance, allez ! Au moins une fois !

LENNY. Je devrais, tu crois ?

MEG. C'est évident ! Tu dois essayer. Fais-le !

Lenny consulte Babe du regard.

BABE. Fais-le, Lenny... Tu dois le faire.

LENNY. C'est vrai ? Vraiment vrai ?

MEG. Oui !

LENNY. Bon. Je le ferai. Oui !

MEG. Bien !

BABE. Très bien !

LENNY. Je lui téléphone immédiatement. Tant que j'en ai le courage.

MEG. Tu as le numéro ?

LENNY. Oui, oui. Je préfère appeler d'en haut. Je serai plus à l'aise.

MEG. Très bien.

LENNY. Je vais le faire. Je verrai bien ce qui va se passer... (*Elle a commencé à monter les escaliers.*) Souhaitez-moi bonne chance !

BABE et MEG. Bonne chance, Lenny !

LENNY. Merci.

Elle a presque disparu quand le téléphone se met à sonner. Elle stoppe. Meg répond.

LENNY. Qui était-ce ?

MEG. Une erreur. Quelqu'un qui cherche un carrossier.

LENNY. Ah. Je reviens. *(Elle sort.)*

MEG *(peu après, chuchotant, à Babe)*. C'était le pâtissier. Le gâteau de Lenny est prêt. Je vais le chercher. *(Elle s'apprête à partir.)*

BABE *(dont la dépression augmente)*. Meg...

MEG. Quoi ?

BABE. Rien.

MEG. Ça va toi ? *(Babe fait signe de la tête que non.)* Qu'est-ce que tu as ?

Babe se lève, va à sa valise, qu'elle ouvre, et en sort l'enveloppe aux photos.

BABE. Tiens. Jette un coup d'œil.

MEG *(prenant l'enveloppe)*. Qu'est-ce que c'est ?

BABE. Des preuves de Zachary contre moi.

MEG *(ouvrant l'enveloppe et regardant ce qu'elle contient)*. Bon Dieu, c'est toi... et ça, c'est Willie Jay ?

BABE. Ouais.

MEG. Et biens dis-donc, de toute évidence, il a grandi. Tu avais raison.

BABE. S'il te plaît ne dis rien à Lenny. Elle me haïrait.

MEG. Non. Je ne dirai rien à Lenny. *(Remettant les photos dans l'enveloppe.)* Qu'est-ce que tu vas faire ?

BABE. Qu'est-ce que je peux faire ?

On frappe dehors, Babe cache l'enveloppe.

BARNETTE. Becky, vous êtes là, c'est Barnette.

MEG. Entrez, Barnette. Bonjour.

Il entre. Ses yeux étincelant d'excitation :

BARNETTE *(arpentant la pièce)*. Bonjour ! *(Serrant la main de Meg.)* Bonjour, mademoiselle MaGrath. *(Touchant Babe à l'épaule.)* Becky. *(S'éloignant.)* Je veux vous dire... Comment allez-vous ce matin ?

MEG. Très bien. Très bien.

BARNETTE. Bon. Bon. J'ai très peu de temps.

MEG. Oh.

BARNETTE. Comment va votre grand-père ?

MEG. Pas bien... Il est dans le coma. *(C'est elle qui se met à rire.)*

BARNETTE. Ah... Ah. *(A Babe.)* Je viens surtout reprendre cette... enveloppe... Hier soir j'ai oublié. J'étais troublé. *(Un arrêt.)* Vous l'avez toujours ? *(Babe lui tend l'enveloppe.)* Ouf. *(La prenant.)* Parfait. Elle sera mieux dans mon coffre.

MEG. Certainement.

BARNETTE. Pardon ?

BABE. Elle sait. Je lui ai montré les photos.

BARNETTE. Ah ? Bien.

MEG. Que va-t-il arriver après ça, Barnette ? Ces photos changent quoi ?

BARNETTE *(après un moment d'arrêt)*. Humm. Puis-je parler franchement ?

BABE. Oui.

MEG. Allez-y !

BARNETTE. Ma première réaction a été que ces... choses allaient bouleverser mes plans. J'ai donc passé la nuit à étudier des papiers suspects, certains rapports, qui sont imprudemment tombés entre mes mains.

BABE. De quels papiers parlez-vous ?

BARNETTE. De documents qui, dans l'attente du rapport des experts assermentés, pourraient prouver des actes de corruption, fraude, faux et usage de faux, et même une histoire de mœurs.

MEG. Vous parlez de Zachary ?

BARNETTE. Lui-même. Je serai aussi dur et impitoyable avec le dénommé Zachary Botrelle qu'il est avec nous. Avec le scandale que je lui prépare, Botrelle sera bien obligé de régler cette affaire à notre convenance.

MEG. Babe ! Tu entends ça ?

BABE. Vous êtes vengé !

BARNETTE. Il est évidemment problématique... disons impossible, de tout rendre public devant la Cour. Ce qui a toujours été mon but.

BABE. Pourquoi ?

BARNETTE. Je n'aimerais pas qu'un jury aille jeter... ne serait-ce qu'un œil sur ces... photographies.

BABE. Alors vous ne pourrez vous servir de rien contre Zachary, vous non plus ?

BARNETTE. Par définition. Mais ! Par ailleurs, un journal pourrait... accidentellement... disposer de certaines de nos informations. Mr. Zachary Botrelle serait alors à proprement parler ébouillanté. Mais nous verrons comment ils se conduiront. Jusqu'où pourra aller notre transaction.

MEG. Merci, Barnette. Babe, quelle belle journée. *(Réalisant qu'elle gêne.)* Bon, où sont mes ballerines ? *(Elle grimpe en courant les escaliers.)*

BABE. Il faut abandonner votre vengeance ?

BARNETTE. Dans un sens, oui... Dans l'immédiat... Et puis il est positif de ne pas toujours se laisser dominer par cette sorte de nécessité. *(Regardant Babe avec sentiment.)* Il y a plus important.

BABE. Willie Jay ? Il ne sera pas mêlé à tout ça ?

BARNETTE. ... Je m'en suis occupé. Il partira ce soir secrètement, très loin, vers le nord, par le bus de minuit.

BABE. Loin... Je ne le verrai plus.

BARNETTE. Désolé. Je n'ai pas trouvé d'autre solution. *(Barnette avance vers elle, elle s'éloigne.)*

BABE. J'aimerais être seule un moment... Retournez à votre bureau, soyez gentil.

BARNETTE *(maladroit)*. Il le faut. Oui... Parce que j'ai des coups de fil importants à donner, je vais commencer immédiatement à négocier. *(Plein d'espoir.)* Nous concluerons sans difficulté. Je reviendrai vous faire mon rapport. Puis nous oublierons cette affaire. J'aurai à vous poser d'autres questions... et vous aurez encore des difficultés à y répondre, je vous connais Becky... *(Il lui dit avec amour.)* A très vite. On s'appelle...

MEG *(réapparaissant, chaussée avec ses bottes)*. Oh, Barnette.

BARNETTE. Oui ?

MEG. Pouvez-vous me déposer ? Je vais à la pâtisserie.

BARNETTE. Avec plaisir.

MEG. Merci. Babe, je reviens avec le gâteau. On va faire une de ces fêtes ! Si Lenny demande où je suis, dis que... Dis-lui seulement que je ramasse des fruits dans le jardin.

BARNETTE. Au revoir, Becky.

BABE. Au revoir Barnette. Prenez soin de vous. *(Meg et Barnette sortent. Babe s'assied ; elle regarde fixement devant elle, dans un état de désespoir profond.)* Au revoir Becky. Au revoir Barnette. Au revoir Becky. *(Elle s'interrompt quand Lenny descend l'escalier très agitée.)*

LENNY. Oh oh oh ! Que j'ai honte ! Que je suis lâche ! Où est Meg ?

BABE *(soudain très gaie)*. Elle ramasse des fruits dans le jardin.

LENNY. Oh. Je ne pourrai plus la regarder en face. Je n'ai pas pu. Je n'ai pas pu l'appeler. Mon cœur battait, battait. Oh Babe, tu as l'air tellement déçue ?

BABE *(abattue)*. Oui.

LENNY. J'ai déçu Babe. J'ai déçu ma petite sœur ! J'ai envie de crier comme une bête.

Voix de CHICK. Ooooh Lenny ! *(Chick opère une entrée dramatique, ruisselante de compassion.)* Alors cette fois, ça dépasse tout ! Pauvre Lenny. Pauvre petite Babe. Avoir une sœur pareille !

LENNY. Qu'est-ce qui t'amène ?

CHICK. Ne va pas me raconter d'histoires. J'ai tout vu de ma terrasse ; Meg sortant de la camionnete de Doc Porter, il y a moins d'un quart d'heure, et dans quelle tenue ! A mourir de honte ! J'ai toujours dit que cette fille ne valait pas un sou !

LENNY. Ne parle pas de Meg de cette façon.

CHICK. Voyons, Lenny chérie, je sais exactement ce que tu penses de Meg. Meg est une traînée avec qui tu n'as plus rien de commun.

LENNY. Je viens de te dire de ne pas parler de ma sœur de cette façon.

CHICK. Par ma Vierge, Eleonore, ne sois pas si nouille. Je dis la vérité.

LENNY. Je ne veux pas entendre ça dans ma maison.

CHICK. Ta maison ? C'est la maison de mon Grand-père, et il te laisse ici par charité ! Ne va pas faire la fière avec moi !

LENNY. Sors d'ici !

CHICK. De quel droit, tu me donnes des ordres ! J'en ai par-dessus la tête des MaGrath et de leurs manières ; et ça se pend dans une cave ; et ça rôde autour des hommes mariés ; et ça tire sur son mari !

LENNY. Dehors !

CHICK *(à Babe)*. Et ça finira sa vie en prison ou dans un asile. Car d'évidence il y a eu crime avec préméditation.

LENNY. Fous le camp !

CHICK *(parlant à toute allure)*. Tout le monde le dit : avec prémiditation ! Tu vas le payer ! Tu m'entends ! Tu vas le payer !

LENNY *(prenant un balai et en menaçant Chick)*. Je t'ai dit de foutre le camp.

CHICK. C'est à toi de sortir d'ici à la minute... Espèce de cinglée !

LENNY *(frappant Chick à coups de balai)*. Sors ! Tu as compris : sors ! Et ne remets plus les pieds ici, jamais, jamais, jamais !

CHICK *(criant tout en tournant dans la pièce)*. Oh oh oh ! Elle est folle ! folle !

LENNY *(la poussant dehors)*. Tu m'entends, Chick-la-Trique, c'est ma maison ! C'est ma maison ! Dehors ! Allez ! Dehors !

CHICK *(simultanément)*. Police ! Police ! Elle est folle ! Au secours ! Au secours !

Lenny l'a chassée. Elle la poursuit. Le téléphone sonne. Babe va répondre.

BABE. Allô ? Oh, Zachary !... Oui, il me les a montrées !... Tu es quoi ?... Que veux-tu dire ?... Quoi ?... Non ! Non !... Ne dis pas que ma mère était folle !... Non, tu ne le feras pas ! Non, non. Tu ne feras pas ça. *(Elle repose violemment le téléphone, le regard dans le vide. Elle se dirige vers le tiroir à couture. Elle ouvre le tiroir ; sort la corde, dont la vue la terrifie ; elle la rejette dans le tiroir qu'elle referme violemment. Lenny est de retour, balançant le balai et riant.)*

LENNY. Je l'ai poursuivie jusqu'au mimosa. Moi ! Elle a dû grimper dans l'arbre et de là elle appelle au secours.

BABE. Tu as fait ça !

LENNY. Oui. Moi. Et ça m'a fait du bien ! Je me sens bien ! Je me sens bien !

BABE *(simultanément)*. Bravo, Lenny ! *(Elles dansent.)*

LENNY *(arrêtant)*. Tu sais quoi ?

BABE. Quoi ?

LENNY. Je vais téléphoner à Charlie !... Immédiatement !

BABE. Tu y vas ?

LENNY. Ouais. Je m'en sens réellement capable !

BABE. Oui ?

LENNY. Le courage, il est là. Top niveau. C'est le moment. Droit au but. On frappe le fer tant qu'il est chaud !

BABE *(d'une nervosité qui grandit)*. Bravo ! Bravo ! Vas-y !

Lenny se dirige vers le téléphone, Babe se précipite sur le tiroir à couture, où elle fouille en faisant le plus grand désordre.

LENNY *(le récepteur à la main)*. Je lui téléphone ! Babe. Je le fais !

BABE *(poursuivant ses recherches dans le tiroir)*. Oui ! Allez ! Allez !

LENNY *(tout en formant le numéro)*. Regarde. Mes mains ne tremblent même pas.

BABE *(extrayant une corde rouge)*. On n'a pas un cordon plus solide que ça ?

LENNY. Je ne crois pas. Tout est dans ce tiroir. *(Regardant ses mains.)* Elles commencent à trembler un peu tout de même. *(Babe prend le cordon et monde l'escalier. Lenny a composé le numéro. Elle attend.)* Allô ?... Allô, Charlie. C'est Lenny... Oui, très bien. Très très bien. *(Un silence embarrassé.)* Je téléphonais seulement pour voir comment ça va... Ah. Très bien... Oui, je sais que j'ai dit ça. J'aurais mieux fait de me taire... Si je vous ai demandé qu'on ne se revoit plus, c'était à cause de moi... pas de vous... Vous n'étiez pas concerné, non. C'est seulement que... C'est parce que je ne peux pas avoir d'enfant !... Oh Charlie, que c'est gentil de dire ça... Non, tous les gosses n'ont pas l'air de petits cochons roses !... Vous le pensez vraiment ?... Ah oui, c'est vrai, oui, on se disait « tu »... Oh, non... Non... Non... Que c'est drôle... Je t'ai toujours trouvé drôle... et gentil... Oui, Charlie... Oui, Charlie... Moi aussi... Oui, moi aussi... Tu veux que... ? C'est comme toi. Oui, je meurs d'envie de te revoir moi aussi. Quand, je ne sais pas... bientôt, pourquoi pas ce soir ?... D'accord ? Tu viens ? Oh, tu viens ?... Oui, oui, je serai là. Je t'attends... Au revoir, Charlie. A tout de suite. *(Elle raccroche le téléphone, égarée.)* Babe, oh Babe ! Il arrive. Il arrive. Babe ! Oh Babe où es-tu ? Meg ! Ah oui, dans le jardin. Meg ? *(Avant de sortir par la porte arrière, elle dit :)* Elle a choisi le meilleur moment pour ramasser les fruits. L'air est frais, ce matin. Ça les conservera. Meg ? Meg, si tu savais...

Un long silence, puis un horrible bruit sourd se fait entendre à l'étage. Le téléphone sonne aussitôt. Cinq sonneries avant que Babe descende l'escalier rapidement, un fragment de cordon rompu pend de son cou. Le téléphone sonne toujours.

BABE *(au téléphone)*. Tu vas la fermer ! *(Elle essaie de dénouer le cordon de son cou. Elle saisit un couteau pour le couper. Elle jette la corde violemment à travers la pièce. Le téléphone cesse de sonner.)* Ah, merci. *(Elle regarde la cuisinière, s'en approche, ouvre le gaz. On entend le sifflement du gaz qui s'échappe. Babe le renifle.)* Vite. Vite. Allez. *(Finalement Babe pense que le four est fin prêt ; elle prend une profonde inspiration, ouvre le four et y introduit sa tête. Mais la plaque intérieure la gêne. Elle la sort. Elle reprend une inspiration et fait pénétrer sa tête dans le four. Elle parle depuis l'intérieur du four.)* Vite. S'il te plaît. *(Peu après, elle saisit une boîte d'allumettes, tout en gardant la tête dans le four. Elle essaie d'allumer une allumette, sans succès. Elle jette l'allumette et en prend une autre.)* Maman... Je sais pourquoi tu l'as fait.

Dans son excitation, elle redresse la tête, qu'elle cogne, et retombe dans le four. Meg entre par la porte de derrière, portant le gâteau d'anniversaire dans une boîte rose.

MEG. Babe ! *(Meg dépose la boîte et court extraire la tête de Babe du four.)* Mon Dieu ! Qu'est-ce que tu fais ? Mais qu'est-ce que tu es en train de faire ?

BABE *(un peu étourdie).* Rien. Je ne sais pas. Laisse.

Meg éteint le gaz, soutient Babe qu'elle va asseoir près de la porte grande ouverte.

MEG. Viens. Viens. Assieds-toi !

BABE. Ça va. Ça va.

MEG. Mets la tête entre les genoux, et respire à fond.

BABE. Meg...

MEG. Fais-le. Je vais te chercher de l'eau. *(Ce qu'elle fait.)* Tiens.

BABE. Merci.

MEG. Ça va ?

BABE. Oui.

MEG. C'est bien vrai ?

BABE. Mais oui. Ça va.

MEG *(allant chercher une serviette humide qu'elle met sur son propre visage).* Ouh...

BABE. Meg ?

MEG. Oui.

BABE. J'ai compris pourquoi elle l'a fait... Pourquoi elle a pendu le chat avec elle.

MEG. Oui ?

BABE *(illuminée).* Elle a eu peur de mourir toute seule.

MEG. Vraiment ?

BABE. Elle était si inquiète de l'avenir. Elle avait peur, peur de tout... Elle a eu comme une vision. Il lui a semblé que rien ne pouvait lui arriver de mieux que d'aller à la rencontre des anges qui chantent... Mais elle a rencontré des anges à la voix aiguë, effrayants avec des petits doigts en or, pointus et tranchants comme des lames... Le genre de rencontre qu'on n'aime pas faire seule le soir... Le chat, elle avait besoin de lui, elle se sentait trop seule. Tu comprends.

MEG. Oui bébé.

BABE. Maintenant que je sais... ça va être plus simple.

MEG. Mais ce que tu as fait... ? Comment tu as pu ?

BABE. Je ne sais pas. C'était un mauvais jour. Une vraie mauvaise journée.

MEG. Tiens regarde mon bébé, regarde, je te présente le gâteau de Lenny.

BABE. Qu'il est beau !

MEG. Allez, viens m'aider à préparer la table.

BABE. Elle qui adore faire des vœux, elle sera servie.

MEG. On va lui donner son gâteau et tu verras on se sentira mieux.

BABE *(en allumant les bougies).* Zachary m'a téléphoné, il veut me faire passer pour folle et me faire enfermer.

MEG. C'est du bluff. Il est mort de peur devant Barnette.

BABE. Tu crois ?

MEG. Il te traite de folle. Mais tu es aussi saine d'esprit que n'importe qui. On t'a fait mal, on nous a fait mal. On reçoit ça en plein cœur.

BABE. Oui, Meggy.

MEG. Dans la famille on supporte mal les mauvais jours. Il faut apprendre à résister...

BABE. Meg...

MEG. Oui.

BABE. Je ne suis pas seule, comme l'était maman... Vous êtes là... Barnette me téléphonera demain... ou ce soir, ou je l'appellerai ?

MEG. Sûrement.

BABE *(illuminée).* Où est Lenny ?

MEG. Je ne sais pas, je vais voir. Oh la voilà ! Lenny ! Lenny ! Viens !

BABE *(improvisant tout en achevant d'allumer les bougies).* Qu'elle se dépêche, parce que les bougies vont fondre.

Entrée de Lenny. Meg recouvre les yeux de Lenny avec ses mains.

LENNY *(stupéfaite).* Quoi ? Qu'est-ce que c'est ? Quoi ?

MEG et BABE. Surprise ! Bon anniversaire !

LENNY. Oh, je sens que je vais me mettre à pleurer...

BABE ET MEG. Oh non !

LENNY. Oh, regardez ça : « Bon anniversaire Lenny – avec un jour de retard ! ». Que c'est mignon.

MEG. C'est Babe qui a trouvé ça.

LENNY. Oh, Babe. *(Babe rallume les bougies qui se sont éteintes.)* Mon Dieu, tant de bougies – c'est effrayant.

BABE *(spontanément)*. Mais non, Lenny. Au contraire. Plus il y a de bougies sur un gâteau, plus les vœux deviennent importants.

LENNY. Vraiment ?

MEG. Mais oui. C'est vrai.

Babe achève d'allumer les bougies.

LENNY. Oh, attendez... Je... Je n'ai pas fait mon vœu ! Je suis une boule de nerfs.

MEG. Pour l'amour du ciel, Lenny, dépêche-toi.

BABE. Les bougies vont fondre !

LENNY. Ça y est !

Meg et Babe se mettent à chanter « Joyeux anniversaire ». Dès que la chanson est finie, Lenny souffle toutes les bougies d'un souffle. Meg et Babe applaudissent très fort.

BABE et MEG. Bravo !

LENNY. Pourvu que mon souhait se réalise !

BABE. Qu'est-ce que c'est ?

LENNY. Non, je ne peux pas le dire.

BABE. Si tu peux.

LENNY. Il ne se réaliserait pas.

BABE. Il se réalisera s'il est assez sincère.

MEG. Ah bon, je ne savais pas.

LENNY. Babe est un expert en vœux d'anniversaire.

BABE. Dis-nous ce que tu as souhaité ?

MEG. Oui, dis-le.

LENNY. Je n'ai pas fait un vœu exactement. Je me suis concentrée sur une image, qui m'est venue comme une vision.

BABE. Et qu'est-ce que tu as vu ?

LENNY. Difficile à dire. On était toutes les trois ; on souriait. On riait ensemble.

BABE. C'était quand ? Maintenant, ou autrefois ?

LENNY. Je ne sais pas vraiment. Mais j'ai senti que c'était nouveau, et que ce n'est pas quelque chose qui peut durer éternellement. Ni forcément, se renouveler... C'était un moment particulier.

BABE. Qu'est-ce qui nous faisait rire ?

LENNY. Je ne sais pas. Rien d'extraordinaire.

MEG. C'est magnifique, un souhait pareil. *(Lenny et Meg se regardent un instant.)* Je prends solennellement le couteau, que j'offre à Lenny MaGrath pour découper ce gâteau qui célèbre le jour où elle est venue au monde.

BABE. Oh oui ! Arrange-toi pour donner une par entière à chacune.

BABE ET MEG. Sans la casser.

LENNY *(découpant le gâteau avec nervosité)*. Je vais essayer... essayer ! *(Léchant le glaçage d'une bougie. Riant avec joie en léchant ses doigts et découpant d'énormes morceaux de gâteau que ses sœurs dévorent.)* J'adore manger du gâteau d'anniversaire au petit déjeuner ! Que j'aime ça !

Les sœurs s'immobilisent un instant alors qu'elles rient et prennent du gâteau ; la lumière change et fait place à une lueur scintillante, magique : musique de saxophone. La lumière baisse doucement. Le saxophone continue à jouer.

FIN